春意华章

——无锡市锡山区作家协会新时代文萃

◉ 无锡市锡山区作家协会 主编

中国广播影视出版社

图书在版编目（CIP）数据

春意华章：无锡市锡山区作家协会新时代文萃 / 无锡市锡山区作家协会主编. -- 北京 : 中国广播影视出版社，2024.5
ISBN 978-7-5043-9205-3

Ⅰ. ①春… Ⅱ. ①无… Ⅲ. ①中国文学－当代文学－作品综合集 Ⅳ. ①I217.1

中国国家版本馆CIP数据核字(2024)第016311号

春意华章：无锡市锡山区作家协会新时代文萃

无锡市锡山区作家协会　主编

责任编辑	王　萱　胡欣怡
特约策划	苏爱丽
责任校对	马延郡
装帧设计	马　佳

出版发行	中国广播影视出版社
电　　话	010-86093580 010-86093583
社　　址	北京市西城区真武庙二条9号
邮　　编	100045
网　　址	www.crtp.com.cn
电子信箱	crtp8@sina.com

经　　销	全国各地新华书店
印　　刷	三河市龙大印装有限公司

开　　本	880 毫米 ×1230 毫米 1/16
字　　数	280(千)字
印　　张	22.5
版　　次	2024 年 5 月第 1 版 2024 年 5 月第 1 次印刷

书　　号	ISBN 978-7-5043-9205-3
定　　价	98.00元

序 1

目录

目录

序

★★★

　　本书是由无锡市锡山区作家协会主编的讴歌新时代公益性文学创作征文活动作品集。此次征文活动由中共锡山区委宣传部、锡山区文化艺术界联合主办，锡山区作家协会承办。这些优秀的文学作品以习近平新时代中国特色社会主义思想为指导，围绕深入学习贯彻党的二十大精神主线，从参与者、受益者、见证者、记录者的角度，通过写物、写事、写人、写变迁等方式，讲述和记录亲身经历或所见所闻的风貌，书写学习、成长、奋斗、奉献的动人故事，歌颂重大事件中涌现出的人物及其事迹，充分展示了锡山区各行各业的奋斗历程，集中展现了锡山区各项工作所取得的成就。锡山区作家协会的众多作家（部分惠山区作协的作家）都积极响应，书写了一篇篇讴歌时代精神、赞美锡山崭新风貌的优秀作品。

　　本书有四点值得肯定。首先，在这些文章中，有倾向于速写型的，它也可以成为一种独立的艺术类型，体现了即时性的实景摹写。从单篇看，它的遗憾是缺乏系统性和完整性；但就整体而言，它有一种宏观大气的感觉。况且，我始终认为速写型的美感，无论从意识层面还是审美层面，都有其独特的艺术美感。它体现了审美的自然与本真。这也应该成为本书的看点之一。

　　其次，值得赞许的是本书中关于区域发展的深层思考。这不仅体现了作者敏锐的思考，又带有历史的沉淀和启发，无疑是我们在新时代、新征程、新使命的召唤下奋斗所必备的元素。它既是启迪，更是引领。这是很多有识之士共同认定的智慧和经验。能够借助文学的手法进行表达，这应该是文学的幸运。本书就真切地体现了这一特点。文学既被赋予了很多的责任，同时也保持了它本该拥有的纯粹与本真。

　　再次，应予肯定的是本书中文体丰富，体现了锡山作家们的创作才华。有古体诗、报告文学、纪实散文、赋、散文，等等。这些形式的构成为本书增色许多，也令读者为之兴奋。

　　最后，书中描写的内容也很丰富，体现了锡山日新月异的变化和美丽，令人陶醉。如：过新艳笔下的《假如你来锡山》，用浓浓的笔墨、抒婉的曲调在向你诉说严家桥、斗山、金色山联、东亭等地方的变化场景；朱丽娟的《绿色家乡，悠悠我心》中"浓成一缕散不开的乡情"；陆兴鹤的《"春江"花月夜》，既重温了张若虚七言长诗中的美景、美情，更透露出锡山人满满的幸福感；杨文隽的《探访甘露老街》在糯糯的吴语中给人以启迪和警示；符志刚的《美哉白米荡》、郜峰的《甘露不了情》、高和鸣的《甘露的微变》等作品则在描绘甘露的变化中，给人欢愉和享受。同时，也有写家乡风物的，从中透露出丝丝缕缕的自豪和赞美之意，令人回味。如：梅锦明的《黄土塘西瓜，从历史长河里流淌出的甜蜜》，留给人们的是"甜蜜、皮薄、瓤爽、鲜嫩多汁"的黄土塘西瓜，这是与"鳝血土"粘连在一起的；太湖梅子的《春天从一杯太湖翠竹开始》描写了无锡名茶"太湖翠竹"

的特有香馨。此外，还有满怀激情的，抒发对身边人和事的赞美之音，从中激发正能量。如：乔青云的《东亭人文钩沉》、姚静芳的《人间自是有书痴》、过正则的《木船工艺不失传，吴地一绝"敲排斧"》、陆晓静的《时代见证者》、周信的《天井里的鸟窝》等，无不给人一种沉思中的享受。

综上所述，本书体现了锡山区作家们对自己的家乡、身边的人和事的用心赞美，这些作品给予了我们相当丰沛的文学享受，令人愉悦、陶醉。

能有这样一场甜美醇厚的文学相会，要衷心感谢中共锡山区委宣传部、锡山区文联、锡山区作协，也要感谢各位作家的辛勤付出，让我有机会享受关于锡山的文化盛宴，丰硕而又雅致！

相信这些文章一定会给更多的读者带来新的享受。本书的问世也将不会辜负读者。

无锡市作家协会副主席 钱雨晨

2024 年 2 月

蔡益民
CAIYIMIN

　　1968年出生，中共党员，江南大学中文系进修毕业，锡山区作家协会、锡山区书法家协会会员。曾从事乡镇宣传文化工作，爱好文学、书法，长期坚持现代诗歌创作，主要诗歌作品在《齐鲁文学》结集专版发表，书法作品多次在无锡市和锡山区各类展览展出。

-- ★★★ --

信仰

海燕的信仰在蓝天

暴风雨阻挡不了它雄健的翅膀

在惊雷闪电中搏击

无惧大海的怒吼

骇浪的撕裂

只有一个目标

奔向天空中那道瑰丽光亮的彩虹

小草的信仰在阳光

大地母亲不会抛弃一草一木

即使一次次地被铁蹄践踏

依然会昂起倔强的头

相信黑夜总会过去

阳光总会普照

然后生机勃发地长成春天的模样

河流的信仰在大海

小溪才会唱得那么欢快

只要挣脱了严冬

冰川就是那奔腾不息的源泉

在崇山峻岭间穿越

向着大海的方向朝拜

奋勇向前

人民的信仰是旗帜上那一抹闪耀的金色

举起的镰刀斧头

从南湖烟雨到湘江喋血

从巍巍太行到清清延河

从"北国风光"到"南国烽烟"

从建国大业到改革开放

有旗帜的地方就有正义的力量

信仰是矗立在共和国大地上的一座座丰碑

信仰是"东方红，太阳升"的旋律

信仰是唱在小康路上"春天的故事"

信仰是写在脱贫日志上的"一个都不能少"

信仰是抗疫战斗中的"人民至上，生命至上"

信仰是新时代不忘的初心

陈兴龙
CHENXINGLONG

高级讲师，1984年毕业于扬州师院。建有"江苏省社会教育——陈兴龙家庭教育名师工作室"。系无锡市作家、书法家协会两会会员，锡山区理论宣讲团成员。教学之暇，颇好笔墨，有多篇散文、随笔在《无锡日报》《姑苏晚报》《扬州晚报》《新锡山》等报刊上发表。

＊＊＊

锡山好

——调寄忆江南九首

无锡市锡山区的前身是无锡县，境内山清水秀，气候温润，素有"鱼米之乡"的美誉。锡山自古人文荟萃，人杰地灵。据载，商朝晚期，泰伯奔吴（据传吼山曾有泰伯洞居遗迹），开创了影响深远的吴文化，因此，泰伯成为锡山的人文始祖。锡山还是吴歌和锡剧之乡，相传锡山吴歌已传唱了三千多年；源于严家桥的锡剧，唱遍大江南北，深受百姓喜爱。锡山还有大量的杰出人物：

唐代写《悯农》的诗人李绅、画家倪瓒、明代翰林学士华察（民间称华太师）、清末数学家华蘅芳等；再如商末大夫胶鬲，胶山由此得名；还有明代东林党领袖顾宪成，悬挂于无锡东林书院的一副千古名联"风声雨声读书声声声入耳，家事国事天下事事事关心"，即为他所创作；民间音乐家华彦钧创作的二胡独奏曲《二泉映月》已是世界名曲；人民音乐家王莘是《歌唱祖国》的词曲作者，《歌唱祖国》被称为"第二国歌"；"两弹一星"元勋姚桐斌出生在黄土塘古村。

另外，锡山还是一片红色的土地。张泾寨门人严朴，于1925年加入共产党，1927年11月，带领万余农民举行了声势浩大的秋收起义。新四军叶飞、谭震林都到过锡山，新四军六师师部设在锡北寨门诸巷。

笔者不才，调寄忆江南九首赞美锡山。

1

东亭好，太师旧府曹。
馨和园里海棠闹，音乐喷泉冲碧霄。市民真自豪！

2

云林好，倪瓒艺事妙。
清閟阁里书万卷，祇陀寺前香烟绕。澄怀佛心到！

3

兴塘好，河水清又清。
大桥如虹卧碧波，十里长廊引游情。堤岸柳青青！

4

锡北好，斗山十里长。
万亩茶园春意闹，太湖翠竹美名扬。请君品茶汤！

5

东港好，红豆最相思。
周家服饰名天下，山联美景引四围。来品菊花诗！

6

安镇好，最忆是胶山。
万玉亭上唐寅诗，西林胜景游人喧。最美胶阳天！

7

羊尖好，百姓真淳良。
锡剧发源说善恶，吴音绕梁远名扬。来听彬彬腔！

8

厚桥好，真个是水乡。
谢埭荡边垂钓忙，中东村里梨花香。何日赏雪光？

9

鹅湖好，青鱼出金荡。
荡口义庄美名扬，华氏英才家风长。忠孝传芬芳！

风雅东北塘

秋雨时分，我随锡山区作家协会采风团，徜徉在东北塘街道的社区和企业，感受着兴塘河畔的垂柳柔波、云林的丹青古风。梓旺、兴塘、锦旺新村社区服务中心富有现代设计感的建筑，海联、恒田等一家家实体企业的勃勃生机，让我们深深地被现代化的社会主义新农村所吸引！

东北塘——无锡城区东北隅的一个小镇，离市中心不过五公里，一般人还真不知道它有什么名气。但要是说起倪瓒（云林），略懂文史的人就会竖起大拇指，他是"元四家"（倪瓒、黄公望、王蒙、吴镇）之一。

据说远古的东北塘，当真是水乡泽国，碧波茫茫，西向直连太湖，古称"芙蓉湖"，这由现在仅存的芙蓉山做证。芙蓉山在"文革"前还保留着山的基本形制，素有"芙蓉十八景"之称，每年农历三月十八日的庙会，这里人山人海，踏青游山者络绎不绝。可惜后来开石修路，山基本没了，取而代之的是"芙蓉山庄"住宅区的拔地而起。

倪瓒墓就在芙蓉山南麓，为倪家祖坟地，墓地占地 2.8 亩（约 1867 平方米），"文革"期间遭到了破坏，20 世纪 80 年代初得以重建，后被定为江苏省文物保护单位。2008 年 4 月，政府投资约 600 万元在墓旁建成倪瓒纪念馆，整个项目占地约 4800 平方米，其中建筑面积占地 600 平方米，力求通过史海钩沉，展示一代丹青宗师、诗书巨擘的艺术成就。近年，政府又投资近 1800 万元增建了云林文化广场，纪念馆再次重修开放。

倪瓒被评为"中国古代十大画家"之一，在倪瓒纪念馆，一幅幅逼真的画作上疏林坡岸、浅水遥岑，比较全面地向大家展示了倪瓒在绘画、书法、诗歌、

音乐、造园、美食、鉴赏、佛道等各个方面的艺术成就。纪念馆有原中国书法家协会主席张海、副主席尉天池等当代书法大家的题字。

倪瓒于 1301 年生于无锡梅里祇陀，号云林。倪云林出生于豪门富家，其父亲早亡，从小由兄长教养。在他 28 岁的时候，长兄病逝。虽然他不善于治家理财，但仍过着优裕闲适的生活，并访朋探友、作诗习画、游览写生，为日后在诗、书、画的艺术创作上打下了坚实的基础，成为名扬四方的书画大家。倪云林所处的时代，战事不断，灾害频发，加上倪云林夫人蒋氏的病故，使得倪云林开始抛弃家财，隐迹太湖。他一边四处漂泊，一边写生创作，这时期的作品数量之多、质量之高是他一生中少有的。世界各地收藏的倪云林书画真迹共 46 幅，其中一幅《苔痕树影图》为无锡博物院的镇院之宝。

倪云林有诗、书、画三绝之誉，不仅精通音律，善于鉴藏，还深谙佛理道教。当时的清閟阁，就是领略诗情画意的鉴赏之地。倪云林常在清閟阁内与文人墨客相聚，交流艺术，鉴赏文物。后人把清閟阁与明代大收藏家项子京的天籁阁并列，时称"云林清閟，子京天籁"。据说苏州的狮子林，倪云林就是设计者之一。云林还是一位美食大家，据说倪家的私房菜云林鹅至今仍然是无锡菜中的一道经典美食。

其实东北塘还有一位名人严绳孙一直没有被挖掘，主要是找不到他的一丝文化遗存。严绳孙（1623—1702），字荪友，号秋水、勾吴严四，晚号藕荡渔人，生于明天启三年（1623）。诗书画皆善，著有《秋水集》，其中八卷为诗，二卷为词，并一度被列为禁书。据说他是现东北塘严埭社区人。我曾问过严埭的一些老同志，居然一点遗迹都没有了。严绳孙是著名的"江南三布衣"之一，与吴梅村交好，又和当朝的高官曹寅等相熟。严绳孙曾参与《明史》编纂，历任山西乡试正考官、右中允兼翰林院编修、承德郎等职，康熙二十四年（1685）辞官回家乡隐居。2003 年，辽宁两位红学研究者撰文指出，吴梅村是《红楼梦》

全书一百二十回的真正作者，曹雪芹只是《红楼梦》前八十回的重要增删、编修者。他们还抛出了惊人观点：曹雪芹其实并不是本名，而是清代学者严绳孙的化名。①

说起东北塘，我与它还有一段渊源。我于 2004 年从东亭的教师进修学校转入东北塘从事教育工作，一晃已有 18 年了。尤其是近几年开始从事社区教育工作，对东北塘的风土人情和经济形态有了更多的了解，但要写些什么，还真是写不出来，即所谓的"不识庐山真面目，只缘身在此山中"。目前，东北塘原籍人口近 3.7 万，外籍人口已 4.8 万出头了，在锡山区是一个小镇，面积不足 18.5 平方千米，但经济总量在区内前列。

一方水土养一方人。如今的东北塘南岸的兴塘河，垂柳摇曳、鸥鹭闲翔，俨然成了鸟儿栖息、市民乐居的生态福地！特别是总投资 7000 余万元建造的集景观和交通功能于一体的东亭路北延伸段兴塘大桥，成了东亭和东北塘两街道的快捷通道。远眺大桥如彩蝶展翅，双虹卧波。每当华灯初上，驱车而过，桥上霓虹醉人，桥下波光粼粼。桥名"兴塘大桥"四字由上海著名女书法家周慧珺题写，她的一手米芾字至今盛名于中国书坛。如今兴塘河南岸锡虞路向西全线贯通，北岸融科玖半御岛、栖霞建设、星湖花海、玫瑰香堤、恒大御澜湾等一大批房地产拔地而起，兴塘河两岸人气渐旺，诗栖宜居。前年兴塘河南岸云林体育公园正式开放，居民又多了一个户外锻炼的好去处。

兴塘河西北处原来有一块湿地，原先是一片沼泽，水塘混杂、杂草丛生。近年来，街道党政领导实施惠民工程，为了使新建的农民安置房锦旺小区避免西侧沪宁高速噪声的干扰，及时修建了开放式带状湿地公园——兴塘公园，广植树木，以阻噪声。如今公园内小桥流水，绿荫扶疏，清波荡漾，鸟语花香，成了广大社区居民休闲的好去处。每当夜幕徐开，华灯初上，安置房的居民早

---

① 此观点于 2003 年由辽宁省抚顺市社会科学院院长、研究员傅波和抚顺市地方史研究常务理事、市政府处级调研员钟长山两位红学专家提出，此观点一经提出在红学界引起了较大轰动，也存在颇多争议。

早吃完晚饭，便拥向兴塘公园，或健身散步，或喝茶聊天，或载歌载舞，呈现出一派欢乐祥和的新农村景象。

芙蓉山下，云林遗风；兴塘河畔，翰墨香飘。由老中青近百人组成的"东北塘街道云林书画苑"已走过了30多个年头。30多年来，书画家们走农村、进工厂、到学校，为许多单位免费送上书画作品供装饰之用，传承着倪云林萧散逸格、澄怀观道的艺术遗风。

东北塘辖区内的大明不锈钢、海联、东舟船舶、宇寿医疗、恒田纺织、锦和科技等一大批规模企业，负重奋进，迎难而上，高喊"空谈误国，实干兴邦"的口号，为街道的财政收入贡献了力量。许多企业致富不忘回报社会，如无锡市海联舰船附件有限公司董事长戴三南，他守承诺、讲信誉，被人们亲切地称为"最认真的'老船长'"，他年逾五旬创业，创立的"海联事业"成为闻名于海洋装备系统的优秀定点配套企业。2015年8月，在中央文明办主办、中国文明网承办的"我推荐、我评议身边好人"活动中，戴三南入选"中国好人榜"。70岁时，他又创设了"老船长爱心基金"以回报社会，为慈善事业一次性认捐500万元。多年来，他捐资助学，救济贫困，为东北塘实验小学、东北塘中学、锡山中等专业学校、敬老院、延安希望小学、贵州贫困地区等捐助资金共计150多万元，近300个困难户及贫困学生得到及时救助。戴三南常说："农民办企业，本意是为了农民脱贫致富，现在企业发展了，不能忘了回报社会。"

"康乃馨爱心妈妈基金团队"的戴娟丽、费友英、王晓红等，多年来也热心慈善事业，每年都在街道工会、妇联、卫计、民政等部门的协调下，到新市民小学农坝小学进行帮扶慰问。暖心工程美名传颂。

另外，东北塘中学的棒垒球、小学的国际象棋也是名扬全国。

云林古风，生态福地，以前的穷乡僻壤，如今成为都市里的村庄，我们期待东北塘的明天会更好！

陈正生
CHENZHENGSHENG

1949年生，高级经济师，中国楹联协会会员、无锡市作家协会会员、无锡市太湖文联会员、无锡市碧山吟社锡山分会会员。曾先后出版了《牛草集》《牛草吟》《牛草韵》等散文、诗词、楹联文集。

— ★ ★ ★ —

锡山真是好地方

锡山真是好地方，绿水青山比天堂。

乡村振兴中国梦，高富美强大步闯。

东 港 赞

锡北强镇名东港，现代农业大粮仓。

上市公司超十有，最美山联黄土塘。

锡 北 镇

张泾八士锡北镇，东林党首顾宪成。

人文历史堪悠久，太湖翠竹斗山春。

不忘初心 牢记使命（楹联三副）

1

不忘初心 携手学习二十大

牢记使命 并肩奋进新时代

2

建党百年 成就辉煌再赓续

不忘初心 牢记使命新长征

3

文苑精英 牢记双百献礼二十大

联坛悍将 不负韶华描绘新锡山

程庄
CHENGZHUANG

退休老工人，一个新闻、通讯和报告文学爱好者。年轻时常在《无锡县报》《锡山群英谱》发表文章；退休后，在"今日鹅湖""印象甘露"平台发表了许多关于热爱家乡的叙事性文章。

* * *

甘露书场八十年变迁记

苏州评弹，源远流长；甘露书场，历史悠久。早在 20 世纪 40 年代，甘露镇月溪河边老街上就有三家书场。一家名望湖轩，一家名中兴楼，还有一家名北兴楼。其中数望湖轩最大，生意也最好。

甘露离评弹发源地苏州很近，水路只有 45 里（约 22.5 千米），且有苏州班轮船停靠，所以是锡东片有名的书码头，人称"小苏州"。旧时的书场，由茶馆老板经营，上午泡开水兼卖茶水，下午和晚上说书。评弹演员旧称"说书先生"，工资由听客的多少而定，先生和茶馆老板四六分成。晚上用汽油灯

照明，夜场听客比日场要多一些，经常会客满。

1949年新中国成立后，书场依旧开办。1956年，望湖轩和中兴楼两家书场合并，取名"甘露书场"，归镇上商业合作社管理。"甘露书场"搬迁到甘露大街中段原火神殿东部的六间高大房子里，泡水连卖茶水。六间房宽敞明亮，说书还是日夜两场。到1958年后已用电灯照明，说书生意很好。

1962年，因该房要开办信用社，书场就搬迁到对面大胡同里头，外一间泡水，里面四间破旧房作说书场地。管理员先后是杨丙荣、张水泉、汪友昌和小陶，说书生意还好。可是到了1967年，苏州、无锡评弹团相继半解体，说书先生大多被下放到苏北盐城去劳动，"甘露书场"处于半停状态。

20世纪七八十年代，苏州评弹团处于艰难的恢复阶段，而乡下合作商店经营的书场也是困难重重，茶馆式书场出现经济亏损。最后，"甘露书场"由乡政府划归乡文化站管理，又搬迁到大街北面张家厅弄堂口的文化站矮楼上。但那里环境差，座位又不多，听客稀少，文化站只能减少说书场次，以降低亏损。其实，文化站也相当艰苦，在矮楼下开戏剧服装小厂，以工养文，还要排练节目，应付宣传演出，不过"甘露书场"这块牌子还是保持了十多年。

80年代初，甘露乡政府积极搞好乡镇文化建设，繁荣文化事业，新建了当时先进的影剧院和文化宫大楼。甘露文化站被无锡市政府评为红旗文化站，成为以工养文的先进典型。

1992年9月，在广大评弹听众的呼吁下，"甘露书场"搬迁到文化宫内。历时四十多年，"甘露书场"老树发新枝，旧貌换新颜，新房子、新书台、新的灯光音响、新的背景、新的木椅长台，连一百多把宜兴茶壶也是新买的。看到这些设备，到甘露来说书的先生说："即使苏州、无锡城里的书场也比不上这里，甘露镇不愧为'书码头'。"

从那时起，苏州评弹团业务组决定将"甘露书场"作为定点书场，每月安排说书，除七、八月份外，从不间断。后来随着到甘露的公交车不断增加，来甘露听书的人越来越多，市里和锡西片的听客也慕名前来。如遇说书先生水平较高者，听客更是人头攒动，不得不添加座位。

2004年，甘露、荡口合并为鹅湖镇后，甘露文化站取消，仅保留影剧院、图书馆和"甘露书场"。"甘露书场"经历了十二年的辉煌，复归平淡，勉强存在。

2010年，鹅湖镇开始规划拆除甘露影剧院、政府大楼和文化宫，辞退了原文化站的所有工作人员，仅保留电工一人，暂时保留"甘露书场"和图书馆。

2013年1月，甘露影剧院、文化宫被拆除，但"甘露书场"保留了下来，并搬迁到南河头民政办残联中心楼上三间会议室里，作为暂时借用，"甘露书场"的处境十分微妙。

目前，评弹团和锡剧团已实行企业化或民营化转制改革，"甘露书场"何去何从？有关部门认为书场是保护并传承优秀文化的具体场所，要将"甘露书码头"这个品牌形象树立起来。为此，政府决定"甘露书场"仍由鹅湖镇文体站负责管理，继续支持民俗文化的传承，"甘露书场"从此有了保障。

天若有情天亦老，人间正道是沧桑。"甘露书场"，八十年风风雨雨，历尽沧桑，至今依然存在，真可谓无锡文化之遗产。愿"甘露书场"这个地方文化品牌在政府的支持下，文脉不断，传承不止。

丁波
DINGBO

中学语文高级教师，任职于省锡中匡村实验学校。写作爱好者。为了对抗遗忘，喜欢用文字记录生活，于琐碎的生活碎片里感知生命的温度。有多篇文字发表于《江南晚报》《惠山新闻》等报刊。

— ★ ★ ★ —

你好，甘露

无锡有几个地名让我觉得妙不可言：雪浪、梅村、鸿声、甘露。仿佛是从诗词中走出来的，呼唤一下这样的地名，口齿间都会有一种别样的芬芳。这几个地方，唯独与甘露找不到什么联系，干儿子过年来"张节"，每每会有一条"甘露青鱼"，可能是唯一与甘露相系的机缘了。

春到江南，竟有这样的机会，可以和一群文友、画友前去甘露采风！欢欣前往，不亦乐乎！

在甘露街道，有一处古旧的老屋，老屋被一位热心传播甘露传统历史文化的雲也先生辟作"湖畔书院"。雲也作为活动的发起者，领着我们走进了这个古色古香的书院。推开古朴的木门，一方明堂赫然眼前，青砖上的青苔，在昨夜的春雨中浸润出油油的绿意，正屋里三面书画像在无言地诉说着什么，桌上的笔墨纸砚静静地铺展着，正中一张古朴的长木桌子足够待客用，屋顶上一方小小的天窗透出明亮的天光……我们跌进了一段现在和过往交织的时光里。

在大家相互访谈交流的间歇，我抓住机会询问雲也："甘露这个地名有来历吗？甘露的青鱼为什么这么有名气？"雲也温厚朴实，耐心作答。三年来，他与一帮同样热爱家乡的朋友，一起挖掘、整理了许多关于甘露的历史遗存、民俗风情和人文逸事。

雲也告诉我，西晋周处《风土记》载："泰伯未至此时，一夕有甘露降其地，乃置市。"因为一场吉祥的好雨，甘露由此得名。既然在泰伯奔吴前即有甘露，那它至少有三千多年的历史了。甘露在清末就开始养殖青鱼，甘露河流纵横，水产丰富，养出的青鱼肉质鲜美，早先是有钱人家的食品，但也因此出了名。仅就这两个小问题，听着介绍，我已然感受到甘露厚重的历史。

出去走走吧，用我们的脚步亲自丈量一段历史，于是我们一行走向了甘露老街。

寺弄是通往甘露寺旧址的一条弄堂。沿着寺弄走，看见屋瓦覆盖的屋顶、屋脊，看到一些房砖，随便一问，便是百年之久或更久远的东西。在一间废弃的古屋里，我们从塌圮的房屋遗存中，感受着江南建筑残存的精美。一口古井默然地坐落在一角，曾经光滑的石井栏已经开裂。同行的孙伟国先生是鱼拓艺术的传承人，研修鱼拓制作技艺、传扬鱼文化二十余年，他为我们一行摄影。当他看到这口井时，找来看管房子的老人，告诉他一定要当心，不要让人随意破坏这井栏，这可是清朝时期的东西。我暗暗佩服甘露的一众贤士，因为他们

的努力，才使一些历史的遗迹得以保存和延续。

弄堂里有低矮的老房子，也有现代的房子，居住着人，生活气息很浓郁。一两个老人探出身子，问我们："来看什么呀？"在他们眼里，这个老街没啥好看的。一个开着电瓶车的中年人，车上放了一袋米，在狭窄的弄堂里被我们堵住，他用狐疑的眼光打量我们。是的，在他们眼里，这是他们世代居住的场所，一切已经融化在血液里，熟悉、亲切得不知有什么好看的了。而在我们看来，它就是一个个生动的历史文化符号，是足以让人观摩和欣赏的。

一路来到甘露寺旧址，其实已经看不到原来的样貌，只留下寺中的两棵银杏树，被委屈地圈围在一座高楼的背后。古银杏孤独笔立，风雨百年，它是古老时光的见证者，一圈圈年轮里一定记录下了甘露发展的沧桑巨变。1992年，甘露寺异地重建，新建的甘露寺规制宏大，气派轩昂，却再也没有古树可相伴。往前走，一个挂着"甘露环卫所"招牌的房子侧壁香烟缭绕。原来，这里地处旧寺原址，一些恋旧的老人还是习惯在这里烧香。在新与旧的交替中，旧的东西有一种恒久的牵扯，它是根，是源头。

跨过一座晾晒着衣裤的双曲拱古桥，我们就在临河的街边走了走。这条河有个好听的名字，叫"月溪"，传说是因它弯弯犹如新月而得名。沿河一带仍然住着人家，或是原住民，或是租住户。我发现，在门前临河的场地，家家户户都用泡沫盒子种上各种菜蔬，甚至在河滨废弃的水泥船上都填土开辟了小小菜园，种着青菜、莴苣、小葱、大蒜、豆苗……在春光里碧绿可人。甘露人实在，少种花，多种菜，菜同样好看，还可以吃。

街上有一些商铺旧址，有锡东望族华氏家族的堆栈，有获巴拿马博览会金奖的薛泰丰酱油铺……诉说着甘露过去的商业辉煌。这一切虽然成为过往，但人们还是在这里生活着，有着各自的悲喜。一位老者坐在沿河藤椅里，旁若无人，看着手机呵呵乐，身旁一丛茂盛的茴香散发着幽香。一个清瘦的婆婆在自家的阳台下煎着青鱼段，油锅里吱吱响，喷喷香；窗台上一台小小的收音机，咿咿呀呀正播着苏州评弹。门前两棵石榴树，长得十分好看，婆婆煎着鱼亲切地邀请说："等到石榴开花来看呀，那才好呀。"有了柴米油盐的烟火气息，老街还是活着的老街。

随后，我们走进了一处江南小院，这里是清末民初的屋子，砖木结构，上下两层，有个小院，种了含笑、南天竹、二月兰……门前一棵榉树高高地遮下树荫，一个巨大的鸟巢挂在树梢间。屋子里还住着人家，房主给我们介绍院子里的花草、房子的来历……一直送我们走出来。羡慕这种江南小院，有古意，但于居住的人而言，可能有诸多不便，这也是一种两难。

顺着河流走，我们走在甘露的一条老街上。生活在这里寂静而热闹地展开，过去和现在正在这里交织。

站在桥上回望，一棵柿子树姿态优美，黑褐色的枝条正萌发出朵朵新绿，映在白色的壁墙上，犹如吴冠中的一幅水墨油画。静静的月溪从桥下流过，从过去一直流淌到现在……

哦，你好，甘露！

当我走向你的时候，你也走向了我——我们就这样初相识了。

符志刚
FUZHIGANG

中国散文家协会理事、江苏省作协会员、无锡市作协常务理事、惠山区作协主席、惠山区文体旅游局原局长。在《人民日报》《光明日报》《中国散文家》《华夏散文》《北方文学》《扬子晚报》《无锡日报》《江南晚报》《太湖》等报刊发表 80 余万字。

- ＊＊＊ -

美哉白米荡

金秋时节，几位文友相约来到位于无锡与苏州交界处的甘露采风。

无锡有句俗话："金甘露，银荡口。"说的是甘露不仅风光迷人，物产丰饶，而且人才辈出，是一块名副其实的风水宝地。

此行的目的地是白米荡。乍听其名，脑海里浮现的是连天的碧水、翻滚的稻浪和雪白的大米。从无锡城里出发，向东驱车三十多公里即到。甫一下车，跃入眼帘的，果真是一派浓郁的江南水乡风情图。站在荡边放眼望去，但见宽阔的水域一眼望不到头，碧蓝的水面上，鸥鸟翔集，波光粼粼，芦苇丛生；俯首近瞧，只见水质清澈，水草茵茵，鱼翔浅底；再观岸边，则是绿树成荫，花木扶疏。成片的稻田，已灌浆完毕；无边的稻穗，宛如身穿金色戎装、等待检阅的士兵。一阵风起，沉甸甸的稻穗随风而动，翩翩起舞，而丝丝缕缕的稻花香也随风铺天盖地扑面而来。这，不就是我儿时最熟悉的丰收气息吗？

紧邻白米荡北岸，一座精致的农家院落——白米荡小院坐落于此。迎接我们的是一位身材修长、长相秀丽、明眸皓齿的"80后"女子，操一口软糯的吴语，充满热情和阳光。她非常欢迎我们到此进行文采活动，通过交谈，我们得知她是一位当地土生土长的女企业家。1999年，她的家族创办了一家小工厂，生意还不错。由于从小在甘露农村长大，她的心里一直有着浓浓的乡村情结。目前她承包了二百多亩粮田，实行土地集约化经营，正儿八经当起了小院的主人，打造生态环境优美的白米荡小院，招待喜欢乡野气息的各方朋友，工厂则仍由其先生打理。听了此番介绍，我们不由得对她刮目相看了。

在小院主人的指引下，我们参观了这个由她亲自设计、亲手打造的白米荡小院。小院里，错落有致地分布着大大小小十几处园林景观，种植了数百棵名贵树木和花草，几十种果树，还有温馨浪漫的会客室、古风十足的休闲茶室，以及设施齐全的厨房、卫生间，小院芳径，小桥流水，有动有静，静动相生，颇为精致。且院中每一处景观，小院主人几乎都能讲出一个故事。如"三让桥"，之所以取此名，一是因为她用重金购得的石桥桥身上刻有此三字【此桥是光绪甲午年（1894）修建，景山石质】。是因为吴地先祖泰伯三让王位的故事，寄托着中华民族奉献、谦让的传统美德。她说她要让每一位游客，都能感受和浸润到吴地文化的气息和精髓。她计划在会客室里再设一个读书角，放置自己平时阅读积累的书籍，让游客在休闲之余，还能沐浴书香。她希望，今后小院能吸引更多的文人墨客来此做客、采风，把吴地故事讲得更精彩。真是一个懂

文化、有情怀的小院主人！

午饭时分，白米荡小院开始氤氲浓浓的饭菜香。循着菜籽油爆锅散发出的那股馥郁的香气，我们迫不及待地来到餐厅，欲一饱口福。可坐十多个人的大圆桌上，七八个冷盆早已摆放就绪，油爆鳑鲏鱼、盐水炝毛豆、糖醋萝卜皮、麻油拌菠菜、凉拌黄瓜、水煮花生、清水河虾、酱油皮蛋，色香味俱全，令我们味蕾大开。小院主人一边给我们倒茶、斟酒，一边介绍说，今天上的每一道菜，原料都是农庄自产，绿色无公害，绝对可以放心食用。就着农庄自家酿造的米酒，我们争相投箸，开始享受这难得的乡村原生态大餐。

用过冷菜以后，各式热菜相继端上。打头的是一盆红烧土猪肉。红通通、油亮亮，肥瘦适中，看着就想来一块。小院主人说，这猪是自家养的土猪，平时喂的都是稻糠、南瓜、山芋等，生长期至少有一年，所以肉味醇正。夹一块入口，果真肥而不腻，奇香无比。紧接着上的是酱爆螺蛳。那螺蛳个头不大，但肉质鲜嫩，当天一早用稠网在荡里稠的。随后是一鱼两吃。一条足有五六斤重的胖头鱼，也是当天从荡里捕上来的。取其鱼头，剖成两半，一半红烧，另一半煮汤。那红烧鱼肉质细嫩，嚼劲十足；那鱼头汤则是汤色如乳，鲜美无比。大快朵颐之余，我们问这鱼何以如此鲜美？小院主人笑盈盈地说，因为白米荡的水质好，达到了二类水标准，所以荡里出产的水产品质量自然就好啦。紧接着又是清炖甲鱼和清蒸鸡。这甲鱼也是与众不同，食料只吃荡里产的鳑鲏鱼，味道自然也是不同凡响；鸡是农庄里满地跑的走地鸡，肉质紧实，几位老吃客连呼鲜得眉毛都要掉了。大菜上完，又是几道特色菜：鳝筒炒鸡肾，是一道大补药膳，咸鲜可口的鳝筒，辅之以丰腴肥美的鸡肾，其味及功效自然妙不可言；丝瓜炒鸭蛋，碧绿的丝瓜与金黄色的鸭蛋相遇，清淡滑爽，堪称一绝；清炒芋头片，芋头糯香酥烂，入口即化；清炒小青菜，则是用当年自产的菜籽油，来爆炒出苗才几天的小菜秧，观之碧绿生清，食之舌尖生津，油腻顿消。

俗话说："一方水土养一方人。"确实，这些美景、美味又怎么离得开这里的人呢？如果没有白米荡这方自然天成的蓝天碧水，没有这样勤劳能干的主人以及小小的白米荡小院，怎么可能出产如此丰饶的物产，烹制得出如此美味的食物呢？

美哉白米荡，期待着与你再次相遇，再次享受舌尖上的美味……

高和鸣
GAOHEMING

笔名南山一夫子，江苏兴化人。曾任教于梅村中学、天一中学、天一实验学校，中学语文高级教师，目前任荡口中学副校长、校工会主席。获无锡市"教学和德育双能手"学术称号。多次在全国性大赛活动展示获奖。喜阅读，尤爱诗歌创作，原创文学作品逾 20 万字。

— ★ ★ ★ —

甘露的微变

作为甘露的女婿、一个外地人，虽不能历史地、宏观地见证甘露的变迁，但我在此生活及工作二十几年，完全可以阶段地、微观地拾得身边的变化。

二十三年前，我第一次来到甘露。

那时，带着几分陌生和好奇环游了一些镇区。高大的甘露影剧院坐落在镇上的大院深处，而镇中心的"金三角"沿街店铺广告牌林立，生意相当兴隆。老市桥还是原来古朴的拱桥，人车往来繁忙，月溪的河水清凌凌的，可见麻鸭欢快地游来游去。"甘露大酒店"几个铜铸大字总给人一种高大上的感觉，而异地新建的甘露寺则持续飘着浓郁的香火。

那时，乘农公中巴车到镇上的站台下车。锡甘路等几条主要陆路交通已然取代了过去号称"八湖福地"盛极一时的水路交通。在保持老街面貌不变的同时，城镇街区向外扩张，新式楼房在改革开放纵深推进中拔地而起。乡镇企业转制基本成形，新的工厂不断建起来，工业化发展迈向规模增长的新时代。

那时，因这片土地上充满着现代与古朴的碰撞，所以总令人觉得神秘而有所向往。村子的名字，叫几大队（我爱人就是七大队人），而人与人的称呼，总是温润而甜糯，交流起来也总是以礼相待。后来了解到，这里还有神秘的古墓遗存——萧塘华太师墓（《唐伯虎点秋香》中华太师的真实原型），算算时间也有五六百年的历史了，至今那石马还立在农作物里，时隐时现。还有一处比较雄壮的历史遗迹便是地处三大队姚家里的乐稼桥了，桥体三跨两柱，全部用石料架设而成，中跨最长石条苍劲古朴，气势如虹，现在看来仍然能够感受到古人付出的心血和智慧。

那时，因这片土地上走出的人才而倍感兴趣。甘露过去的兴盛之况，作为外地人的我是不能想象到的，但是经济繁荣的背后必定有文化的传承和发展，其中体现最为明显的就是从甘露走出去的人才在各行各业中都赫赫有名，成绩斐然：孟东波就是从甘露的月溪边走上了革命的道路；中科院院士钟大赉的旧居仍然完好地保存在古镇的南横头桥堍，娴静小院，书香四溢。而从甘露农村成长起来的人民公仆则更多，我所了解的就有锡山原市委书记陆荣德、无锡市原副市长谈学明，等等。所谓文化见证历史，历史书写文化，人才是文化的产物。

当然，那时的甘露，乡村小道依然狭窄，大多是石子路面，村与村之间交通还不怎么方便。后来，随着经济快速发展，环境遭到破坏也日益显露出来。

生活垃圾、建筑垃圾随处可见，工厂的排放、机械的污染也在日渐加剧，农田的抛荒和良田的萎缩也有发生。站在新世纪的门槛上，甘露正面临着许多发展的难题。

时代不负建功立业者，社会文明进步和经济发展以非常人的认知，正向前推进，变化在微小间慢慢发生。

甘露青鱼、甘露金水梨等一批优质农产品逐渐走向市场，成为家喻户晓的品牌；甘露的不锈钢链条产销已在全国同类产品中占有较大比例；传统的阀门、电池壳、幕墙工程等产业规模也在不断增量提质中。在十几年的农业品牌发展和工业规模发展的双重推动下，原甘露的农工产值增速已具备相当高的水平。

经济发展在一定程度上明显改善了公共环境，推动了关系民生的各项工程的落地。二十三年后的今天，作为外来的新市民，我始终保持热情去感受时代发展的脉搏，由衷地点赞党和政府的积极引领和前瞻布局，深情地赞叹人民群众的勤劳致富，默默地感动于身边的微观变化。

暑气蒸腾，夜走散步，甘露大街小巷都像是会讲故事的老人，点点滴滴，给你描绘最烟火的气息。柏油路面宽大而平整，行道路灯璀璨如星空，新落成的中心广场人头攒动、舞曲悠扬，甘露卫生院新建的大厦整洁而舒适，环运河的彩虹跑道在乡村间蜿蜒，扩建的寺庙宏伟壮丽更显佛法庄严，尚书苑三期的高楼接近封顶……

生在新时代，文明之花处处开。

高慧娟
GAOHUIJUAN

中学高级教师、国家二级心理咨询师、无锡市中小学班主任工作能手、无锡市作协会员、惠山经开区优秀志愿者。多篇散文发表于《大公报》《太湖》等报刊或获奖。

— ★ ★ ★ —

甘露有月溪

古镇甘露有一月溪，形美如新月之初弯。到了甘露，定不会错过月溪。

从街上走来，遇一座石板铺就的古桥，拾级而上，脚下石板为浅浅的土褐色，有一整条横放的，有三五段拼接的。上下石阶的缝隙里缀满一丛丛绿草，像是玩累了的孩童你拉我拽排排坐。多年来乡里乡亲走过的每一个石阶，都留下大小不一的凹痕，注入其中的老故事伴着皎洁的月光洒向月溪，流向远方。

下桥沿河而行，整洁的街道并不宽。老屋一间连一间，鳞次栉比；木门一扇又一扇，相依相伴。木门的色泽，经受风雨的吹打，已经黯淡。门楣、门槛，

格调古朴。屋基有的建在元明时代，也或许是在宋代的基石上累加而成。石砖或大或小，颜色有灰有黑，无声地蹲在那儿支撑着月溪人世代居住的老宅。

偶有人影闪现，看见路人相互探问这屋、这门，一位老人缓缓地道一句"这间老屋已百余年了"，便微笑不再多语。这种坦然与沉稳，和这静默的老街、沧桑的老屋竟是如此和谐。随着老人的目光，转视河面，水波微漾，白墙青瓦映入水中，如同一幅长长的、流动的水墨画，向视线所及之处慢慢展开。

临河而居的人们，在岸边的盆里、缸里，还有盒子里，种上了小葱、大蒜、香菜等各式蔬菜。青菜淘气地仰着绿油油的笑脸，豌豆羞答答地拉着紫盈盈的小围巾，与似碗口般怒放的玉兰，在柔和的春风里、和煦的阳光下，有一搭没一搭地逗着乐。清香扑面，哪里能少了嗡嗡叫的可爱的小蜜蜂？瞧，一户人家真的就在对着门的堤上放置了两个蜂箱。没必要多养吧，自给自足就行了，这份释然，实在难得。

繁多的绿植中，一物青翠招展，好比微缩版的水杉，笔直的主干，隔一截两两对称生成，斜伸向空中的枝干，叶片细密。有人识得它是茴香。说起茴香，有一股奇异的香味，是常用的调料，是烧鱼炖肉、制作卤制食品时的必用之品。因它能除肉中臭气，使之重新添香，所以叫作茴香。在这里见到茴香原本的模样，是月溪人不经意间的给予。

耳边传来嘎嘎声，几只鸭子在招呼！这也引来几声狗吠，看到走近的人们，小狗歪着头，悄悄退后几步，可能觉得自己不太礼貌，它竟不好意思了。有水，有鸭，更应有鱼吧？猛然间，恍恍惚惚有一长物从眼前划过，定神细看，一鱼竿正在半空中摇晃。快步凑前，一条小猫鱼在钩上跳跃。钓者身边的水桶里，还有如此大小的一二十条小鱼。临水人家不仅悠然自得地垂钓，还可以在花藤下那吱吱呀呀的躺椅上就着春日休憩，迎着暖风在几棵芍药边静坐，神定气闲。

岸边老树众多，遒劲张扬。外皮皲裂的梧桐看来很有年头，其中一棵中间有一个窟窿，可这丝毫不影响它的长势。我顿悟，这是梧桐的耳朵，它依旧在倾听千百年来码头那群壮汉劳动的号子声。而它身边的另一棵梧桐则是深深地弯下腰，想来是用阔大的叶片，为在台阶上浣衣洗菜的女子遮阳避雨。

午饭时光，一阵吱吱啦啦的爆炒声响起，菜香幽幽飘来。神游间，顶着生生不息、金字塔形的可欣赏、可入药的瓦松，挂着带有蒜头的干苗，收拾整齐的陈年粽叶从近处的这屋、远处的那屋，飘来了弥久不散的茶香、酒香、药香、酱香……

在月溪，回想过往，看着当下，隐隐约约的一些东西悄然而去，踏实和满足渐渐溢满心底，不由得哼唱起那熟悉的歌谣："摇啊摇，摇啊摇，船儿摇到外婆桥。外婆好，外婆好，外婆对我嘻嘻笑……"

郜峰
GAOFENG

笔名介生，现为江苏省作协、美协、书协会员，江苏省漫画协会副会长、中国散文家协会理事、无锡市作协理事，惠山区美协、作协副主席，著有《郜峰散文集》《小报记者》《烟水集》《天上村前与胡氏三杰》《我的 2020 年》等散文集。

— ★★★ —

甘露不了情

我过去写过"甘露印象"，但每次写，都有不一样的感觉。我的人生经历不复杂，写不出什么名堂来，好比有些人画梅兰竹菊，画了一辈子，甘露就是我的梅兰竹菊。

我随父亲从后宅到甘露，当时仅六岁，还未到入学年龄，可能出于长期扎根甘露的考虑；也可能出于小学教务主任吴素琴从其他学校调来，可开"后门"；再也许他们会认为早上学可聪明一点，我就"非法"入学了。

　　我的小学一年级，读了三所学校，上了两年。先是在甘露小学上了一阵，后来因为要照顾多病的母亲，父亲主动向组织上申请，离开甘露，回县里工作，我也就先后转入丁村小学与广勤路小学继续上一年级，父亲说我是留级生。

　　记得当时，父亲是想长期扎根甘露的，他在那里顺风顺水，而且党委书记可在新街批块有店面的房子用地给他，他就想把我母亲接去，在甘露长期安营扎寨。可惜我母亲身体不"争气"，被怀疑患了一种重症，为就医方便，索性父亲倒过来去凑她。教务主任吴素琴是我外婆的寄女儿，因此我提前入学。

　　当时我对甘露印象最深的，当然是自己与父亲天天住的房子了。在公社办公用房后面有一幢两层楼，从逼仄的楼道上去，经过几个房间，到达靠西的一间房间，就是父亲与我的宿舍，那个房间是带阳台的，父亲嘱我别到阳台上去。因为是木结构的老房子，阳台上的木地板、木栏杆腐朽程度都很高，父亲怕我闯祸掉下去。但我出于好奇，还是趁他不在时，蹑手蹑脚地上去走走，张望张望，还算好，没有出什么事。

　　公社大院原本是大地主的私产，后来成为当地资本家的住宅，有假山花园。每天路过离大门不远处，有一座假山，有一个疯女人，蹲在假山石上，特别是到了傍晚，我特别紧张，怕她会冲过来，把我攥死，因此到了离她最近的地方，就拼命逃跑。我们住的房间被一隔二，后面还有半间，是洗漱室，有镜台、卫生设施，当时父亲用的一把刮须刀与一只放刀片的不锈钢盒子，上面刻着洋文，就此我知道，那里过去的主人是有钱人。

　　那个可以拆卸组装的刮须刀与装刀片的盒子，被他带回了城里，用了很长一段时光，后来几经搬家，也不知到哪儿去了。另外，还有一只带开关的铜灯头，也被父亲带了回来。隔壁局长家的公子看见了，喜欢得不行，硬是用百来张他父亲收藏多年的香烟壳子（其中有不少新中国成立前的老牌子）和我交换，

我当然很愿意，我更喜欢那些漂亮的、同样怀旧感十足的收藏品。

很具有喜剧色彩的是，我后来最喜欢的藏品竟然是灯具，而不是经过多年的、数量规模可观的邮票与烟标，它们虽曾陪伴过我多年，感情也很深，但总因容易丢失而失之交臂，成为我心头永远的痛与遗憾。那位局长的公子后来做了电工，是不是铜灯头"鬼魔附身"，这就讲不清了，也许是未了的前世宿缘吧。

我在甘露时，大概还不认识朱鼎元老先生，印象很模糊了，上城后才认识他。他穿件四个口袋的干部装，我一直以为他是国家干部，其实早就落难民间，成了一个不会种田、又没有什么身份、户口放在袋袋里的无业游民。他说起了一件事，他说当时"破四旧"，他在公社垃圾堆里抢出了一本将要被焚化的印谱，还有一只垫在台脚底下的砚台，那只砚台是汉白玉雕刻的，很精美，父亲送给了他。

有一只半截拇指大小的铁皮罐，上面写着洋文，里面原本有一瓶红花油，已经用剩，前几年父亲才交给我，对我说是当时从甘露带回的。因为里面的油已变味，而且流在外面影响铁皮，使之生锈腐烂，于是被我取出，分别摆放，现在仅存这只外壳了。这是我最小的甘露印象，拿在手里另有一番滋味。过去的时光印象仅存于此旧物在指间流转。

甘露街，对我来说，印象不多，都是老房子与石桥，沿河而筑，每天两点一线去上了学。有个卖糖果饼的人认识我，看见我走过时，总要热情地递给我一张热气腾腾的糖果饼。我开始不要，白吃别人的多不好，她说你父亲月底会来付钱，在得到父亲的允许下，我享受到了如此"待遇"。那时，学校里还养兔子与羊，我有一次参加了劳动，拿着镰刀，挎着苗篮，与同学一起到乡间农田割草，回来后喂给它们吃。直到这次我才获得了农村生活的感觉。

吴素琴阿姨的丈夫，姓姚，是一位甘露人，当时在上海工作，我叫他姨父。

他很喜欢我，视同自己的儿子，每次返乡总要带几本小人书送给我。问我喜欢看什么，我说喜欢《孙悟空三打白骨精》，他就给我买。我的《小兵张嘎》《鸡毛信》《杨根思》《董存瑞》《海岛兄弟》等重量级的小人书，都是他给我买的，为我打开了一扇扇了解外面的窗口。后来他调回无锡市政协工作，任副秘书长，吴素琴阿姨也调到无锡市一所小学任教，一直到退休。

甘露，在我心目中永远是一块净土，一个有高度的人文地标，永远存在不了情。

云林故里的流水岁月

　　我曾经为我的祖籍是东亭感到骄傲，因为它是倪云林的故里。我热爱书画，我一直把他当作自己的精神领袖，在精神上深深地被他的洁癖感染，潜移默化，为人处世都有了这个标杆。我有一方常用的闲章"云林故里人"，还有一印"阿炳故里"，可想而知，这两位乡前辈对我的人格建设有多大的作用。

　　东亭现在隶属锡山区。我家的祖屋在东亭镇大西桥堍。大西桥建于明代，原名"永安桥"，古时桥顶上有座亭，故称"隆亭桥"。

　　东亭原名"隆亭"，因明代翰林院掌门大学士华察（俗称华太师）得名。据说他打造的府第过于豪华，被人告了御状，于是民间流有"千日造隆亭，一夜改东亭"的说法。其实，"华太师造隆亭"乃当时民间的风传。华察比较正直，曾"抗疏乞归，拂衣归田"，因此得罪朝廷，日子并不会好过。"三笑"其实是笑他的后代没有出息，他家的丫鬟秋香与落拓的唐解元私奔，这纯属民间笑话。我外公是位说书先生，他常说到东亭镇上说"三笑"，不能说华太师的两个儿子是"大戆、二悉"，否则台下会飞茶壶过来。

　　我家老屋南面门前有条小河，与东面的大河相通，正好在一大一小两条河的交叉处，因此有两顶桥，也是一大一小。两桥交叉，一角常年系着一只用于消防的红色小艇。大的一顶就叫大西桥，那个时候的大西桥是两条石板，中间一条缝很大。听我母亲讲，我父母谈恋爱时，在桥上乘凉，我父亲的一只木屐从缝里掉入了下面湍急的河里，被冲跑了。

　　我家老屋有座大院，进门有过道，南北朝向，两间两进的一幢平屋，门前有两棵树，一棵是青桐，另一棵是楝树。西隔壁住着一对以卖葱、种子为生的老头老太。为了在共用的一垛墙上开窗、设烟囱，他们曾与我母亲吵过一架。但我妈对他们很好，每次回家总要买点什么东西馈赠他们。总的来讲，关系还是不错的。

　　我二姑曾在那儿住过一段时间。她在东街的袜厂工作时，我仅四五岁，我母亲贴点钱给她，让她带我一段时间。刚刚开始，还没有几天，她把我带到袜厂，她忙她的，我一个人就跑回了家，坐在门前。隔壁老太问我："你怎么一个人坐在这里？"我说："我在等妈妈回来。"我妈远在县属厂工作，要周末才能回趟东亭老家。我在老太家坐着，中午二姑找来了，她急出了一身冷汗。后来那老太把这件事告诉了我妈，我妈闻之哭了，二话没说，付给了我二姑一个月的抚养费，把我送到了梅村外婆家。

　　我爸虽然当过兵，后来在县机关工作，但到了老家，比他年长的，或者发小，仍唤他"大囡"。父亲有个最要好的同学，就住在河对面，我小时候还去他家玩过。现在他远在四川工作。我父亲从小没了爹妈，就随他父亲去阳山寄宿上初中，因此如同自己的父亲一样，后来我父亲考取了军校，就离开了故乡。记得老家还挂着一块木牌，上书"光荣人家"四个字。我父亲从小就爱读书，拥有一担书，他一直引以为荣。后来那块"光荣人家"被民政部门换成了铜牌，父亲把它拿到了我家，现在放在我家中客厅的什锦架上。

　　东亭西街沿大河一排是条主路，听父亲讲原来也是一条两旁有房的路。我出世时，枕河一排已经拆除。所以我看见的只剩一排房子了，都是店面房，很气派，一律为长条形的木板门面。父亲说，我们一家之前在这条路上也有门面，店面与住宅是打通的，店面门一半伸向水面。到了我出世的时候，店面早已没

有，原来开店用的长柜，都堆放在住宅前一段走廊过道里了。据我父亲讲，我祖上是经营南北货的，他的履历出身一栏填有"小商"两字。

西街有一家理发店，它的后代长子与我父亲是发小，我们叫他"山大"。山大老实巴交，终身光棍一条，把我们当成自己的小辈。有一年暑假，不知怎么回事，我与外公、表妹、弟弟住到老家，他天天来看我们，以逗我们为乐，我们学他"胳肢窝放屁"并哈哈大笑，他也跟着我们哈哈大笑。后来我们不再住回去，他就每个星期天来野花园一趟，没啥事儿就送点蔬菜，或山芋之类自己种的菜，我母亲也回赠他一点日常用品。

住老房子，有点吓人，一束白光从屋顶的天窗里射下并投影于地，令人毛骨悚然。东西有邻，以围墙为界。房子前后两间两进，我妈妈曾经在20世纪70年代后期买了不少建材准备翻建，但在我父亲与外公的竭力反对下，无奈放弃，好不容易买来、从宜兴山里运来的建材，统统转让给了朋友。

西大街的对岸住着两位"山东人"："老山东"与"小山东"。"老山东"是我妈在磁性材料厂的同事，为人仗义，会干拉板车、做鞋子等活，我妈有什么事就找他帮忙，我穿的鞋子几乎都是他做的或修的。

老屋是我祖上留下的遗产，改革开放后，西大街横街马路拓宽，因它引起的家庭矛盾不断，于是被我父母卖掉了，所得款项分给父亲的姐姐、妹妹、弟弟们，从此安顿。现在那个地方的一部分，成了公共花坛。有一年北京亲戚们返乡探亲，几十口人在那里拍了个合影。

我姑父祖上是做药材生意的，在无锡县城里也有药店。他家在东街头上，是一幢独门独户的大院子，坐南朝北，东西窄长，占地二余亩。前面正门处有天井，南面后院约占三分之二，两边植竹，东西围墙称为垣，仅半人高，小孩都可翻越。他家那座房子是中西合璧风格，房间高出地面，进房有一个台，像日本人的榻榻米，必须脱鞋才能进入硬木红漆的地板室内，这无疑是有钱的乡绅人家。

后来我随父亲去后宅、甘露也住过更为精致的大户人家的地板房小楼，所以我对老房子的精致讲究不能说一点印象也没有。我喜欢画老房子与这段经历有点关系。元代大画家倪云林、《二泉映月》曲作者华彦钧（瞎子阿炳）、《唐诗三百首》编者蘅退居士、《悯农》诗作者唐代李绅等都是东亭人，因此我说自己喜欢画老房子，大概是云林托梦。

新千年开始，我所在的报社在锡山市政府大院对面造了新大楼（在东亭镇地面上），我开始又与东亭镇"续缘"。顺便带一笔，我在市园林部门工作时，认识了一位同事，他是东亭人，他父亲在东亭镇上担任领导。他从南京林业大学植保专业本科毕业后，被分配到无锡市园林，我结婚办婚宴，他还做了我的傧相。我后来调到《无锡县报》，在广告部跑广告时，去东亭镇又遇上了他，原来他也随新组建的市园林局驻无锡县绿化工程办事处，驻扎到了他家出租的一套二层小楼，地址就在我老家的斜对面，我们又碰头了。我结婚后，他当时还没有对象，常来我家玩、吃饭。后来他调回市里，又成了家，我们才中断了联系。他一心扑在工作上，当上了绿化监理部门的领导，我去惠山区后，仅与他见过一面，是在我办公的六号楼门口碰到的。我办公室在六楼，他去办事的农林局在一楼。我跑过农林条线，编过一阵《致富金桥》专版，熟悉那里不少人，因此也常听人说起过他。

《无锡县报》更名为《锡山日报》，但搬到东亭后好景不长，两年不到就被日报成建制接收了，我们又从东亭搬回了野花园。但我与东亭的缘分似乎断不了，因为我与老婆同在那里工作，我们与父母的户口均迁入了东亭派出所，并从宁海里搬到了东亭地面上的金锡苑，我父母稍晚于我们也经调房搬到了金

锡苑后面的蔚蓝都市,在那里生活了十多年时间。在那里的生活过得安逸舒适,日子相对比较平静。在那里也有一些故事发生,这里就不展开了,仅就与东亭相关的人事略说一二。

2000年5月我在周末副刊部时,曾采写过义务看管阿炳故居的张爱芬(当时她54岁,任春合村村委妇女主任)的故事,以及《倪云林隐迹记》作者沈映冬先生的报道。倪云林墓管理不善的批评报道,虽然与东亭镇无关,但也在这个时期刊登,这里顺便带上一笔。这篇报道给当时的报社领导带来了压力,但最终以获得文管部门支持,并获市级新闻三等奖平息了争议。这大概可算我记者生涯光彩的一笔。

东亭老街开了一家阿桂馄饨店,那里的开洋鲜肉馄饨与鲜肉卤汁烧卖特别好吃,我老婆与女儿都十分爱吃,常去尝鲜或点外卖回来吃。我与她们也常去,有一次还带上了小狗丁丁(一条至今让我念念不忘、伴随四年之久的宠犬)。阿桂馄饨店名扬锡城,电视台做过专题报道,生意兴隆,长长的队伍排到弄堂口,我也去排过队。后来不知何故,阿桂把这家红火的小店盘给了别人,把自己降格为跑堂伙计。我离开东亭后,曾乘地铁去吃过一次,说老实话,口感大不如从前,而且价格上涨了不少,虽然不用再排队了,但那次去了,从此再也不想去了。东亭镇餐饮很兴旺,是个培养"吃货"的地方,住在那里的时候,我应该说是老吃客了,我的心血管毛病,大概也与这有点关系,但愿是我冤枉了它。

最后再说一个人,那就是周兄。周兄是东亭春雷大队人,讨了个老婆是镇上人,她的老家就在我祖居的后面,我们应该是老乡亲的关系。这是后来才知道的一件事。周兄喜欢收藏字画,这里长话短说。他起初并不懂字画的好坏,花了不少冤枉钱,我作为好朋友看着干着急,劝他多买高质量的、货真价实的画家的书画集，这些画家并不是太出名，但要靠自己用眼睛去发现。我抄给他不少陌生的名字，但东西的确养眼，很快他就上路了，尝到了甜头，从此一发不可收，购进了大批堪称一流的画册。他常说，没有你的指点，我至今尚像睁眼瞎，起码会白白丢掉几十万元。自从知道买好画册后，不少低劣画他都不要了，眼界高了，还结识了一批国内顶尖的隐逸高手。他也特别喜欢我创作的字与画，不少我自己都喜欢的作品，被他"讨"去了，我虽然有点"肉痛"，但是心甘情愿，谁叫他眼力好呢。我们现在还常有往来，常听他讲起那里的一些人间烟火。我想不是我有什么大的功劳，而是他有这方面的素质，让他有了高水准、高品位的鉴画收藏的标准。超逸潇洒的灵性即使不画，对做人做事也是一等的标准。

地铁二号线在东亭有个站点，想去那里其实不难，但现在我已很少再去那里了，只是文笔所至，写写与它有关的流水账。不管怎样，它都是我的祖籍地，这一点永远改变不了。有位熟悉我的人说，我的根在锡山，住在滨湖，工作在惠山。他说得一点不错，说起思乡的话题，总也离不开那块土地。我的老师褚老师是东亭云林故里长大的，他常嘱我研究云林公，还送了我不少资料，还嘱我学他的画。我想云林人格的力量是巨大的，至今有着崇高的文化地位。在当下，云林精神可以抵抗物质主义的侵蚀。当时倪云林逃出去，也是因为受不了无休无止的苛政赋税、讨厌没完没了的虚假应酬，索性卖掉万顷田产，接济入不敷出的道教领袖、好友张雨，避开是是非非，浪迹三泖五湖之间，追求一种洒脱自由的精神境界。这种自我放逐的文化精神与文化觉醒很重要，直至今日仍是中国知识分子追求人格完美的一个标杆，一种良知的体现，一种为了活着做出的来自本能的精神抗争。这也许是云林留下的一份最大的精神遗产。

葛凌云
GELINGYUN

无锡市作协会员、惠山区作协理事。一个爱读书、爱野游、爱漂亮花草、爱一切美好事物的人。多篇文章发表于《江南晚报》《惠山新闻》等报刊。

★ ★ ★

初遇甘露

前日群里发消息，说要去甘露采风。甘露，我一直想去，因为我有一位认识了三十多年的闺密——琴，就在甘露。我早就想去看她了。可是当日我已约了客人来赏花，所以只能遗憾作罢。

第一次去甘露，是琴结婚。我作为她的铁杆，当然要去见证她的幸福时刻。那是 20 世纪 90 年代，交通还不是很发达。琴在信上详细地告知了路线以及乘车的方法。我按照她的"指示"，天蒙蒙亮就出发了，中间转了两趟车，到下午两点多才到甘露。

因为是第一次穿过整个无锡县，感觉甘露好远。一下车，四顾茫然，我连东南西北都搞不清了。我傻傻地站在马路边，突然想起我平时一直嘲笑琴左右不分，而此刻的我又比她聪明到哪儿去呢？所幸，走过的一位热心人知道她家的位置，沿着一条波光粼粼的大河一直把我送到她家门口。

琴的老家本来在乡下，后来为了方便上学，她爸爸妈妈就在街上买了一块地皮，造了一座三层楼。我刚走到门口，就看到琴家大门内一张方桌上围坐了几个年轻人，正嘻嘻哈哈高声谈笑，琴也笑得花枝乱颤。他们面前是一桌还很齐整的酒席。我正纳闷，怎么下午两三点钟了还没开席啊？在我们家乡，现在应该撤席了呀。不对，酒席只摆了一桌，这到底是怎么回事呢？

"琴，有客人来了！"话音未落，美丽的新娘——琴立刻站起来，亲热地招呼道："鸽子，你来啦！快进来，快进来！坐下和我们一起喝酒！"不等我坐下，琴羞红了脸，拉了拉一位帅小伙的衣袖，说："这就是鸽子。"英俊潇洒的帅小伙用甜糯的语调轻轻地说："哦！你就是鸽子啊！她一直在我面前说起你。"说着脸上腾起了一片红云。没想到新郎官这么腼腆、可爱，我忍不住捂着嘴巴嗤嗤地笑起来，心里面却止不住泛起一个词语——清澈纯净，一如刚刚走过的那条河流里的河水。

桌上的客人继续一边谈笑一边喝酒。我朝新娘子挤了挤眼睛，她马上心领神会，挽着我的手朝里屋走去。我一边走一边问："怎么现在喝喜酒啊？"她说："我们甘露的习惯是喝喜酒。刚才桌上的都是新郎的同辈，他们先到我家喝酒，等会儿我们还要去他家喝喜酒呢。"我蒙了，心想，一天吃两顿，怎么吃得下啊？她又说，这一顿是接亲酒。她看着我呆呆的样子，笑着说：

"你不要管，反正就跟着我，我吃到哪里你就跟到哪里。"说完，她还不忘补上一句，"你现在就装模作样吃一点，等会儿到他家多吃点！"我们俩忍不住抱在一起笑了起来。

我们还想聊一会儿，但外面有人喊起来："新娘子呢？新娘子呢？我们该出发了！"我们赶紧跑出去，一看，夕阳已经擦着远处的天际，晚霞映红了屋边的大树，时间真的不早了。这时琴的家人也到齐了，琴拉着她奶奶和妈妈的手哭了起来，我也鼻子一酸，马上湿了眼眶。

果然，新郎家的酒席十分丰盛，其中印象最深的是一块大肥肉。当时我肠胃比较弱，很少吃肥肉。可是琴一个劲儿地叫我尝尝，说这是走油肉，非常好吃。我看着被炸得金黄的肉皮皱皱巴巴的，皮下一层膘肉足足有两厘米厚，怎么也不敢动筷子。

琴说："这可是我们甘露的名菜啊！你不吃会后悔的！"我实在受不了她的热情，夹下一小块，闭着眼睛送进了嘴巴。谁知此肉真的肥而不腻，而且油香扑鼻，几乎入口即化。琴悄悄说："怎么样，没骗你吧？""嗯，真是名不虚传！"新郎官看我们俩窃窃私语，凑上来问："你们在讲什么？"我抢先回答道："我们在说你长得很好看。"新郎官立马又红了脸。

喜酒吃了几个小时，天完全黑下来了。我和其他几个朋友被安排住在甘露镇上的宾馆里。也许是婚礼的喜庆气氛太过浓郁，我久久无法入眠。我想起白天走过的一条老街，突然很想去看看。出了宾馆的门，凭着一点点记忆，七转八拐，走了大概半个小时，终于看到了一排老房子。昏暗的路灯下，影影绰绰，根本看不清老房子的模样。

可是我不甘心，继续沿着石板路漫无目的地朝前走。走着走着，我居然发现了一个石码头。这简直是意外之喜啊！我顺着台阶往下走，只见河面上停着两只小木船，缆绳就系在岸边的石墩子上。其中一只木船的船头挂着一盏桅灯。一位六七十岁的老人就着昏黄的灯光在清洗木盆，旁边的盆里还有几条小鱼。老伯见我走下台阶，好奇地打量着我。

我又走下了两级，说："老伯，你的鱼是从这条河里钓上来的吗？"老伯说："是啊！这条河通往外面的鹅真荡的。""啊？鹅肫塘啊？""对对对，鹅真荡！""为什么叫鹅肫塘啊？是不是因为像个鹅肫？"老伯似懂非懂地连连点头。"哈哈，这个名字太好记了！"可是，直到很多年过去了，我才知道当初我自以为记得清清楚楚的"鹅肫塘"原来叫"鹅真荡"，也就是现在的鹅湖。"鹅肫塘""鹅真荡""鹅湖"，湖还是那个湖，名字却一个比一个文雅。

"那这条河叫什么名字啊？"

"月溪。"

"月溪？"好美的名字！我朝河的尽头望去，水面在朦胧的月色下泛着星星点点的光亮，如碎银跌落玉盘，又如银蛇沉睡，在暗夜里显得静谧而又安详。

老伯见我没有离去的意思，谈兴突然高涨起来。他说："妹妹，你不是本地人吧？是不是第一次来我们甘露玩？"我说："是啊，是啊！老伯，甘露有哪些有名的风景啊？""最有名的就是甘露寺了！这个甘露寺啊，唐朝就有了，已经有一千多年历史啦！现在正在大修呢！"老伯顿了一下，又说，

"还有就是鹅真荡、这条月溪和望虞河。"

"老伯，我听说望虞河很长的，一直通到苏州呢。""对，中间还经过虞山的，所以叫望虞河。据说还是范蠡修筑的呢！"老伯接过我的话头，说，"明天好好去玩一玩，我们甘露是很美的。人家都说'金甘露，银荡口'。""老伯，你的知识真丰富！"谢过老伯后，我摸黑回到了宾馆，闭上眼，枕着月溪的星光沉沉睡去。

一转眼，距离我第一次去甘露已经三十多年了，我和琴都从青葱少女变成了中年妇女。好多年没去甘露了，不知当初那清澈的月溪是否还是那么熠熠生辉。

如今，每当我听到"甘露"两个字，想到我的好闺密就在那里，心中顿时如饮甘霖，不由得升起一种甜蜜亲切感来。

过新艳

GUOXINYAN

1990年毕业于南京师范大学中文系。江苏省天一中学语文高级教师，无锡市锡山区语文学科带头人。多次获省市文学艺术奖，出版散文集《草莓红时》。现为江苏省作协会员、无锡市作协理事、锡山区作协主席。

— ★ ★ ★ —

春雨荡口绿无涯

古镇荡口，一个时常听到的地方。

刚到学校工作时，几个舍友都来自荡口，听他们在随意聊天，那特别软糯温雅的方言古音飘进耳朵，感觉"小苏州、银荡口"，印象中那荡口似乎天然充满了万千柔情，洒满了水和阳光，实在是个诱人的地方。

后来车去锡东，才知道荡口的人烟阜盛。大约8000亩（约5.33平方千米）水域的鹅真荡轻轻拍打着这片肥沃的鱼米之乡，地处无锡、苏州、常熟三座江

南名城交界地的中心，鱼虾水产丰厚，农副蚕桑繁盛，青堂瓦舍枇比，驳岸石栏柔美，店铺面河而开，街石坚实悠长，在清末，荡口就已经是一个很像样的集镇了。

荡口多老屋，老屋最特别的就是进深，头上的小天窗往往会投射下一束亮光，旁边的侧门有幽幽的光影，会让人想起儿时的外婆人家，"摇啊摇，摇到外婆桥"，那里有游子梦牵魂绕找到归依后产生的非凡的亲切。低矮古檐，散着稻草竹笋，它自然素朴，就像白石老人的水墨国画，一棵白菜、两个萝卜，却回味久远。

记得鲁迅先生在《朝花夕拾》小引中说："我有一时，曾经屡次忆起儿时在故乡所吃的蔬果：菱角、罗汉豆、茭白、香瓜。凡这些，都是极其鲜美可口的；都曾是使我思乡的蛊惑。后来，我在久别之后尝到了，也不过如此；唯独在记忆上，还有旧来的意味存留。它们也许要哄骗我一生，使我时时反顾。"荡口使人惦念的小吃很多，其中花沿桥的年糕更出名。江南有民谚："过年吃青鱼，年年有余；过年吃年糕，高高兴兴。"小时候过年家里也请师傅蒸年糕，柴火旺旺，土灶头上做出来的年糕热气腾腾，用棉线一条条勒切年糕，随手吃一块，是难忘的美味。而"花沿桥"，多美的名字呀！每到春节前期，荡口镇花沿桥糕饼店每天卖出的年糕数量都会比平日里翻几番。花沿桥的年糕大致有三种：红糖的最香；红豆的比较丰富；白糖的最细腻，买的人也最多。荡口花沿桥的年糕，采用的是最纯真的糯米等原辅材料，严格按照老作坊传统，由老师傅一道道手工制作，因此要比机器加工的更韧性细腻，更香甜爽口。此外，鹅湖的冰油、德美的酱菜，咸中带鲜的花沿桥鲜肉月饼喷香扑鼻，比苏州观前街的黄天源采芝斋的还要好吃，这些当地的土产似乎都能让人抚摸到已经远去的老外婆的情味。

　　雾蒙蒙，情深深，古镇荡口宅心仁厚，是《二十四孝图》中东汉名孝子丁兰的多情故里，华氏老义庄则被誉为"江南第一义庄"。很难忘记荡口的春草轩，那份孝义之心，几乎达到了后人必须仰望的高度。

　　元朝末年，六岁的华幼武便成了孤儿。凛冽的日子，母亲日夜耕织，赡养公婆和抚养儿子，多年操劳，累成双目失明。长大后的华幼武知书达礼，博学多才，也曾有公卿举荐他出仕，但他像西晋的李密，顾念着"乌鸟私情"，抛开了世俗的期许，只修建了"春草轩"，在家悉心侍母，竭尽孝道。春草轩里有老母慈祥微笑，春草轩里更有游子孝心相牵。据说有一年暮春时节，母亲陈氏患口渴病，华幼武恰有要事滞留毗陵（常州），忧思难解，就觅得鲜枇杷寄给母亲，还为此作诗曰："晓窗灯影缀金花，游子思亲梦到家。旅食暂违忧药饵，慈恩已及寄枇杷。香分彩袖惭怀桔，凉入中肠忆奉瓜。拜舞新尝千万喜，草微春雨绿无涯。"陈氏年逾花甲后，身子日益虚弱，兼之双目失明，瘦影伶仃，行动不便。华幼武见了心痛不已，念及母亲劬劳养育之恩，常常暗自落泪，他在《春草轩对月诗》中吟道："昔年阿母宴秋期，满地溶溶月色迟。今夕光辉徒有泪，一天风露不胜悲。良辰荏苒思无极，瘦影伶仃舞向谁？梦出桂花穷碧落，声容仿佛在瑶池。"

　　遥想春草轩慈颜如雪，孝子如灯，它们相互映照，成为让人们感念的春口风景，然后代代相传。尽管岁月风吹雨打，荡口春草轩，却早已成为锡东地区"孝文化"和"义文化"的象征；"谁言寸草心，报得三春晖"，孟郊的诗句情深意长，在春草轩晶莹闪烁；鹅湖边的始迁祖祠及春草轩遗址，始终是荡口人心中留恋的圣地。

　　"忠厚传家久，诗书继世长"，文化传统历来是看不见的力量，它浸润熏陶，使荡口人潜心耕读，踏实生活。而发达的经济又推动着文化的发展，一个

小小乡镇竟兴办了十多所学校，汇聚了来自全国的名师，于是学海路俊采星驰，苏南古镇卧虎藏龙。特别是明清两朝，荡口的进士、举人及其他各类俊才辈出。光门庭显赫的华氏家族，就涌现出明代首创铜活字印刷的华燧；第一个用工尺符号记录大量琵琶曲谱、编写《十面埋伏》的清末民族音乐演奏家华秋苹；引进西方科技，开创我国兵工、造船、机械等工业，并与徐寿合作造出中国第一艘蒸汽轮"黄鹄号"的华蘅芳和同为数学天才的其弟华世芳；首创乱针刺绣法的民国刺绣艺术家华图珊和民族实业家华绎之等人才；还有德隆望尊的钱氏家族，除了国学大师钱穆，还有钱伟长、钱临照等一批卓有成就的中科院院士；另外，有"一门五博士"之称的教育家顾毓琇、大音乐家王莘和大漫画家华君武等，均享誉海内外。

除了坚信"学而优则仕"，荡口还涌动着一股强烈的"以科学强国、以实业发家、以文化冶情"的创新热潮。荡口老街有洋房，最出名的就是被称为"蔡鸿德堂"的三层楼中西合璧洋房，它是当地出生的上海滩大亨蔡鸿生于1935年所建。粗粗打量，高敞的大厅，磨矾石墙面，地面铺着的细密的马赛克应该来自海外，迄今少有缝隙。楼梯宽整，一踏进去就给人以大方、气派之感，即使在当今它仍显时尚，而今是荡口古镇保护与开发管委会的所在地。

徜徉在北仓河永安桥边，远望青肤蓝影、起伏有致的鸿山，不免感慨万千。荡口政府早就古镇保护修复工程做了规划，根据文化功能、历史功能、商业功能、保护与传承的需要，精心设计，分批施工。眼下，古镇的招商工作正热火朝天，招商后的荡口会更热闹，也更风雅。元宵灯节、四月十五植福寺庙会（现称鹅湖民俗风情节）和端午节赛龙舟规模盛大。届时，飞针走线的绝妙绷绣、清幽袅袅的江南丝竹、说学弹唱的书场评弹，这"无锡的后花园"将再次焕发独特的艺术活力。

春来荡口绿无涯，经历一番重建整修，可以想见，波光云影的水乡风景和洞幽悉微的义庄智者交融，三公祠风清气正，青砖巷沧桑绵长，在永安桥上缓缓地四顾，"梨花村里叩重门，握手相看泪满痕"，浪迹天涯的游子归来后百感交集的情景是否重现？

当我们在喧腾的红尘中奔波疲累时，那不妨就去荡口走走吧，它能让你漂泊动荡的心灵渐趋安适宁静。

斗山冬行

又去斗山，是在一个初冬下雨的午后。

记得美国"生态伦理之父"奥尔多·利奥波德在《沙乡年鉴》中，曾细致地描写了大地的四季之美：清澈的河流、静默的繁星、温润的雏菊……他还意味深长地说：这个世界的真正"启示"在荒野。因此，当车子一路往北，内心便不由得充满了期待。

作为无锡城东一座不高的山丘——斗山，其实貌不惊人。只幼时就听说：舜少年时代曾在此躬耕。当接了尧的帝位后，他"悯天地、识气象、怜众生、护万物、爱禽兽、睦邻友"，倡导"天人协和，万物共荣"，于是斗山风调雨顺，五谷丰登。斗山还曾发掘出三大古生态保护碑：《禁约碑》《放生池碑》《永禁碑》。先辈们敬畏自然，顾念风水和虫鱼草木鸟兽，他们智慧的目光无处不在。

"斗山弯弯十里长，山美水美茶果香！"近年来，现代农业发展迅猛，走近斗山，总有新的惊喜。而这又离不开新生代农民的回归奋斗，这些乡村精英像山那样思考，立足于生态整体，因地制宜，各显神通，正引发乡村旅游的规模效应与联动效应，推动着当地经济的良性发展。

一、"富硒白茶"第一人

斗山地属亚热带湿润季风气候，光照充足，气候温润，植被丰富，林木覆盖率高。独特的灵秀之气孕育出了地产名茶——"太湖翠竹"。约200万平方米的茶园不仅为斗山增添了新的景色，还为当地人增加了收益，"斗山"牌太湖翠竹茶以清香、味纯、色美受到中外友人的青睐。

车近白茶园，尤感一种气势风情：建筑面积近 3000 平方米，四合院式的房屋有 40 余间。茶田面积已扩展到 13 万多平方米。每块茶田的周围都是香椿围绕，花果间种。一年四季，香椿、红枫、棕榈、石榴、牡丹、白芍、月季、粉桃等竞相绽放，整个园区万紫千红、花香四溢。

作为无锡"斗山富硒白茶"引进者的朱小良，胸怀大志，目光高远，他和学成归国、反哺故乡的儿子朱一鸣一起努力，除了打造富硒白茶、黄金芽、茶太湖、翠竹斗山红茶，改进制茶工艺，还在产品设计包装上不断创新，开发了桑葚冰酒等茶酒新品。用他的话说，就是"要让大家体验到这里的真山、真水、真品、真趣"。他更大的梦想就是建成无锡乃至江苏全省最好的"一村一品""一村一园"的农业生态示范基地，让白茶园成为"景观式、生态式、休闲观光式"的绿色园林！

二、"何仙姑"的乡土情结

来到斗山深处，走进锡北镇斗星路 88 号的五芝源，不免意外：清风蔓瓦，白墙古素，清波荡漾，绿树葱郁，太极生辉，处处充满民俗灵气，好一个养生的福地！

五芝源农庄老总何静霞，生于斗川，长大后求学苦读，投身旅游业 18 年，成了无锡旅游史上的"传奇"。她读书旅行，走南闯北，日渐见多识广，却又始终眷恋着如诗如画的故乡。回望母亲的殷殷期盼，想着年少时的梦想，她毅然拿出 18 年的全部积蓄，开始了面向斗山的创业征程。五芝源首期征地约 13 万平方米，已成了华东地区一流的集研究开发、种植培育、养生休闲、观光游

览、加工包装、终端营销于一体的综合型和品牌型的省新型高科技企业。五芝源的保健蔬菜、食用花卉，特别是"听佛音生长的灵芝"的深加工产品，投放市场以来，备受广大消费者的追捧，为无数人解除了病痛，带去了健康和幸福。而五芝源，因"何仙姑""传播仙草文化，成就幸福人生"的理念而诞生，也因"富裕一方斗山，美丽一方斗山"而闻名遐迩。

三、在芳草中诗意栖居

如果单从外面粗看，坐落在斗山村斗星路 9 号的大自然农庄，绝对是一个不起眼的农业大棚，但游人一走进这里，就像走进了温柔的春天：三角梅、月季开得正艳，小径通幽，多肉铺满地，几张欧式的沙发，闲闲地点缀在红花绿叶间，让人忍不住就想坐下来，眯起眼睛晒晒太阳，喝口香茶。

由斗山东行，建在古镇寨门附近的柯园，占地 3000 平方米左右，更是一个集园林文化、农业生产、生态观光、科普教育、养生休闲等多种功能的综合体。园内小桥流水，林木葱茏，古色亭台，幽雅动人。人们在此乘凉品茶，悠悠垂钓，休闲观光，暂避尘嚣，可尽享回归自然的野趣。

近年来，在乡土中国的城镇化进程中，一片片耕地和山林已变成工厂楼房，许多村园正慢慢消失。散文家刘亮程有言："当家园废失，我知道所有回家的脚步都已踏踏实实地迈上了虚无之途。"

可是，又有哪一个游子的心中，不深藏着一个回归乡野的梦想？即便无法返回，也会时时遥望。

而眼前的斗山，正因特色农庄的蓬勃发展，呈现出最美的表情：茂林修竹，鸟声清脆，篱径绵延；山塘溪涧，木栈碑亭，迂回错落。环顾山下，白墙青瓦、黛绿菜地、细长河流交错其间；蒙蒙细雨中，就连空气中似乎也杂糅着多种植物的芳香。它们真切地存在着，是这样随意地轻轻吟唱，令人心生愉悦。

曾经有央视报道，在深秋的清晨爬上山，可见斗山脚下的村庄时常出现云雾缭绕的奇观——"斗山晨雾"。想来当竹林禅院、菜田茶园、青砖黛瓦、一草一木，被轻柔的晨雾笼罩，人们缥缈迷离，便仿佛置身仙境一般。

都市的人们，如果你在琐碎庸常的日子里越发机械、沉默，那么，不妨让自己从纷繁芜杂中抽身，去锡北斗山的乡村转转吧。在静谧的夜晚，投入山林的怀抱，享受风声绿意和谐的共振，生活原可以是这样轻松而明朗！

假如你来锡山

一

如果，日复一日庸常的生活将要把你淹没，那么，不妨跳出岁月的重围，去锡山走走吧——

"水不在深，有龙则灵。" 羊严河的柔波穿过从前的严家桥，水光闪动，似在缓缓诉说。史载有姓严的盐商，在此造桥，一桥贯通东西，于是严家桥全盘皆活，散居两岸的村民枕河而居，烟柳画桥，风帘翠幕，市集喧腾，远近闻名。

站在村口广场，远观羊严河旁，古色古香的唐氏百米长廊悠扬远去；漫步亭台石桥边，走过竹林幽径，果然，陈年古镇的气息扑面而来。那一种亲切，真是来自内里的。

严家桥最传奇的，当数唐氏文化了。赫赫有名的无锡六大工商财团之一的唐家就诞生于此。无论是唐氏工商业陈列馆、唐氏花园，还是百米长廊、唐氏码头，无一不在向人们描述着唐家当年的辉煌和风范。而唐家创业的故事也格外耐人寻味——

唐氏先祖唐懋勋，号景溪，是中国香港特别行政区第四任行政长官选举候选人唐英年的父亲唐翔千的太曾祖父。景溪公可称是严家桥唐氏的第一代祖先，那么，廉谨和蔼的景溪公在无锡东门和北塘好好地开着布庄，人气正旺，又为何曲曲折折迁来这里？

在老严家桥人的眼中，那故事可真是生动又真切：广西太平军开始进攻南京，战火迅速烧向江南，唐懋勋身背黄布包，携妻儿老小一路风尘，穿村过巷，来到无锡严家桥。他独具慧眼，发现此地闹中取静，远离战火，是个理想的避风港；羊严河四通八达，也是图谋发展的宝地，便最终在此落脚。严家桥人勤劳能干，几乎户户纺纱，家家织布，也许，那噼啪不断的机杼声点燃了他的创业灵感？于是，他便在风水极好的双板桥旁开设了"春源布庄"。善于捕捉商机，又加经营有方，"春源布庄"生意兴隆，成了远近闻名的金字招牌，自然财源滚滚。后来唐家又继续拓展，兴建唐氏仓厅，囤粮食，开当铺，建码头，终使鱼米之乡严家桥真正兴盛，逐渐成为 20 世纪二三十年代无锡著名的米码头、布码头、书码头和医码头，成为中国民族工业发祥地之一。

眼前的严家桥，不宽的石板街道被鞋底磨得锃亮，二层林立的木板小楼，白壁灰瓦，雕窗木栏，看得出商铺的木门是由一块块木板拼合而成，门板虽已旧，但仍可遥想古镇当年盛况：河岸街边，店铺密集，货船络绎，商贾如云；茶馆书场，灯火通明，红衣青衫，书迷票友，千米古街，步步是景……

唐氏子孙，现大多移居他乡，但人们依然记得唐家的"富而好施仁义""达则兼济天下"的许多善举。羊严河上四座桥，其中三座为唐家所建。1934 年，唐家又出资疏浚永兴河，百姓欢呼雀跃。唐家还有一个大气的约定："凡严家桥的公益事业，不论大小，唐姓负担一半。"唐家特别重视教育，早在 20 世纪 20 年代，筹划创办丽新织布厂时就创办了丽新子弟学校，即使后来学校改为了严家桥小学，唐家每年仍会捐款支持。

"荡漾清流街边过，绵延文脉镇中流。"严家桥人杰地灵，即便从檐下老人的轻声闲谈中，似乎也能嗅到古镇的书香漫漫。据说，这里散居着 60 多个姓氏，200 多户人家，光近代就涌现了 280 多位高知高职的国家栋梁，是当之无愧的"教授村"。经过街角，那幽深小巷里似仍回响着景溪公的遗训："我

期望子孙后代读书中举，但如读书无成，便应学习一业，庶不致游荡成性，败坏家业……"创业者的远见睿智，别样的教勉之情，总令后人深深感念。

窗户一开就是个戏台，世间哀乐尽入眼中。穿过唐氏工商业陈列室、唐氏百米长廊，叮咚的装修声不绝，一个锡剧博物馆正在建设中。无锡人爱听锡剧，而著名的锡剧其实就发源于此地！锡剧唱词繁复绵远，轻弹慢唱，婉转动听，是多情江南的写照。记得小时，一村唱滩簧，喜悦方圆几十里。回想经典锡剧《珍珠塔》中，方卿得中状元后，官封七省巡按，乔装改扮重来襄阳，唱曲道情试探姑母，那戏情进退多折，最后小小的圆满的结局，也让人感觉可爱可亲，笑意顿生。

为重振"米码头"雄风，新一代严家桥人又顺势转变，开始描画乡村振兴蓝图。他们请教省水稻育种专家，专注水稻新品种研发。每当秋高气爽，严家桥便会举办稻香文化节——稻田画观光、稻田劳作体验活动不断推出，稻香阵阵，绽放艺术创意，古村竟又成"网红稻田打卡地"！

漫步在羊尖严家桥，便不由想起《金蔷薇》中的一段话："每一分钟，每一个在无意中说出来的字眼，每一个无心的流盼，每一个深邃的或者戏谑的想法，人的心脏的每一次觉察不到的搏动，一如杨树的飞絮或者夜间映在水洼中的星光——无不都是一粒粒金粉。"

二

假如你春来无锡踏青，那么，我定会带你去斗山转转。

素有"锡北桃源"之称的斗山出产名茶，那山路两边的茶园，有柔曼的曲线起伏。围坐在茶桌前，依序泡开"太湖翠竹"，看扁扁嫩芽舒展又丰润，香远溢清，叶中蕴含的日华月露终于在净水里弥散开来。几口清茶下去，你会觉得舌尖微苦，喉消欲望，似乎少了浮躁，多了沉静。看着一杯鲜绿油润，不由再喝一口，渐有淡淡的苦涩，再细细品去，又终生出微微的甘甜。想起东坡先生《赤壁赋》中的感慨："惟江上之清风，与山间之明月，耳得之而为声，目遇之而成色，取之无禁，用之不竭，是造物者之无尽藏也。"翠竹摇曳，参差披拂，人间美好的风景竟在一瞬间奔涌眼底。

五月的斗山，花事正盛。背着相机的当地摄影家、微博名为"斗山星辰"的老陈说起，那斗山村陆家水渠的鲜花盛开了，村后东边有上百棵李花，西边是几百棵含笑，麦苗儿青青菜花儿黄，院墙里到处有探出头来的芳香，那个美丽啊……山坡上下，树木掩映。在这里，斗山画家邓柏良先生所修的"江南画院"则显得异常宁静朴厚。门前枇杷树亭亭如盖，那早熟的枇杷，青绿泛黄，微酸甘甜……驻足回望：斗山禅寺的门敞开着，斗山的鸟儿在远近啁啾不息，阳光明亮，风过花香，似乎，一贯如此。

由斗山往南、往东，在起伏的胶山脚下，还可寻访"多多花园"。这个美丽的私家花园，本是主人为家亲精心打造，由旧茶园改建而成。春光明媚，花开满园，姹紫嫣红，似乎四处就生出了热情的召唤：快来多多赏花！花开堪赏直须赏！木桥小溪，迤逦长廊，移步换景，芬芳扑鼻，身陷花海，令人几乎不能自拔……

欣赏浪漫的朋友还可漫步荡口，荡口花沿桥的桂花糕、玫瑰园的鲜花饼和玫瑰花茶作为独特的"乡村美食"，也会令你惦念不已。

三

让乡村成为城里人最向往的地方！那快人快语的朱虹心气好高，她扎根故土，实干创新，以青春智慧，打造最美乡村。至今，"金色山联"完成"逆袭"，

已成传奇——

　　山联村藏身在锡山北部，恰位于无锡、常熟、张家港三市的交界处。"山不在高，有仙则名"，顾山山顶有寺，可供佛人烧香；山腰间，放置了一只石雕的金鸡，称"金鸡墩"，让人遐想；沿山上溯，有花岗石砌出的人行道，称"状元路"。常熟名人、两朝帝师翁同龢在《翁文恭日记》中记载，光绪二十九年（1903）癸卯七月十一日，翁同龢自虞山游顾山，村民闻之，于是争相"聚观"状元郎。这样的传说真让人心驰神往。

　　依山，傍水，老树撑开了浓荫，幽深幽远，无处不在。站在山前嘉园的停车场，感觉回到了童年的乡村，亲切又有点陌生。时属夏天，放目长空绿海，远望叠翠顾山，记起明代江阴邓钟麟山茶歌中"顾山山上松不老，顾山山前春色好"的佳句，近瞥轩柱上古意的对联："山前村后无闲事，天上地下有忙人"，分明触摸到了山联人的辛勤。

　　"80后"村干部朱虹——土生土长的山联人，既有巾帼不让须眉的豪情，也有敢于试吃第一只螃蟹的勇气。她响应号召，带领自己的青年团队，用心规划，依托三界通衢的特殊地理优势，在青山绿水上做足文章。他们先后成立了园林绿化工程、农业发展、生态旅游等公司，对全村进行公司化经营，一方面，对村庄环境进行整治，开展绿化、美化、拆违、河道清淤和道路建设等工作；另一方面，传承历史文脉，加强对古村落、古建筑、古民居、名木古树和传统文化的保护，重塑人文景观。"龟山东顾""仙人洞""南山门""状元路""千年古刹香山顶寺"让人发思古之幽情；而百草园、牡丹园、果树园、红豆杉园、水产园、百鸟园等一系列自然景观的推出，则令人童心大发。他们还仿制当年知识青年插队时的"公社食堂"，创建"知青小屋"等怀旧景点，建成农家乐餐饮点，形成了旅游、餐饮、住宿"一条龙"服务。

眼前的山联景区，占地约133万平方米，茂林修竹，鸟声清脆，篱径绵延，隐约能领略到古典园林中小桥流水的婉约风情；山塘溪涧、木栈碑亭，迂回错落，也能感受到涉及自然生态的现代审美情趣；人们在此，悠闲观光、乘凉品茶、悠悠垂钓、烧烤登山、自助采摘，可以尽享回归自然山野的桃源之乐。

在匆忙的行走中，可发现村委会二楼辟有独特的"农家书屋"：整齐排列的书架，悠然散放的长条桌椅。通过引导农民读书，山联人开阔了视野，提升了发展技能。这里有全省首家以农家动物驯养与观赏为主题，集科普教育、生态养殖、旅游观光、休闲娱乐于一体的村级生态动物园，孩子们可以和40多种动物零距离接触。每年的4月5日，他们还策划了热闹非凡的乡村旅游文化节。"春赏花、夏品瓜、秋赏菊、冬庆年"，科技文化涌动不息，成为一种创造力，给山联带来强大的生命力和凝聚力。

在风景如画的"农家乐"用餐，窗外摇曳着红豆杉曼妙的树影。剥着味道独特的生态小龙虾，品着鲜嫩的红豆杉咸鸡，喝一杯金丝皇菊茶，便不由感慨万千——我们的祖祖辈辈曾经在阡陌纵横中苦苦寻找自己的幸福，而山联人集思广益，敢想敢干，正刷新乡村振兴的历史。吟草轩？更是耕乐轩！心有绿色梦想，那忙碌中的快乐甜蜜，便满溢在那开着不知名的淡蓝小花的草坡上，流动在夏天湿润热烈的空气中，更开放在白墙黛瓦人家斑斓的梦想里。

四

古镇总拥有自己独特的文化后院。比如东亭，是民间音乐大师——盲人阿炳的老家，这是老早就知道的。朝雨浥过轻尘，终于拐进大名鼎鼎的小泗房，去感受绿意沉沉。

藏身在东亭春合社区小泗房的阿炳祖居，修缮完好，已是一个文化景点。

义务管理的张阿姨笑着迎出来，在宁静中悠悠抬头，那古典的窗棂，似有猫儿察觉人声，一反平常的慵懒，敏捷蹿上了房顶。木窗瓦缸，竹篮风箱灶头，古旧美丽的江南农家，是童年时光中永恒的画面。

阿炳祖居里反复播放着的，便是无锡人傍晚听惯的广播里的"关门音乐"——《二泉映月》!

"江流宛转绕芳甸，月照花林皆似霰"，二胡声一遍遍来去，悠闲无比，骨子里却浸透着作曲家游走天涯的苦难和苍凉。对着一院子的苍翠树木，任凭那如泣如诉的调子如潮水般涌来——怪不得，当年的世界著名指挥家小泽征尔聆听之余，会流泪跪地，迸出一句："断肠之感，这句话太合适了。"发自灵魂的倾诉，深沉悲凉地感喟，阿炳早已把他生命中风吹日晒的颠沛生活，彻底融进那波涛起伏的音律中了……

"无锡东城早，江南亭月晚"，春风十里的门庭，又隐匿着多少厚实的文化灵魂？

沿着东亭中路朝北行驶，在云林路和春笋路交叉口，你会发现，"倪云林纪念馆"就在这里!倪云林，是元四大家中公认为成就最大、品位最高的大画家。他无意仕途经济，孤芳自赏，开创了水墨山水的一代画风：萧疏又空灵，简淡又超逸!"江南人家以有无云林画为其清浊"，竟成一种时尚。现在收藏在上海博物馆的《渔庄秋霁图》，疏林坡岸，幽深旷逸，笔简意远，不沾世尘，自有晋人自然洒脱、天真幽淡的风度，对后世画坛的影响可谓深远。

有时不免感叹：所谓物华天宝，人杰地灵，不知要积累多少年的艺术风情、文化雨露，才让东亭充满林壑画意，独生一种超逸之气？才让这道尽人世沧桑的旋律，永远回荡在千门万户的上空？

如果说，莼鲈之思、小桥流水人家、大隐隐于市，本是华太师这些传统士大夫的心愿，那么，在喧嚣尘世中觅一方风情万千的宜居之地，不也是现代人的梦想？

今日的东亭深耕突破，早已超越了悯农诗人李绅"锄禾日当午,汗滴禾下土"的农耕感叹。从第一家乡镇企业的诞生，到如今发展的楼宇经济、数字经济和总部经济，东亭的城市风味越发浓厚。

长虹卧波，未云何龙？黄昏来临，路灯亮起。远望东亭之北，兴塘大桥凌空而起：那两根乳白色的拱肋与内外吊杆相辅相成，犹如玉色蝴蝶展开翅膀翩翩起舞。走近细看，却又似巨大的竖琴分卧两边，正奏出舒缓的音乐。悠长的桥面延伸，弧形的景观平台，花坛中草荣花放，把行人引向更广阔的绿野。

谁家二胡暗飞声，散入江南故园情？有关东亭的故事，恰如桥下的一派清波，流动而不凝固。江南文化重峦的起伏延续，优雅归真的绿色生活，让你发现也惊艳，更让你充满深远的期待和长久的回味。

一花一果总关情

一

秋天的乡村，任缤纷的色彩扑进眼帘，实在是赏花的好季节。

凉爽的上午，我们漫步在羊尖南村的温馨花卉园艺场。

园艺场的主人叫于永军，盐城人，30岁出头，透着点书卷气，却已是一个现代农业的带头人。

我们询问："怎么会从盐城滨海来到无锡羊尖？"他沉静微笑："虽说来话长，但也很简单，因为那神奇的爱情。"

他，毕业于苏州农业职业技术学院，学的就是农学，先在一家公司打工积累经验，然后，便追随着一份真情，扎根到了无锡羊尖，成为南村女婿。

满怀着"采菊东篱下"的田园之梦想，25岁的他在第二故乡开始创业。拥有了技术底气，也的确壮胆，他先和当地村委会签订协议，承包了55亩土地，成立了花卉园艺场，专做仙客来等盆花的生产和销售。

仙客来，全世界最重要的盆栽花卉之一，原产在欧洲南部希腊等地中海地区。花苞稚气，不卷不变，宛如腼腆害羞的少女；花儿怒放，那反卷的花冠，似醉蝶翩翩起舞，又像极"嫦娥奔月"中玉兔的耳朵，憨态可掬，因此，也叫兔耳花。仙客来一般放置在洒满阳光的书架桌案上，娇艳夺目，烂漫多姿，深受人们青睐。仙客来花期久长，最长可达5个月。适逢圣诞节、元旦、春节等传统节日，市场需求量巨大，这惊喜的"点缀"，很快便在无锡和周边地区打开市场。仙客迎风开，仙客从天降，特色花卉经济效益显著，近年花卉销售额已达 800 多万元。

在花卉大棚，我们还认识了凤梨、红掌等。凤梨花又叫菠萝花，叶似镰刀，向下悬挂着，每一片叶子似管状，整体又似莲座，外形奇特。它明朗又迷幻，清新，散发着生命本身的气息。凤梨花的花语是吉祥完美，红运当头，真是包含了殷殷祝福。

"将来你来农庄，看到的不只是成片的仙客来、凤梨花，"于永军向前指点描述着，"在蓝天白云下的广袤农田，你会看到绿油油的蔬菜生机盎然，五彩缤纷的水果充溢着香气，那时，新建的农业展示厅，将迎接来自四面八方的游客。客人来此不仅可以观赏这些美丽的景色，还可以在第一时间品尝到最新鲜、最具特色的水果和蔬菜。"

大家边走边看，正心生憧憬，又突然惊奇："咦，这大棚外怎有个奇特的长方形水池？"噢，原来，梦想总能激发智慧，在创办花卉园艺场的过程中，于永军除了研究花卉病虫害的诊治，还发明了包括可蓄积雨水的泄压式浇水装置在内的 9 项国家专利。

"没想到，我居然成了省里的第一个农场主。"当我们环顾办公室墙上高挂的营业执照、荣誉证书等，于永军显得踏实、自豪。作为无锡喜洋洋果蔬专业合作社的党支部书记，年轻的他正运筹帷幄，迈向更广阔的田野，继续书写着一个新农民的浪漫传奇。

二

很多人的内心深处其实都藏着一小片泥土和部落——"我们土里土气的、卑微朴素的原乡"。"原乡"让我们挂念，它的变化让我们喜开眼界。

晏家湾是否便是这样的"原乡"？

"融四岁，能让梨。"诵读《三字经》，古老的故事总是悠远亲切。而提起最好吃的梨子，晏家湾的皇冠梨可谓名声赫赫。

雨意渐浓的中午，我们转悠到厚桥镇中东村晏家湾的桃梨合作社。

中东村的瞿书记介绍，晏家湾的果园品种丰富，而优质皇冠梨则始终是果园的拳头产品，由南京农科院和河北农科院联合研究开发，是目前国内市场上深受推崇的优种之一。2009 年以来，这儿的皇冠梨种植面积达 230 亩，另有葡萄、樱桃、桃树、丰水梨、翠冠梨等 100 多亩，无公害水稻约 200 亩。

品尝皇冠梨实在是个难忘的经历。那皇冠梨，色泽金黄，果实圆整，皮薄汁多，梨肉香甜酥脆，口感清爽细腻，确实独特。

果梨好吃，栽树不易。在挂满葡萄的园外，我们见到了本地憨厚质朴的种梨能手吴雪春。可能是常年埋头果园，他显得黝黑、疲倦。打开话匣子后，却格外热情洋溢。他爱种果树，尤爱种梨。守着自己的家园，吴雪春专注于皇冠梨的种植研究，从刚开始的两三亩地，到如今的 18 亩皇冠梨园区，扩种挂果，每亩收入将近万元。

佳果养人。吴雪春种树育梨，不仅刷新了自己的生活，带动了本村农民的栽树之风，而且那心系果园、勤劳致富的精神，也传扬四方。几年来，甘露荡口等地的农户也闻名而来，拜师学艺。

"忽如一夜春风来，千树万树梨花开。"想象四月的梨园该是如梦似幻一般美妙吧？

怀抱着"绿色生态"的理念，中东村不止于梦想，正更多涌现着吴雪春这样的实干家。他们注册了"晏家湾"品牌商标，成立了中东桃梨专业合作社，进行着果品园二期、三期开发。除了研发出"皇冠梨花蜜""养生梨膏"等皇冠梨的养生延伸产品，今后他们还将开发"梨花养生茶""梨酒""梨木雕刻"等特色产品，全面打造独具特色的皇冠梨种植基地，昂首阔步向"千亩梨园"进发。

品的是梨，悟的是礼。皇冠梨看似普通，内中却深藏礼仪之道。游客在畅游梨园美景、亲手采摘和现场品梨的同时，将自然联想到孔融让梨的传说，重温先祖尊老爱幼、谦和有礼的礼仪文化，感受中东村自然蕴含的人文情怀。依托着精品果园，晏家湾还精心策划，打造了休闲绿荫长廊，开设礼仪文化课堂，推"梨"及"礼"，赋予酥梨以深厚的文化内涵。

念着内心的故乡，要驱散那点乡愁，我们不妨去村园度假。

在晏家湾果园的东北部，建有"农家乐"项目，这儿民风淳朴，村民热情好客。你若前来休闲，那么，春天可赏桃花、樱花、梨花……百花争艳，疏影横斜，让人目不暇接！夏秋两季可漫步果园，喜闻佳果飘香，聊发少年狂心，乘兴采摘，尽情品尝各式应季鲜果。围坐在农家的菜桌，你也可以品尝梨园散养的土鸡、清蒸的鲜肉鸡蛋卷、香甜酥脆的梨果等。

而四处转悠，面对着郁茂茁壮的翠绿果林，你可以游目骋怀，自在放歌，享受江南家园那红日白云下的乡村风情，长久地怀想并感佩现代农家那辛勤、执着又多姿的追梦人生。

过正则
GUOZHENGZE

中国散文学会、江苏省作家协会、市书法家协会、文艺评论家协会会员。在《莫愁》《太湖》《扬子晚报》《无锡日报》《江南晚报》等报刊留有印迹。出版散文集《苦楝》。

— ★ ★ ★ —

22，我的幸运数

22，在传统观念里是个吉利数，巧合的是与我生日相同。冥冥之中，这数字又始终伴随着我，且给我时时带来好运。

从泥土里走上教学岗位，是22岁。当时父母及周围做老师的亲戚长辈，给我指定了早年效益不错的县属企业"无锡县工艺品厂"。县政府的红头文件及我的档案也到达该厂，只要我一月之内去上班就行。

为了让我能真正学点技术，做老师的母亲，还特意跟该厂车间主任，叫作"阿石"的学生，打好招呼，让我跟他学门技术。

　　而那时的我，年少气盛，不知天高地厚，偏偏要去学校当老师。长辈们一听，都说你这五年制的小学毕业生，初中两年也是个"备取生"，去当老师，岂不误人子弟？但我决心已下，悄悄去县政府请求相关领导的批准。

　　好在那时老师紧缺，领导说："你的父母及亲戚都是老师，只要你努力，也可以的。"我也一再表示，我边教边学，绝不误人子弟，就这样误闯误撞，进了教学门。

　　特殊的年代里，剥夺了我这"黑五类"家属的读书机会，现在的我，偏要一生在这教学单位，待一辈子，且要做得有模有样。于是我带着初生牛犊不怕虎的自信，憋着一口气，进了校园门。

　　从不敢怠慢的我，兢兢业业工作近四十年至退休，也受到学生、家长、同行、领导的认同。即便早年评高级职称，局领导认为，对我不能要求学历，得注重实绩，因而我一路绿灯，顺利通关。

　　古语说："三十而立"，可偏偏到了两个"3"字才成家。乡政府为了让我这个没房子的大龄青年有个安稳的家，在东亭中心小学后安排了约三十平方米的没有煤气、没有厨房、没有卫生间的房子给我做婚房。虽是简陋得不能再简陋的公租房，但总算有了个栖身之处，门牌号为22，这一住，就是八年。这公租房内的一条长长走廊里住着六户人家，不算多，但几家住户夫妻天天吵架不说，还时不时拳脚相加。这样的环境，对即将上小学的孩子来说，再待下去会受到严重影响。为此，趁着机会，狠狠心，借了钱，买了私房，搬了家。

　　这家搬了三年，村里又开始统一编门牌号，轮到我家，又是22号。儿

子就在这里上完小学、初中、高中,直至大学。

这私宅呈一条龙式,前后长 33 米,进去后,又把后一半建造起来。中间空了个 10 平方米左右的院子。东边靠墙种了绿绿的爬山虎,一年过后,爬满了整个东墙不说,还蹿进了阳台;西面的露天走廊边,砌了条长长的凹槽,种上了迎春花,长长的迎春花倒垂下来,几乎触碰到地面,就像一排绿帘。院内,种了易活的各种花草,鱼缸里养了锦鲤,院子虽然不大,却四季有花开。尤其是春天,来家做客的亲朋好友,都说这院子挺享受。

住了 10 来年,虽说这是一个有天有地的私房,也有了感情,但随着儿子的长大,这火车式、空斗墙的 20 世纪 70 年代房子,似乎也不能适应我们的居住了,也不便改造。因而再次下决心,贷款买了中邦城市花园的公寓房,只是去看了地段、内部结构、住房面积,其他压根没去考虑。待正式办理买房手续时,门牌号码是 22 栋。装修入住后,儿子出国读研、读博,尽管坎坎坷坷不少,但也是好事多磨。自 2011 年元旦入住新居,一晃也已 9 年过去,一切安稳甚好。

2016 年我退休,正式离开教学岗位,还是那 22 的数字。校领导听说我不让大家送,找我谈话。我说不想惊动大家,大家都在忙,还要举行欢送仪式,我不好意思,我是悄悄地来、悄悄地走。再说,近 40 年的教学生涯,没感情、不留恋是假话,何况是我自己选择的职业。还有我的好多同事,类似闺密,我怕在大家面前控制不住自己,触动了泪点。李校长说:"你说不送,我们可说不过去,这事你必须得听我的,最后下的行政命令。"这一句,不仅是感动,还有温暖。

之后，领导几次找我谈话，希望我返聘，并允许我弹性工作制。我也表示，如果留下来的话，一定会按学校的作息时间工作，不要任何照顾。然而几十年里，我把自己的爱好与特长，全都给了学生；但退休后，我真心想做自己喜欢的事了。

最终，我们在既沉重又轻松的谈话里做了约定。

李校长说："学校只要有重大活动，你就得来帮忙。"

"24 小时开通手机，提前通知，一定来。"我说。

在我教学生涯里的最后一节课上，学生不知从哪里得悉我退休，在黑板上写了：祝过老师永远年轻快乐！走进课堂的那一刻，同学们都默默地注视着我，我唯有一句：谢谢同学们！

2016 年退休后，直至现在，码文、摄影、书法、打乒乓、旅游依然是我的爱好；散文、摄影、书法也在各级各类纸媒上常常发表；还正式出版了散文集《苦楝》《依依乡情》。

38 年，弹指一挥间，而伴我的"22"这吉祥数字，让我也有了不少的收获。感恩这个时代赐予的美好！

斗山的茶园

见过好多地方的茶园：西湖龙井茶园、长兴大唐贡茶院、南京栖霞山茶园、安徽敬亭山茶园、苏州东山茶园……但于我而言都只是一个匆匆过客。而近在咫尺的八士斗山，才是我常常光顾的地方。

每年都要与在那里土生土长的同行开着车去几次，为的就是去看看坡上坡下一垄垄、一片片的绿色；闻闻茶园里丝丝袅袅、一阵阵的清香；呼吸呼吸那里沁人心腑的新鲜空气；看看那里靓丽养眼的采茶姑娘。

今年四月初，起了个大早。天，还有些微凉，六点左右再次光顾，车停半山，随后步行。及至山顶，晨雾里的茶园很静，有些朦胧与隐约，却很有韵味，极有气势。而头顶上，一架直升机正在上方盘旋航拍，想必在空中俯瞰，雾气氤氲的茶园，更让人心醉。

走走停停，看看拍拍，山坡下的茶园里，那些采茶女正在晨露里用纤细柔滑、娴熟敏捷的双手，采着刚刚冒出的三瓣嫩芽，随后放在斜挎着的竹箩里。绿色，衬映着她们俊美的身影，构成一幅绝美的采茶风景画。

早就听说，采茶是很讲究的，采摘时，要手疾眼快，绝不能用指甲掐，大拇指与食指得恰到好处地夹住所采叶芽的部位，将完整、匀净的叶芽轻轻折下后，应及时投入竹篮，且不能压紧，避免发热、变质，影响品质。

"甜蜜蜜，你笑得甜蜜蜜，好像花儿开在春风里……"这是我去过这么多次中，第一次在茶园里听到了邓丽君的歌曲《甜蜜蜜》。循声望去，一位戴着帽子、穿着坎肩、兜着围裙、戴着袖套的女子，边采茶，边听着从那兜袋里飘出的温软。那种安适，那种悠闲，那种微笑，让我这局外人顿生羡慕与嫉妒。那袅袅的、软软的、糯糯的绵绵之音，在那缭绕而氤氲的茶园里飘荡，显得格外匹配与和谐。她，似乎不是在劳作，倒像是在享受。

我，爱喝茶，但不谙茶道，偏爱简简单单地泡上一杯，随心随情。平时空闲下来，爱喝绿茶，就因它不温不火，不浓不烈；爱看绿茶，就因它沉沉浮浮，清清爽爽；爱喝淡茶，就因它清汤寡水，润心清肺。

闻名遐迩的斗山"太湖翠竹"，嫩绿清香，这里的明前茶、雨前茶，更是清汤绿叶，香高味醇。想必要是在这茶园里有一亭台，一张小桌，一张靠椅，一杯绿茶，微眯着眼，听着这《甜蜜蜜》，那一定是很惬意、很小资的事。

"客至亦忘归，袅袅茶烟绿。"都说酒能醉人，我说在这样的境遇里，茶也能醉人，但比酒醉更斯文雅致。

"烹茶绿云起，鼓扇清风来。"看着这样的绿云起，是否还要鼓扇？总觉得，即便缺了清风，心也清凉。

说它有助于延缓衰老、抑制心血管疾病、预防和抗癌、预防和治疗辐射伤害、抑制和抵抗病毒、醒脑提神、利尿解乏、护齿明目、降脂助消化……它的好，我也知道，但都可以忽略不计；实在要紧的是，泡上一杯清清淡淡的绿茶，能与好友在那里慢品聊天，最为安适、快乐。

曾记得，年少时跟着表哥，屁颠屁颠地去过斗山脚下的东房桥外婆家，为的是去看斗山、爬斗山。那时的斗山，现在想起来还是一片荒野，坑坑洼洼、

高低不平的茅草小道，曲曲弯弯地通往山顶，但对平时不太出远门、难得见到山的我来说，已是十分高兴的事。

　　如今的斗山，早已今非昔比，经过科学合理的规划与开发，那山上山下的一片片茶园，吸引了一拨拨的游客前往休闲观光。它，不仅起着让当地百姓靠山吃山的作用，也带动了地方经济的发展，更让精心梳妆打扮后的斗山愈加亮丽。

木船工艺不失传 吴地一绝"敲排斧"

——无锡市非遗项目"江南木船制造技艺"

"无锡米市"历史悠久，始于唐，兴于明，盛于清，曾有全国"四大米市"之首的称誉。清朝乾隆年间开始，又不断发展，到光绪年间更为兴盛。无锡三里桥、清明桥旁伯渎河边的米行、米码头的发展，不仅带动了其他行业的发展，更是无锡繁荣的一大支柱。而在米市发展过程中，依傍古运河的木船，便成了这一城市独特的风景，也成为城市发展的主力军，对工商业的发展具有不可磨灭的功绩。

木船功绩不可抹

木船不绝，商贾云集。米行的老板，站在三里桥上，对着运河上的船队一声声吆喝"给卸一船大米来"，便有船工撑起竹篙，把船停靠在米行的岸边。很快，一船大米就从水上卸到了岸上。

据记载：乾隆年间，无锡三里桥"米市"粮食每年的吞吐量，竟达到七八百万石。清代的粮食计量标准为1石等于100斤，可见当年粮食交易的数据庞大。到了清朝的光绪年间，从无锡的北城门到三里桥段，1公里长的地方，竟有大小粮行80余家。到了20世纪末，无锡的粮食堆栈容量为东南各省之冠，粮食加工业成为全国五大碾米中心之一。

可想而知，当年的运河，水上川流不息的是咿呀的桨声和长长的船队，河

岸边，码头上，各地客商、米行老板、搬运工人、纤夫、车夫的身影络绎不绝，京腔、吴语、江淮话、闽浙方言相互交织，米码头的盛况就从这里开启。

西漳木船何处觅

在江南水乡的多种木船里，我们不得不说最为有名的要数"西漳船"了。

以无锡西漳地名命名的"西漳船"，又称"西漳式木帆船"，乡俚俗语叫"西漳大船"。它因具有舱容大、吃水浅、航速快、阻力小、劳力省、易装卸等优点，成为苏、浙、沪、皖四省市的主要货船，尤其适宜在太湖流域和长江下游航行。

常见的无锡西漳船，长1～14米，宽3米余，装载量为20～30吨，最大的船可运100吨货物。它的船舷为方形，前搪浪板从龙口底弧形封顶，板上钉有十字形象鼻，起到减少船舶航行时的阻力和保护船舷的功能，因而在《辞海》《中国水运辞典》里，赞美西漳船为"有深厚底蕴的船，为无锡民族工商业的发展奠定了基础"。可惜的是，它在我们的生活中已经消失了。2019年，惠山区的有识之士，通过多方呼吁、努力，筹措资金，请来以章桂兴为首的一批老船匠，让一艘13米长、2.5米宽，没有存世的西漳船复原，并在西漳公园下水，再现昔日风采。下水那天，一批来自中国造船工程学会、船史学术研究会的20多位专家学者看到后，都赞不绝口。中国船史研究会名誉会长、年逾九旬的席龙飞教授，长期从事船舶设计、船型技术经济论证及船舶发展史教学与研究，可谓该领域的权威专家，他对"西漳大船"的评价是："堪称完美！"

如今，这艘纯手工打造的"西漳大船"，就停泊在西漳公园内，广大市民随时可与它零距离接触。

兴也水运，败也水运。随着时代的变迁，当人们不再依靠速度相对较慢的水运时，三里桥的"米码头""米市"开始渐渐退出历史舞台。木船也似乎完成了它的历史使命，退出了历史舞台。现在的三里桥古运河，早已修起了水闸，古运河上再也不见了运输的船只。现在从三里桥向南望，是一座绿色小岛的江尖公园。早年的无锡当地有句民谚叫"江尖渚上团团转"，说的就是被挤得水泄不通、南来北往的船只。

如今木船隐退，"米市"不再。

造船技艺须留存

在整个造船过程中，前后共有九道工序，而选料是最为关键的第一步。（此工序由章桂兴提供）

1. 选料。木船要选择天然的老龄杉木，此木材材质结实、有韧性，所造之船才能吃水浅、浮力大、能载重、轻巧灵敏。

2. 断料、配料。断料、配料的尺寸，依船体大小而定。以丈八小船为例：中船六尺，舱口宽为四尺，船底宽应为二尺五寸，船帮高应为一尺三寸；船板宽度都有一定的惯例；丈二到丈八的小船一般用 10 ~ 14 厘米的木料，才能坚固耐用。按具体尺寸断开以备用。船体由船头、船帮和横梁构成，中舱和船艄三段。断料尺寸，得根据船的大小而定。

3. 破板。圆木料断料后，然后就是破板。以前没有电锯，全靠手工拉锯，先用墨斗和划齿按实际需要的厚度画线、弹线，然后架马拉锯破板，一般大船板三厘米半。

4. 分板。破板后，须用粗、细刨将锯面刨光，再按实际需要的长度、宽度、厚度、角度做成成品板材。

5. 拼板。拼板时，须先放好钉眼。要注意"长缝不对短缝"，这与砌墙是同一个力学原理，过去没有电钻，全凭人工拉钻打眼，打好钉眼的板料用掺钉

（大头小尾的铁钉）拼接成船帮、船底、隔舱板之后就可以投船了。

6.投船（组装）。投船的程序，一般是先将中舱底板与前后隔舱板连接，然后用麻绳、扒箍、拉夹、盘头、走势、尖头刹等工具将船头和船艄拉紧，与前后搪浪板连接，中间用"爬头钉""扁头钉"咬紧木头，并用各种锔加固接合部，使之牢不可破。

7.打麻、填灰。打麻这道工序对技术的要求非常高，船是否漏水这是关键的一步。卷好的麻丝要"三进三出"，然后和"油石灰"一起打碎，用斧凿边敲边嵌在船缝中，再用灰齿将每道缝刮平，这叫"捻缝"。打麻、填灰的工序分为五步：第一步，辗灰；第二步，填灰；第三步，捻灰；第四步，打麻；第五步，封口。

8.油船。油船是船板防腐、保证船体经久耐用的主要方法和必要的途径。共分三道工序：一是上底油；二是罩面油；三是打晒油。要让木船的使用寿命加长，在内河使用的可三四年上岸油一次；使用频率高，常年在运河、太湖跑运输的，就需要每年上油一次，这样做，木船能用上四五十年。

9.下水。新船油好经过一段时间，等桐油完全干透后就可以下水了，新船下水不亚于砌屋"上梁"。选择个黄道吉日，放爆竹，放鞭炮，工匠师傅们聚餐一顿，热闹一番，以示庆贺。

当年船匠今何在

无锡傍太湖，依运河，自古交通"依水不依陆"，因此造船业是无锡古老的手工业制造之一。从选木料到打样锯料，从敲油灰到牵钻，从油灰嵌船缝到捻缝，从船橹到船桅，从刷桐油到下水……不同的用途，不同的造法，到真正能使用，无论是它的工序，还是工艺，就如今来说，已是一门即将失传的手工艺。

而其捻缝时的"敲排斧"就是制造木船时一道必不可少的工序。由领钉人指挥，一二十名捻工边劳作边应和所形成的劳动号子，堪称吴地一绝。但是随着手工造船业的式微，造船文化已与我们渐行渐远，所幸的是，在东亭街道庄桥社区原书记周伟峰的努力下，7年前，16位平均年龄74岁的老船匠，又聚在了一起。

东亭街道的庄桥社区，有个自然村叫螺丝泾，村后有条宽阔且直通古运河的船厂。如今，那条河流依然悠悠流淌，但船厂早已不见踪影，唯有以庄桥社区为主、邻村为辅的近20位最大年龄84岁，最小年龄65岁的老船工，还清晰地记得他们当年造船、修船的情形。无意间，周伟峰了解到柏庄有位做木工的老师傅，他曾在二十世纪六七十年代庄桥村的螺丝泾船厂修造过木船，拿现在的时尚话来说，是船厂里请来的技术顾问，他就是章桂兴。

在章桂兴家六七平方米的船模室里，墙上、橱里、桌上，摆满了大大小小有各种用途的船模。尤其是新中国成立以后，有在苏南地区承担着繁忙运输的"西漳式木帆船"；有近代有钱的贵族人群闲暇时约上五六好友，在湖中赏赏景、聊聊天，租一双橹行驶的"快船"；有固定桅杆，不入内河，用在太湖中拖网捕鱼，延续至今的"太湖七桅船"；有吸水力强，排水量大，速度又快，用来灌溉农田的"戽水机船"；有装运大米，船身长，舱面、舱底窄，断面形似鼓墩，载重量在10～20吨的"米包子船"。据章桂兴说，这样的船，其实不适合航行，但之所以还会存在，主要是由于船呈鼓墩式，船舱面窄而底小，虽然航行时阻力大了不少，但可多装米而不被发现。这样的船是无锡造船工匠的一个创举，更是为抗衡朝廷苛捐杂税而想出的绝妙方法。

据县志记载，早在光绪年间，就有"堰桥—无锡""堰桥—江阴""堰桥—苏州"三条航线的客货兼运船。后来又有了开往常州、苏州、江阴、宜兴、常

熟等周边城市的航线，还有当天往返坊前、梅村、西漳、茅塘桥、鸿声、荡口、甘露的"班船"。摆渡船、缆渡船、班轮、罱河泥船、渔船、水老鸦船，在老章的心里，无论是哪种船，从一支橹、一根桅，到一扇窗，即使他没有图样，造出的木船也只是等比例缩小而已，他对制造过程早已烂熟于心。中国乡镇企业博物馆、市文史馆里都摆放着章桂兴制作的船模。

吴地一绝"敲排斧"

与船模达人章桂兴多次交谈后，周伟峰便冒出一个想法：一定要抓紧收集并整理本地民间传统造船技艺。经过多方打听，在东亭陆续找到了16位造船出身的老人，发掘到了吴地一绝"敲排斧"。经过3天的排练，"敲排斧"一绝重现东亭。《科技日报》《无锡日报》《江南晚报》《新锡山》以及江苏电视台和无锡电视台等新闻媒体的记者也慕名前往采访。

在吴语里，跟师傅学手艺叫"学生意"。"在造船、修船的行当里，徒弟就是敲油灰，牵钻（俗称牵洞）。而要当捻缝工敲排斧，那得是师傅看着顺眼，觉得你心灵手巧才行。"老船匠惠师傅如是说。

捻缝的材料，虽是麻丝与桐油反复击打后的混合物，但把这些麻丝与油灰拌均匀，且严丝合缝地嵌于木板与木板间的缝隙里，绝对是个技术活。嵌缝的工具为两种：钝凿、快凿，先用钝凿把混合而成的麻丝与油灰嵌入船缝里，再用快凿深嵌。

具体步骤是：捻缝时，先用钝凿把混合而成的麻丝与油灰嵌入缝里，然后一位领钉人在船底钉一只大铁耙钉，由他敲一下，发出"叮"的一声，紧接着几十人同时应和，如此往复循环。一般4人一组，共20人左右。在一声声极富节奏、整齐划一的"嘭嗒嘭、嘭嗒嘭"的敲排斧声中，完成第一道捻缝工序。

随后是用快凿再次捻缝，此时更得屏息手稳，眼明手快，目的是让麻丝与油灰渐成细末，使其更均匀、结实。这样的两道捻缝工序，得反复做两次，才算完工。而对有些要在太湖里航行的船，要求会特别高，但对比较慷慨的船主，他们会反复做三次，行话叫"三抢三戳"。

随着吴地一绝"敲排斧"的信息广泛传播，市史志办周建军馆长、省造船工程学会理事张依莉教授，以及无锡电视台、江苏电视台、《无锡日报》、《江南晚报》、《科技日报》等各路媒体的新闻记者接踵而至，陆续进行跟踪采访，并作详情报道。

保护技艺不容缓

在章桂兴看来，他们这十六个人之所以只排练了三天就能表演，源于他们都是木匠、捻匠的行家里手，谙熟造船技艺。新中国成立前，锡山的造船业主要是家族式传承。现在，造船技术发展迅速，人们已经不用这么费时费力地造了。但正因如此，传统造船技艺已濒临失传，不少地方的老式船舶都要请章桂兴他们才能修理。

为呈现早年的造船技艺与过程，三国城特意搭了个大架子，让大木船上了岸。十六位老船匠也早早米到现场，拿出当年谋生的工具，摆出当年的架势，从拉麻丝到敲油灰，从嵌油灰到敲排斧，在领钉师傅的带领下，老船匠们有节奏地敲出了斧头、凿子碰击的清脆声，伴以齐刷刷的应和声，呈现了当年造船的情景。这样的场面，也引来了众多游客，他们好奇又惊异，都说从没见到过这样真实的造船场景，也没听到过这样的美妙声音，今天在这里算是开了眼界、长了知识。

而这些曾经的船匠，早已白发苍苍。随着社会的发展、科技的进步，木船

最终会离我们的生活越来越远，并终将消失在我们的视野里。那些老船匠也深有感触地说："过去我们的这门手艺，是用来养家糊口的。如今，社会进步，科学发展，生活条件好了，我们的后辈更不会来学这门手艺了，但仍然希望江南水乡古老的工艺技术得到永久留存。"

"木船""红船"喜结缘

据南湖革命纪念馆根据中共"一大"会议来嘉兴考察游船制作的直接当事人王会悟回忆，1959 年，当地船工仿制了一艘丝网船模型，送到北京请中央领导审定认可，后按模型原样仿制了一艘画舫，作为南湖革命纪念船，供群众瞻仰。

现在南湖革命纪念船停泊处岸上，建有一座"访踪亭"。这只仿建的"红船"，与无锡的船匠有着密切的"姻缘"，不仅集无锡丝网船、灯船的优点于一身，而且船上的屏风、气楼的雕刻图案、花卉和戏曲人物等都表现得栩栩如生。这只"红船"竣工后，至今仍停泊在南湖烟雨楼东南方向。老章还告诉我，听当年老船匠的儿子徐经纬介绍，1959 年 9 月，其父在无锡的"红旗造船厂"工作，为了造好具有历史纪念意义的"红船"，他的父亲与其他两人被邀请参加了"红船"的建造。完工后，在嘉兴"南湖革命纪念馆"召开了造船庆功会，他们还获得了奖状，被授予了锦旗。由于他们造船技艺精湛出色，当地政府曾向"无锡红旗船厂"提出，希望父亲能留在那边工作，但厂方考虑到人才难得，终未同意。

原无锡县的东亭镇，即现锡山区就有春雷（至今遗迹尚在中国乡镇企业博物馆内）、施家庄、螺丝泾三家船厂。试想：如果没有曾经的木船，哪有当年的"米码头""米市"？更没有当年的水乡繁华！今天的我们，该用什么方式来记住它呢？！

延续技艺须留根

在孩子们的记忆里，除外出旅游时还能偶尔见到一些景点里的小木船、乌篷船外，很少能见到其他种类，至于它们各自有什么用途，长啥样子，如何建造的，更是一无所知。为了让这木船技艺和工序传承下去，我们从 2016 年起，便与相关学校沟通挂钩。

首先是采用"走出去"的方法，在章桂兴的船模工作室里，通过看工具，了解用具的名称、用途、使用方式，通过看制作，知道木船的各种部件名称、建造流程；通过看模型，知道船名，懂得不同的功能，让学生有一个看得见、摸得着、动动手的感性认识。

其次采用"请进来"的办法，邀请章师傅去讲木船从古到今的历史沿革；讲江南水乡不可或缺、无法替代的缘由；讲春雷、施家庄、螺丝泾修造船厂的身边故事。让他们真正懂得，木船，在江南水乡的历史长河中，起到了不可估量的作用。近日，锡山区文体旅游局将与教育局和隆亭实验小学进一步加强合作，强强联手：聘师傅、挂匾牌、设展厅，并把木船的历史、种类、功能、制作流程等内容，与学校的劳技、科学课联系起来，渗透到教学课程中去，让木船的历史、技艺等代代相传。

玫瑰园遐想

玫瑰园，听着就觉得很洋气，有诗意。

早就知道"玫瑰园"的美，但即便近在咫尺，也没有太在意。凑着"五一"假期，不想远游，和家人说，要不就去荡口的玫瑰园及古镇转转。

6点多，乘上家门口的712公交车，到青荡公交站下来。文友炜，两分钟左右，便驾车前来，将我们直送玫瑰园。

玫瑰园，在荡口古镇的南青荡，未进园门，已闻花香。

少顷，园主程总也到，她真诚而谦和地与我们打着招呼。

沿着曲曲弯弯、长长短短的林荫路进入，两边是花团锦簇，香沁心底。重瓣的藤本月季，缠绕着树，爬上枝条，又倒垂下来，密密层层的花儿，在春光照耀、绿色衬托里艳而不俗，因而藤花就成了树花。路旁水边，亭台楼阁旁，紫红的玫瑰，各色的月季、菖蒲，叫不上名的各种草花，让游人目不暇接。尽管园内真正的玫瑰只是少数，但满眼的各种花，游客都来不及欣赏，在一声声的叫好里，自然也不会去与这园名较劲。

园内各色各样的花，就开在大大小小的绿色树丛里，无论是远观抑或近瞧；最让我惊奇的是看不到人工的半点痕迹，这，也许就是设计者的独具匠心之处。

借助南青荡的水，这里的所有植物长得特油亮、精神。沿岸的木廊，游人既可赏水景，也可赏岸景；亭台水榭，既可供游客歇脚娱乐，也可喝茶聊天。一荡的水，一岸的景，纯天然的氧吧，会让你来了就不想走。

　　光阴如箭，日月如梭。曾记得，四十多年前，在硕放乡下劳作时，来此摇过黑泥。20世纪70年代初，生活清苦不说，连烧柴火也要盘算。买煤球得花钱，一年劳作的工分好不容易熬到年关分红，一家四五个劳动力，也就分个二三百块钱，甚至更少，要知道，那是一个六口之家来年一整年的所有开销。所以，虽然现在看起来柴火仅是最基本的生活必需品，可在当时都得掐指算着用。

　　那时，听说这青荡有类似煤的黑泥可烧，因而，村上的叔伯乡邻会相约两三户人家，一起摇船前往。晨星未隐，月儿高挂，带上最简单的柴米油盐菜、碗筷铲锅、铁铲钉耙、泥篮扁担，真是披星戴月，从家门前的码头出发，一路摇进梅里伯渎河，过鸿声乡，大约中午12点，到达荡口南青荡。

　　快速用完午餐，挖的挖，挑的挑，3吨或5吨的水泥船装满后，根据吨位，给当地看管的付个三五块，又是一路返回。但船载有重量，再加上挖挑的体力消耗，远没空船那么轻快，到家天早已漆黑。停船靠岸，系好缆绳，抛好锚，急吼吼上岸回家，早已过时的晚饭，也是粗粮简菜，狼吞虎咽后，顾不了洗漱，倒头便睡。

　　来日清早，踩着跳板，又把船舱里的黑泥一担担挑到家门前的砖场上，捣碎晒干，便可替代煤球。有时与煤球混合一起烧，炉子里虽然没有火苗，仅像炭火样的红，但也真解了当时柴火不够的燃眉之急。

　　苦难的过往，尽管与眼前的风物有着天壤之别，也离我们越来越远，但有了对比，才有鉴别，不忘旧年，才能珍惜当下。

　　玫瑰园，它留给我的不仅是鸟语花香，青荡水韵，还有那段难忘的曾经……

胡建琛
HUJIANCHEN

字晓忠，笔名舒生，二级主任科员、高级农艺师。江南文化研究会、无锡市文艺评论家协会会员，无锡市作家协会会员、理事，惠山区作家协会秘书长，惠山区老区开发促进会、扶贫开发协会副秘书长。《中国乡村》杂志、"中乡美"三农栏目审阅组长。

— ★ ★ ★ —

甘露青鱼

小时候，未知青鱼、未识得青鱼，更奢谈这甘露青鱼了。

掐指算来，已有二十余年没再去甘露。"华夏第一县"无锡县（锡山市）撤市设区分家，一家人秒变"两兄弟"，甘露在东、乡邑在西。唯有逢年过节，在一声声欢声笑语中，才能听闻甘露青鱼正在开捕的消息。

早年，寒冬腊月，生产队里养的鱼，肥了，捕了，一筐一筐堆在村场头。小伙伴们围着鱼儿打闹，活鱼在脚下跳跃，大人们远远观望，猫儿安静地蹲着……小队分好鱼，母亲默默对号，把鱼放进竹篮，乡下娘儿四口，每人一斤，往往仅二三尾，无非白鲢、花鲢之类，母亲把鱼红烧了，可年前餐至年后。又哪里见得到、吃得到金贵的甘露青鱼呢？

指望不上队里，不会自己抓鱼吗？记得有次黄梅雨季，二姐刚收工就急急叫上我奔向圩田内干渠，选好一段，两头筑坝，赶鱼、截流、舀水，"哗"一群鱼渐露水面。其中一条乌背大鱼东窜西逃，捉将起来，有一二尺长，银鳞闪闪。什么鱼，青鱼？二姐大笑，白鱼啊。

河鱼吃得少，甘露青鱼吃不着，思谋另辟蹊径。父亲每每回家探亲，饭桌上或带鱼，或黄鱼，总归鱼香诱人的。盛夏，母亲到镇上买些咸鲳鱼、橡皮鱼，给我们打牙祭。

而中考前的年关，母亲高兴地烧了鱼，我却一口不想吃，倒被她嗔怪数言。父亲用自行车载我去无锡市三院诊断，果真被传染了急性黄疸肝炎。休学了月余后复学，迎头赶上，考取外地学校。在校有奖学金，还包伙食，有鱼有肉，但始终不曾与青鱼"谋面"。

直到上班了，被分配在锡西某公社，这里有一场、二场，都是水产养殖场。年底了，公社大院里拉来了鱼，每人两条。众目睽睽下，我东挑西拣，自择了最大的，立马坐上农公车带回来，母亲欢天喜地：多好的大鳊鱼呀！

我站在一旁，暗暗叹息："青鱼兄哇，何日让老母也亲近你……"

调无锡县里工作后，春节前部门发年货，终于分得一条大青鱼，人称"乌青"：青中带黑、黑里透红，鱼身浑圆、鱼尾甩响，有一米多长，重达十几斤。

"甘露青鱼！"同事是那边厢人，他一眼认得。我乍见此鱼且拥有此鱼，内心无比喜悦。接着，年年分鱼，年年有鱼。甘露青鱼有之，县域内他乡的青鱼亦有之；青鱼有之，草鱼、其他鱼虾亦有之。每年总会有若干尾，奉送给父母、岳父母，已是成例；送给长辈、家人及亲戚朋友，面子上有光，也是表露自己的一份真情厚意。

那个新春，年夜饭相当丰盛，鱼当然"唱主角"，我用甘露青鱼做了几个好菜——冷盆有熏鱼块；热炒有老烧青鱼段、生炒鱼片；汤有鱼圆、青鱼尾"甩水"；最后一道大菜是咸鱼咸肉同蒸，主料仍是甘露青鱼。哈哈，这道蒸菜，甜咸腴鲜、妙不可言，友人饱餐后赞不绝口，一时遂成佐酒、下饭的"保留"菜肴啦。

这些年，青鱼几乎从未"缺席"过，先有工作过的地方，连着些年头给我捎鱼；后有挚友接着送了多年；再有往来的朋友，也送青鱼几年了。这份情意，怎会忘怀呢？

春节前夕，姐问我过年要点什么，我脱口而出：青鱼！于是，二姐送来一尾甘露青鱼。到了岳母家，下午听完书，自觉去附近超市买了两条青鱼，是为过年节礼。

江南人家，过年习惯要买一条大青鱼的。

谁料想，这青鱼在战"疫"中，荣膺了我和岳母家最有底气的、宅家的首席"硬菜"。

又到甘露。春日，徘徊在月溪，"新丰园"品尝了氽鱼汤，颇有甘露青鱼的当年滋味。恍惚间，想到了第一次遇见青鱼，第一次做青鱼大菜……

"冬夜伤离在五溪，青鱼雪落脍橙荠。"才食过青鱼，又落下了桃花雪。

唉，无论是甘露青鱼，抑或是无锡青鱼，都不是主要的；最重要的，年年有鱼就好啊！

永远的红玫瑰

5月底，惠山区作协到鹅湖玫瑰文化园采风，市、区作家和锡剧名家聚于伊园。预报说会下大雨，却毫无影踪，连一丝风也无，天气闷热又潮湿——江南梅雨天的征候。

这是第二趟游鹅湖玫瑰园——园主人诚邀的。玫瑰花已谢，五色绣球花正绽放争艳。此花谢、彼花放，系大自然客观规律。即便没赏到当季玫瑰，也有新花开啊。

一

第一次见玫瑰花，还是少年。老家叫街路里，东隔壁是胡氏大户人家，三开间五进房屋，后屋围墙内有一个大花园。原先，我家老宅与这家一模一样，后来被之前驼子老太婆卖掉前半部分，我们住中间正厅内，厅前大天井里有一棵榉树，厅后小间改作厨房了。

四月芳菲，小伙伴相约去那户人家，悄无声息溜进去，二三进厢房均没人，甚感室内幽暗、凉风习习。老夫妻在厅内休息，见我们躲躲闪闪，他咧嘴点头，示意可去花园。

打开后屋门，顿觉豁然开朗，立刻被惊呆：一丛丛各色的花，错落有致布设，有牡丹、芍药、玫瑰、月季、栀子花、葡萄树、桂花树……真是一园姹紫嫣红。那年代，只见泡桐花、木槿花，以及南瓜、丝瓜、扁豆花之类，何曾见过此等

封闭的美丽花园呢?

　　墙角一处,数不清的红色花朵怒放,馨香扑鼻、鲜艳娇媚。小跑过去,禁不住摘两朵,不料被枝干上的尖刺扎了。同伴说,这个花是玫瑰,有刺,闻起来真香。

　　玩了好一会儿,恋恋不舍地返回,老夫妻仍在。见我手中的花,老人抢步过来,我正疑惑时,他很快取走一朵,闻了闻,转身递给他老妻,然后细心且缓缓地插在她的发髻上。

　　我不声不响退出屋子,回首张望:这枝玫瑰花如火苗一般,映红他俩,厅堂也温暖了。回家剩下这朵,怎么办啊?我独坐天井,玫瑰花一瓣一瓣撒飞榉树边,手中久久留有沁香。当时,尚不明白"赠人玫瑰、手有余香"的道理。

二

　　再遇玫瑰花,已是工作后了。那是原锡山市的一个镇后宅镇,与苏州吴县交界。时逢加快种养业结构调整,发展高效农业,后宅镇是老典型,率先搞起玫瑰示范园。

　　春暖花开,后宅百亩玫瑰园区形成一片红色的玫瑰花海洋,与远处的绿色麦浪交相辉映。那玫瑰花,有些像美人娇艳欲滴,有些似少女含苞待放,还有些恰似落花无意的半老徐娘。勤劳蜂儿,竞相钻进花蕊采蜜,两腿夹带花粉。田间,当地妇女一口软糯的苏州话,嘻嘻哈哈穿梭往来,忙碌采摘玫瑰鲜花。暗香阵阵,不知香自玫瑰、还是女人。上前交流得知,镇里种玫瑰非为赏花,而是每天采集送工厂提取香精的。

　　正说话间,突然拥来一批十数人的队伍,是邻镇参观学习的,其中红衣女子,中等身材、端庄秀美,似乎有些面熟。仔细一望,不错,就是那外地求学三年,离校后通信的女同学。喜出望外奔过去，悄悄把她拉到玫瑰园一旁。

"你还好吗？"心里默念着。两人相对无语，时间仿佛停滞了。"送朵玫瑰给你吧。"摘下一朵最茂盛的，鼓起勇气说。"不了，谢谢啦！这花期已迟了。"她主动伸出手来，接过玫瑰花，轻轻放入收集花的竹筐，与我微笑着挥手道别。

"哎，吃饭了。"有人喊道。玫瑰园尽头，红玫瑰、红衣人都渐次模糊了……

心不在焉用完饭。镇里农情员小伙子，饭后带大家去看他的花圃和种养园，他家是当年有名气的绿毛乌龟养殖户，出口日本等国家。一窝小乌龟刚孵化，就送给我一只。

三

2020 年 3 月新冠疫情后，受湖畔书院雲也先生之邀，冷茶组织了首次文友活动——赴甘露采风。下午，荡口古镇邹炜陪我们兴致勃勃地游览参观鹅湖玫瑰文化园，这是我第一次去。到底让人惊艳，二月兰、虞美人、雪叶菊等花开缤纷，特别是那虞美人有红、粉、黄、白色的，几乎布满园内，喜得文鸿老师打开画夹，就地作起画来。

玫瑰园紧邻南青荡，一片开阔水面，波光粼粼，这个天然湖泊景致，自然风光，叹为观止，为玫瑰园增色不少。湖畔亲水平台上，有鹅湖龙舟队员在训练或休整，体格健壮的汉子，皮肤晒得黑里透红，浑身露出饱满的肌肉腱子。

2022 年端午节，无锡市全民健身龙舟赛鹅湖站开赛，玫瑰园人山人海，场外锣鼓喧天，湖面水花四溅、船桨齐舞。以 12 人制标准龙舟、200 米直道竞速，22 支队伍你追我赶，经过一天的激烈角逐，鹅湖龙舟队主场蝉联冠军，惠山区玉祁街道、无锡文旅龙舟队分获第二名、第三名。龙舟赛让鹅湖玫瑰园人气爆棚，展示了鹅湖"江南滨水魅力小镇"的亮丽颜值，体现了锡山湖荡的

资源优势，以及永不服输的"龙舟精神"。

平生喜爱红玫瑰，两次鹅湖玫瑰园之行，并非刻意看花，又发现新风景：入园处百年玫瑰老树，大家合影留念；荷花池烟雾缭绕，如人间仙境；梅花鹿、孔雀园，小朋友欢呼雀跃；玫瑰花大道，变身网红打卡步道；栽玫瑰新品种，融红色文化。

鹅湖玫瑰园，充满美丽乡村田园风光、浓浓文化和党建元素。

我亦种过玫瑰，从云南带回玫瑰苗，露台上种几盆，仅成活一盆，天天盼花开，却旺长枝蔓，未见一朵玫瑰花。小乌龟原本仅指甲盖大，成孩子喜爱的小动物。期盼快快成长，期盼玫瑰花盛开。多少年一晃而过，小乌龟成金色大龟了，又变成我的宠物。

玫瑰园代表青春和爱情，玫瑰花是国外情人节信物。情人节送红玫瑰，还有送"蓝色妖姬"的。惯见过数朵玫瑰送某人；孩子有收到红玫瑰的喜悦；自己也买过红玫瑰送妻子。

有人喜欢种小麦，有人喜欢种玫瑰。每个人都有一个秘密花园。

永远的红玫瑰啊，始终留在我心中，从不曾离开过！

华海泉
HUAHAIQUAN

1954 年生于无锡甘露城南。无锡市老年书法协会会员、锡山区作家协会会员。2017 年开始写作，先后在当地媒体发表文章 40 多篇，在全国《华氏文化》发表 11 篇，2019 年在无锡市征文中获优秀奖，2021 年 7 月开始负责编纂甘露松芝史，已完成 17 万文字初稿。

- ★ ★ ★ -

家乡的路

家乡的路，随着时代的变迁在改变。从 20 世纪五六十年代弯弯曲曲的羊肠小道，到如今笔直宽广的柏油马路，都在我眼前一一浮现。

20 世纪 60 年代初，离市镇一千五百米的老家，上次街要近一小时。一路上，弯曲的小道，不时出现的沟渠，没有一条像样的路。宽宽的沟渠上，会有块很窄的石条，早晨上街吃早茶，一不小心，就会滚到水渠里，弄得像只落汤鸡。当然，去趟无锡、苏州更不易了，至少要两天时间。

1964年，家乡造了一座建新桥，路是直了好多，路况依然很糟糕。后来发明了暗渠，几百年来，狭窄的路总算有了两三米宽了，还铺上了平面的几块砖，但遇上下雨天还是很滑。20世纪70年代后期农村有了自行车，因泥泞路滑，跌得鼻青脸肿也是常有的事。

1972年甘露通了汽车，路况逐步好转，进城办事也方便很多。随后社队办企业也兴旺起来，让农民兄弟看到了希望。我大队有了首家接线厂，为县广播站包塑料广播线，获利较丰厚。尝到甜头后，就有了塑料厂，主要为县化肥厂加工塑料包装袋。电焊条厂也开工了，很多农民从一个泥腿子，走向了亦工亦农的工作岗位。有钱好办事，路上铺石子，彻底告别了泥泞的道路，愁眉苦脸的农民，有了欢快的笑声，社会主义道路真是越走越宽广。

如同雨后春笋的社队办企业，彻底改变了农民的生活水平，家庭收入的主要来源靠社队办厂。路通后，也丰富了农村文化生活。记得无锡县电影三队来到河西海生产队，放了三次宽银幕故事片，真是四乡八邻，人山人海，就连镇上的居民也结帮赶来。这是我第一次在露天看到这么大的宽银幕，真是感到十分惊奇，这都是路修好后，给百姓带来的精神生活。

改革开放后，家乡的路更好了，彻底摆脱了贫穷，农民第一个想到的是房子和车子。接着一幢幢高楼拔地而起，潮湿黑暗的旧房子一去不复返了，人们尝到了改革开放的甜头，家乡的路又加宽加厚，还铺上了柏油，老百姓靠摩托车、自行车出行也越来越方便了。

我们的祖国，从贫穷落后到繁荣富强，用了几十年的时间，我都历历在目。当今社会发生了翻天覆地的变化，现在每家每户都有电瓶车、小汽车代步。就拿家乡的城南来说吧，原来的路，已完全不适应当今社会的发展。今年的城南路又重新改造，它是一条高标准的样板路，铺上了水泥和沥青，九米宽的村道，平坦、宽广，电动车开上去只有"嗖嗖"的声音。老百姓从心底里感谢党，感谢伟大的祖国，这是改革开放带来的丰硕成果。

如今家乡的城南路，路路相通，上一次甘露街，只需五六分钟，就是到荡口也仅十来分钟了。沿鹅湖的道路全部黑色化，鹅湖西岸的彩虹跑道，早晚都能看到很多跑步和散步的身影。他们在领略大自然风光、收获一份美好心情的同时，幸福指数也在不断提高。

走进新鹅湖

鹅湖，家乡的母亲湖。她是镶嵌在锦绣江南的一颗明珠，也是当地十多万居民赖以生存的一方宝地。

鹅湖是无锡和苏州分界处，苏州在东，无锡在西。无锡的湖岸线略长，很像一个潦草的"弓"字，弓头在荡口，弓尾在城南的望虞河口，属无锡管辖。

我一直有个梦想，要用我的双脚，去丈量一下母亲湖。某周日的午后，我穿上跟脚的布鞋，从望虞河口出发，在平坦的柏油路上，沿着蜿蜒的湖岸线独行。一路风光秀丽，湖水清澈，使人感到既宁静又祥和。

转过甘露和荡口的分界处，到了黄塘桥水闸。水闸很雄伟，草坪上竖着一块巨石，四周绿树成荫，花草茂盛，是当地居民和晨练者休闲和娱乐的地方。此刻，几个青年男女，把功放机靠在树上，通过手机的蓝牙遥控，唱着一些不知名的新歌。从他们的脸上，看出了他们的开心和快乐。闸的另一边，一群女孩在老师的辅导下，跳着舞，她们步伐轻盈，舞姿优美，充满着青春的气息和活力。

继续前行，前面就是彩虹步道了。路边是种上不久的银杏树，坡的间隙里种上的是樱花树，沿湖的路边有供居民休息的木凳。一位四十多岁的中年人，从口袋里摸出口琴，用手绢擦了擦，面对鹅湖，吹起了一曲由蒋开儒先生作词的《走进新时代》。那高亢婉转的旋律是多么地熟悉，琴声和水声交织相融，使我陶醉。

我有意接近他，随手递给他一支烟，便和他搭讪。他见我很诚心，介绍了自己。他家住湖边东半扇，读书后留在无锡工作，一有空就回家看看父母。他反问我："先生是哪里人？"我指着隐约能看见的湖对岸，说："城南海的，祖籍也是荡口，姓华。"他听后挺惊讶："我们应该是宗亲吧！"

一路上，我们交谈甚欢。途经湖心岛，小岛离岸约一百五十米，恰似弓内弹出的一颗明珠。岛上树木郁葱，周边的芦苇经湖风一吹，像麦浪一样翻动着。此岛是二十世纪九十年代末，拓宽望虞河，加深湖道堆积而成。宗亲介绍，当时有三亩之大，经过鹅湖二十多年的风浪，现在估计只剩两亩左右了。

湖堤往下，不足百米处有一小村庄，宗亲的家就在那里，他执意邀请我到他家小坐。看着天色尚早，我便随他而去。他家房子很有气派，琉璃瓦、不锈钢大门，四周贴着墙砖，场上停着一辆"四个圈"的轿车。房前的长豆棚、黄瓜棚整齐划一，三角形的番茄棚有模有样，看来他的老父亲是一个办事一丝不苟的人。这让我想起了陶渊明的世外桃源，这不就是今版的世外桃源吗？遥看南阳山，近听湖水声，自给自足，悠闲地生活，这是人间最好的享受。

见过他父亲后互相问好，他父亲也热情开朗，略比我年长几岁。我看到墙上挂着一把二胡，他父亲说年轻的时候，在大队文艺宣传队待过，专拉二胡。现在有这种爱好的人少了，只能束之高阁，偶尔拉一拉。同我相似的是他也喜欢书法，而且临摹的也是柳公权的帖。我好像遇到了知音，闲话也多了起来。在坐下喝茶的间歇，见到茶几上放着本几年前镇政府编写的《荡口史话》，他也在了解家乡的一些人文历史吧！应该说宗亲有着富足的精神生活，我为他高兴。

闲谈甚欢，大概儿子要回无锡的缘故，他夫人催促吃晚饭了。我有意告辞，宗亲哪里肯放，几次推托无果，只能坐下。菜相当丰盛，珍藏了十几年的白云

边三两下肚，话也毫无拘束了。

天南海北地闲聊，自然要提起拆迁的事情。宗亲说"快了"，沿湖从北到南，都在拆迁范围内，市政府在规划家乡的一草一木，虽然有些恋恋不舍，但大势所趋，相信政府，是为我们老百姓好。是的，这次政府的大手笔，在打造新鹅湖的宏伟蓝图，依托鹅湖的美丽，造福百姓是最终目的。

饭毕，宗亲的儿子坚持要送我回家，我婉言谢绝。我还要去看看新桥水闸的宏伟工程。

辞别宗亲一路向南，远处传来了隆隆的机器声。大闸正在进行基础设施的建设，规模很大，水泥罐车一辆接一辆地浇注混凝土，这是一个百年大计的工程，目的是让鹅湖水更蓝、家乡更美。

灿烂的灯光和落日的余晖，相互衬映着美丽的鹅湖。当重回彩虹步道时，我想，脚下的路，分明是政府带领我们走向幸福富裕的一条康庄大道。

一天的行程结束，我计划中的行程并没有结束。下一站去苏州地界兜上一圈，看一看祖国日新月异的变化，用笔来把握时代跳动的脉搏，以独特的视角，来讴歌这个伟大的时代。

华解英
HUAJIEYING

笔名佳音，江苏无锡人，1957年出生。爱好文学，淡泊名利，1990年下海。现为无锡市作家协会会员、无锡市音乐文学学会会员，锡山区作家协会、锡山区楹联学会理事。作品散见于《无锡日报》《江南晚报》《太湖》、中国诗歌网、中国作家网等报刊和平台。

— ★ ★ ★ —

古桑把壶忆往昔①

（一）

忆往昔，幼年始。

庆解放，心欢喜，

蚕农翻身分田地。

我和一群小兄弟，

扎根桑园队伍齐。

---

①借桑说史，古桑不平凡的经历正是新中国成立以来我国社会发展的一个缩影。一组小诗，再现历史，寓意现在，意味深长。

主人勤劳又朴实，

互帮互助睦邻里。

（二）

几年后，高歌起。

初级社，高级社，

我和兄弟归集体。

总路线，"大跃进"，

人民公社红旗举。

村前屋后旱田里，

到处有我好兄弟。

（三）

我的叶，蚕最喜。

春风吹，发新枝，

蚕儿吃了长身体。

乡亲夸我摇钱树，

茧子换来柴和米。

茧儿抽出纤纤丝，

绫罗绸缎新嫁衣。

（四）

我的果，桑籽籽。

甜带酸，乌中紫，

村童个个都欢喜。

割草篮子田边放，

采下一把塞嘴里。

半篮猪草拎回家，

满嘴乌黑双手紫。

（五）

务工潮，随风起。

进城去，到厂里，

闲田抛荒桑园弃。

七倒八歪少扶持，

任凭钝斧砍残枝。

周围兄弟剩无几，

我心酸楚无人知。

（六）

秋又来，春已去。

斗在转，星亦移，

恍惚之中已甲子。

昔日桑园今菜地，

古村对面高楼起。

新主嫌我老又丑，

留在菜地没意义。

（七）

遭嫌弃，要处理。

贴地锯，连根起，

大难当头无所依。

梦里惊醒多少回，

清晨泪水挂满枝。

茫茫世界这么大，

何处是我容身地？

（八）

枝头鹊，喳喳叽。

叽叽喳，喜讯递，

佳友福田在找你！

奔走相告老兄弟，

绝处逢生大惊喜。

初来乍到不忍看，

东倒西歪掉枯皮。

（九）

福田里，扎根系。

害虫治，有病医，

松土施肥勤护理。

茵茵芳草接地气，

喜鹊陪我做邻居。

缓缓水车秋千椅，

花团锦簇开四季。

（十）

现如今，非昔比。

新时代，圆梦时，

建设乡村多美丽！

我与兄弟皆古稀，

枝繁叶茂人称奇。

霜后秋叶煮香茗，

古桑把壶忆往昔。

丰收园里笑眯眯①（儿歌）

我是一只梨呀，

我是一只梨。

轻轻告诉你呀，

轻轻告诉你。

开心果园是我家，

从小长在福田里。

嗨啦啦，嗨啦啦，

辛勤的养护季。

寒往暑来汗水滴，

朝夕相伴感恩你。

嗨啦啦，嗨啦啦，

灿烂的花开季。

蜂飞蝶舞春风里，

梨花雪海漫天际。

---

①《丰收园里笑眯眯》是梨儿献给果农的歌曲，恰如孩子写给妈妈的家书，满怀感恩与深情。借梨儿的形象，展现了祖国新农村建设的一个缩影。拙作已谱曲，可传唱。

我是一只梨呀，

我是一只梨。

说声谢谢你呀，

说声谢谢你。

春天系上红丝带，

爱意绵绵到夏季。

嗨啦啦，嗨啦啦，

幸福的成长季。

香甜梨儿枝头挂，

满园歌声献给你。

嗨啦啦，嗨啦啦，

欢乐的采摘季。

咱们一起合个影，

丰收园里笑眯眯。

福田花海

福田里花海开，春姑娘翩翩来……一阵欢快悦耳的歌声，从花海深处飘来：

"福田里花海开，春姑娘翩翩来。蜂蝶在那花间舞，人在画中嗨。

福田里花海开，春姑娘款款来。菜花嫩黄梨花白，桃花儿红满腮。

长发呀柳丝呀，随风轻轻摆。罗裙上的百花，朵朵放光彩。

福田里花海开，春风呀暖心怀。花香牵着果香，伴着书香来。

山青青水盈盈，歌声飞天外，乡村那个振兴，幸福花儿朵朵开……"

伴着甜美的歌声，随着欢快的旋律，今天，我陪大家畅游一回"福田花海"，顺带着讲个佳友福田的创业小故事。

（一）台风海葵

车窗外，呼呼的风声，哗哗的雨声，一阵紧似一阵，我的心也被提到了嗓子眼，田里那么多梨树，在急风暴雨中会是怎么样的状况？

小汽车，就像波涛里的一叶小舟，摇晃着、颠簸着、打着双闪划开水面缓缓地行驶着。我和蔡总谁也不说话，他的双手紧握着方向盘，身体努力向前倾着，双目紧盯着前方，尽管雨刮器疯了似的拼命摆动，可车前方仍是白茫茫一片……双向八车道的锡虞路上，此时空荡荡的，偶尔有个车影打着双闪从对向车道开过……

车子拐进中国台湾农民创业园内，小心翼翼地行驶在区间通道上，路两旁一排排连体大棚上的透明薄膜，被狂风刮得啪啪乱响，我真担心它们随时会被任性的台风撕破。突然，蔡总踩下了刹车，我俩被眼前的一幕惊呆了：金玉良田的一排刚建好的民工板房，屋顶被掀开了，瓢泼大雨向屋里狂泻，房体正在剧烈地摇晃，狂风暴雨合力连续地撕扯着，似乎要将板房连根拔起……猛然间，从破房子里冲出来一个光着膀子的老汉，他双手举着一片什么也挡不住的透明薄膜，大声呼喊着"救命啊！"朝着汽车奔来……几乎在同时，那排被掀了屋顶的板房猛摇几下后便向前翻倒下去，得胜的狂风继续追赶着，板房又向前扑了一下，还没停稳，又一阵狂风将它掀起，再重重地摔下……好险哪！我俩急忙下车，使劲把这个浑身是水、瑟瑟发抖的老汉连推带拉地拽进了车里。哦，不！是把老汉和大雨一起拽进了车里，顿时，车厢就像灌了水的船舱。小车变成了小舟，载着三个落汤鸡似的人儿向佳友福田开去。

车到园门口，我有些恍惚，感觉风雨中的竹牌楼一直在摇晃，长长的竹篱笆墙也在摇晃。透过园门朝里望，只见两个浑身湿透的员工正拿着绳索试图拴住竹牌楼，我和蔡总打开车窗拼命大喊："危险！危险！赶快回屋里去！"幸而我们园门口那间值班小木屋，是请专业公司搭建的，结构牢固扎实，此时成了员工们的避难所。

定睛再看竹牌楼，依然在不停地摇晃，变形的大门已无法打开，我们只好无奈地坐在灌满了水的汽车里，用手抹着满头满脸的雨水，眼睁睁地看着骇人的倾盆大雨。哦，不！是倾"缸"大雨铺天盖地地倒下来……随即轰然倒下的是竹牌楼，紧接着像多米诺骨牌一样倒下的，是百多米长的竹篱笆墙……经过大半年的建设，已初具规模的佳友福田，刹那间成了一个无遮无挡的破园。我和蔡总不顾一切地拉开车门，冲进了狂风暴雨中，跨过扑倒在地上的竹牌楼向梨田奔去，我们要去看梨树啊！那些从苏州西山引进的，种到田里才八个多月

的翠冠梨树，刚开始立足生根哪，就遭此劫难。

大片大片的梨树已被肆虐的狂风欺负得东倒西歪、站立不稳，抖着叶子，摇晃着身子。有的已经跌倒在泥地里，伸出的枝丫似乎在挥手求救……两千多棵梨树啊！这是我们园里的主打品种，是在去年 12 月建园时，我们顶着寒风种下的第一批果树。为了适合观光农业的布局，军人出身的蔡总，亲手拉着绳子为每棵梨树做种植定位。为确保安全过冬，我们还细心地在每棵梨树的根部都覆盖了一块地膜。今年春天，这些充满灵性的树儿，努力地展现了千树梨花一齐开的美景，那横平竖直的一行行、一棵棵、一树树的梨花，就像一队队整齐的列兵，英姿勃勃地接受着检阅。可现在，望着满园东倒西歪的"伤兵"，我心痛得只想哭。眼睁睁地看着美好的愿望被摧残、被毁灭，我却那么弱小，那么无能为力，是何等的悲哀啊！我的心头滴着血，脸上擦不干的泪水和泼不尽的雨水，不停地往下淌……永远忘不了这一天：2012 年 8 月 8 日，台风"海葵"袭击无锡，也扫荡了佳友福田。

（二）品牌品质

人生至秋，我们几个退而不休的"老青年"，相约回归田园，寻觅"煮茶温酒会佳友，植树栽花种福田"的简单生活。20 世纪 90 年代初就下海的我，饱尝创业的艰辛，也深知做农业项目的不易。我给园子取名为"佳友福田"，寓意"好朋友一起广种福田"。从此，我们这一群有情怀、有抱负、迎难而上的新农人，迅速加入了无锡新农村建设、发展新农业的队伍中，发光发热。

他，曾把十八年青春岁月献给了军营，从地方机关退休后，又将晚年时光洒在了乡村；她，曾经奋力跳出农门，在乡镇企业里千锤百炼，而今每天穿行在乡间田埂；他，曾是乡村教师，退休后来到"佳友福田"，一干就是十年多；

她，曾是妇女队长，古稀之年加入"佳友福田"，春夏秋冬，日复一日地辛勤劳作，丝毫不减当年的干劲；她，是"新鲜血液"大学生，客服接单，农事台账，绿色食品内检员，多岗一人担。

当初建园时，眼前是一片废弃的菜地，一无古物遗迹可寻，二无山水风景可依，三无文化积淀可挖。

我们以"源于农业、融于农业、高于农业、永不脱离农业"为建园宗旨，依照"整体规划、分步实施"的原则，大家齐心协力，从整田平地开始，由一草一木种起，渴了喝口水，饿了下碗面。

"十载光阴指间走，一曲园歌心中留。"而今，一座四季瓜果香，宛若桃花源的开心果园，呈现在大家面前。

那一年遭受台风"海葵"扫荡而倒下的那片梨树，经过我们连续多日的抢救、补植和精心护理，终于缓过劲来，恢复了元气。如今成了我们的拳头产品——佳友福田翠冠梨，已连续九年入选国家绿色食品 A 级产品，深受广大消费者的喜爱。

请看，这农副产品展示厅里，有梨园土鸡蛋、手工梨膏糖、梨果原浆，还有霜后古桑茶等特色文创产品。

2019 年，佳友福田被评为无锡市乡村旅游示范点；2020 年，被评为无锡市十佳"我最喜爱的休闲农庄"之一。

我曾经为一年一度的梨花节写过一首咏花诗：

花海人潮美阳春，

桃花源里醉红尘。

油菜花田蜂蝶引，

浪漫樱花遇知音。

十里乡村花满径，

一夜春风梨花深。

大家随我来，一起去走走这天天让我魂牵梦绕的梨园，看看那处处欢歌笑语的"福田花海"。

（三）当回导游

"佳友不分东西南北，福田有约春夏秋冬"，竹牌楼上这副对仗工整的楹联，乡土中透着一丝书卷气。园门口鲜花簇拥的迎宾水车，缓缓地转动着，让你在无意间也会随之放缓匆匆的脚步。

顺着樱花迎宾道向前走去，便能看到两个坐落在桃花坡下石榴园里的全景蒙古包，这可真是个聚会喝酒的好地方。置身其中，周围一圈弧形的玻璃取代了密不透光的毡壁，抬头可见蔚蓝的天空和飘游的白云。那巧妙地安装在尖尖顶部的换气扇，在自然风力的带动下，悠悠地转动着，仿佛时光也随之悠悠地流淌着。透过薄薄的纱帘朝外望去，令人心旷神怡的田园风光，尽收眼底。

若是在丹桂飘香的金秋，你会发现，眼前这一片片亮黄色的油菜花田，摇身变成了一排排深绿色的、昂首列队的玉米。一根根顶着浅褐色须须的玉米棒，吸引着高高举起的相机、手机和摆开 pose 的游人。就在玉米地的斜对面，那个桃花坡下便是精致的红石榴家园，似乎为了和玉米争宠，秋风中那一颗颗红彤彤的石榴，就像一盏盏精巧的小灯笼挂满了枝头。绿叶间露出几只熟透了、裂开了的石榴，就像调皮的孩子张大了笑口，嘴里含满了宝石般晶莹剔透的籽儿。

绿油油、毛茸茸的草地上，用一块块年久的石磨盘铺成的弯弯小道，通向了五彩缤纷的月季花廊，花廊的一侧便是枝繁叶茂、独树成景的古桑园。"一壶清水源沧海，几片香茗自桑田。"那可是饭前酒后喝茶聊天的绝佳处哦！顺着花廊漫步向前，便通向了小桥流水，绿岛草亭。俯首处，锦鲤卿卿水盈盈；举目间，山峦隐隐草青青……

眼下，正是蜂飞蝶舞的春天，当你穿过粉色如霞的樱花道，踩着绿茵似毯的芳草地，躬身进入蒙古包时，一抬头，你会惊喜地看到，俏丽的桃花枝已探到窗口来凑热闹了呢！

放眼四周，整个福田花海就像画家打翻了调色盘：那一朵朵粉嫩的桃花，一树树洁白的梨花，一片片金黄的油菜花，一点点胭脂红的海棠花，一枝枝摇曳着的迎春花，一簇簇石楠球的红叶，一粒粒细柳枝的翠芽……哎！你看，这令人目不暇接的福田花海，竟然还烂漫地延伸到了"一枝葡萄一树花、一根柱子一幅画"的民族文化长廊呢！

福田里花海开，春姑娘翩翩来。乡村那个振兴，幸福花儿朵朵开！

唱起来，舞起来吧！咱泱泱大中华五十六个民族的兄弟姐妹们！让我们在党的光辉照耀下，沐浴着乡村振兴的春风，相聚相会在福田花海里；齐歌共舞吧！

华萍
HUAPING

任职于无锡市堰桥实验小学，是一名耕耘在三尺讲台上的语文老师。"我思故我在"，她相信文字的力量，从学生时代就爱好写作，用文字记录真实的生活，表达自己的情思，也在岁月的馈赠中不断提升自我。

———— ★★★ ————

春到甘露

甘露，在我的印象里，大概只存留于曾见过的路牌——锡甘路，存留于曾品尝过的美味——甘露青鱼。我作为土生土长的无锡人，未曾到过甘露也是一种遗憾。

庚子三月，春和景明，万物丰茂。幸得区作协组织到甘露采风，欣然前往。一场春雨如甘霖，雨后空气清新，行驶在宽阔的锡太公路上，窗外已是"绿柳才黄半未匀，山桃红花满上头"的景象。近一小时的车程，我们终于踏上了甘露的土地。

车停在甘露学校门口，往前数十米右转，就走上了甘露老街寺弄口，宁静而质朴，厚重而恬淡。随意在街边驻足，瞥见一爿烟酒店，原来竟是一处文物保护单位——增善堂旧址，始建于元代，经历代多次修缮，它是无锡历史人文的重要遗迹之一。

能够在街角邂逅如此历史悠久的建筑，是冥冥中的机缘吧。同行区美协的吴文鸿老师指着屋顶向我们普及硬山顶和歇山顶的区别，告诉我们，江南建筑多为硬山顶。一路上见到许多民居的院门上也都是圆木梁、黑青瓦结构的硬山顶。而在北寺弄的一户民居里，竟然见到了歇山顶，屋顶之上竖立一座小山墙，兀自朝向青天，显得庄严而肃穆，似在历史的天空下诉说着甘露的前世今生。

漫步在后西弄——甘露最有历史感的街区，那里残存着一大片老建筑群，有清代年间的，也有民国时期的。来到后西弄8号滕家老宅，这座始建于民国时代的江南小院，历经百年风雨洗礼，墙面已剥蚀坑洼，但它是甘露保存最为完整的民国时期的老房子。

推开大门，厚重的历史沧桑感扑面而来。第一进门厅两边是厢房，一方小天井，中间的大水缸蓄满了雨水，盈盈泛着天光；第二进是正厅，雲也先生等文友将之辟为了"湖畔书院"，古朴典雅，翰墨清香，弥漫着古韵甘露的气息。因文人们的怜惜与保护，雲也先生编著《印象甘露》，整理搜集、记录传播，让古镇历史文化重放异彩。从正厅往里走，厅后建有墙门垛头，上有"源远流长"的砖雕，寓意着滕氏先祖对后世生生不息的美好期盼吧！第三进是一座两层小楼，我轻轻地踏上逼仄的木质楼梯，惊起一薄层尘土，拾梯向上，恍若行走在如烟的时光里。透过二楼打开的木质窗棂，滴水瓦上还淋着昨夜的春雨，似乎在感叹"林花谢了春红，太匆匆"，百年的光阴，在指缝间也瘦成了一道逆光。

从"湖畔书院"出来，沿铺着石板路的幽深小巷，继续寻觅散落在老街的历史遗存。那座曾名为"翰林桥"的双曲拱桥，那棵孑然挺立于甘露寺旧址的古银杏，那些"华丰泰""薛泰丰""陈永亨"等百年商行，无不昭示着甘露的繁华过往。

站在一座桥上望去，粮管所三个高如炮筒的粮仓高高矗立，它是江南农业经济的印迹。四乡八邻的农人满怀丰收的喜悦，或开着机动船，或摇着水泥船，载着满满的粮食，沿着月溪溯流而上，来此籴粜，他们换来粮票，换来希望，换来美好的生活。

而我记忆中的高高的粮仓，曾是故友的家，他的父母都是粮站的工人，但随着城镇化的快速发展，粮站已完成了它的历史使命，退出了历史的舞台。十余年前，随着一声声爆破声，高高的圆筒状建筑轰然倒塌，如今已是高档的住宅楼小区。而无锡市里能见到的此种建筑，也就是运河公园中的圆筒粮仓了，记录着无锡曾是米行业发达地区。

桥的转角处，一棵姿态秀颀的柿树舒展着腰肢，倚着沿河的一处民居，怡然生长。在白墙黛瓦的背景下，就像是一幅既有墨线勾勒，又有点墨渲染的中国画，这种境界，既使人舒服，又让人惊叹，不由想起宋代诗人徐铉的一首《七绝·苏醒》："春分雨脚落声微，柳岸斜风带客归。时令北方偏向晚，可知早有绿腰肥。"

行走在甘露老街，无论是巷子里，还是河沿边，我们几乎都没有见过一辆汽车，连电动车也未见，整条老街显得安静又萧条。听甘露文友介绍，民国期间的甘露商贾众多，商业繁荣，月溪一带堪比今天的秦淮商业圈。只是由于历史原因，渐渐衰败了，但那沿河曾鼎盛一时的酒肆、饭馆似乎还飘散着当年的烟火气息。

时近正午，穿行在里弄间，鼻尖嗅到缕缕灶间飘来的饭香。那些尘封已久的记忆，倏然间浮现在眼前。多少年，没有挽过稻柴了；多少年，没有在灶膛里煨过山芋了；又有多少年，没有吃过硬柴火烧成的锅巴了。菜籽油烹饪的蔬菜，清香浓郁；浓油赤酱盛出的红烧肉滴着亮晶晶的汁，农家的菜香，让人垂涎三尺。巧手的主妇们，有的在两眼灶上挥舞着铲刀；有的在煤气灶、电磁炉上煎煮炖煲，各显神通。一条长长的巷子，混杂着饭香、菜香，还偶尔飘出愉快的笑声。

墙角边，有端着饭碗专心扒饭的老伯；大门口，有倚着门框说笑的老妇；更有托着碗底，叠着饭碗的老婆婆，她们习惯了从东家走向西家，也习惯了在吃饭时交流信息。他们丝毫不介意我们闯入，瞥见他们的饭碗，我们有些不好意思，他们却心无挂碍。这些老街居民，虽然已搬入新建造的二层小楼，但他们保留了原有的生活习俗，他们的生活场景、生活状态，却是我梦里回不去的故乡啊！

陆晓静
LUXIAOJING

　　"80后"文学爱好者，无锡锡山区作协会员，就职于广发期货。热衷散文诗歌，作品散见地方纸媒《江南晚报》《姑苏晚报》《松江报》《新锡山》《寿光日报》等及微刊平台。

— ★ ★ ★ —

时代见证者
——记我家房屋的变迁史

　　1980年，庄稼刚收割完没多久，我便在父亲刚从爷爷分家得来的一间矮小的平房里降生了。爷爷是在卖了两百斤新鲜的稻谷后才给我置办起了满月酒，低矮不平的四方小桌没能挤下几个人，却把整间屋挤满了。

　　在我朦胧的童年记忆里，门前屋后皆是成片的稻田、桑树。夏天，低矮的平房被浓密的桑树林遮掩得密不透风，蚊虫猖獗，尤其是雷阵雨后墙脚根躲雨的癞蛤蟆和偶尔在房梁上游走冷不丁掉下来的蛇，令人惊悚不安。冬天，西北风从桑树的秃枝刮来，刮来了寒冷，也刮来了从瓦缝里掉落的尘土和残枝枯叶。尤其到了夜间，猛烈的寒风拍打着用塑料薄膜纸糊的窗户呼呼作响时，感觉就像一头咆哮的狮子在怒吼，小小的我蜷缩在被窝中久久不敢入睡。

那时的小屋，左边与二伯家共用一堵山墙，右边与三伯家共用一堵山墙。用芦苇砌成的山墙除了隔音效果差外，走路碰撞时还时常会摇晃，感觉随时会倒塌。我是在屋内高低不平的泥土地面上摔跤无数次后才学会走路的。我已经记不清土面上何时铺的青方砖，只记得那时出门走的都是泥土路，鞋底踩到的泥会沾到砖上，砖就会变厚变黑，不过几天就要用小铲子铲掉砖面上的泥，就像木匠刨花一样。铲土的时候，我最喜欢与堂哥边铲土边翻砖抓地鳖虫，一只只椭圆形无处隐匿的小虫子从砖块下被翻出的场景至今历历在目。长大后才知道那一只只黑褐色的地鳖虫晒干后其实是一味珍贵的中药材，可惜现在的砖头缝里已经很难再寻见。

后来二伯家搬至村东，父亲咬紧牙关挤出几百元买下了他家的独间地基，简单翻新改造后，我家才算多了间厢房。尽管低矮破旧，不过那时每村各户都住着相同的房子，过着相似的日子，没有贫富差距，更没有贫穷的概念。

随着家庭联产承包责任制的实行，以及乡镇企业的异军突起，原本和我家一样守着一亩三分薄田靠天吃饭的乡邻们，有些头脑活络的得益于家乡彩印行业的发展优势，下海经商率先富了起来，陆续造起了新楼。没几年光景，村上一户一户人家，从村东到村西，陆续推倒了矮房翻起了新楼，一幢比 幢气派漂亮，而我老实巴交、无一技之长的父母仍旧在田埂上埋头苦干还攒不上钱，始终只能住在矮房里。孤零零的矮房就像被贴了一道贫穷和懒惰的标签，在村里越来越突兀，有时亲戚来了也不愿进屋坐一坐，生怕沾染了穷气。小小的我，很早就能读懂趾高气扬的大人们眼里流露出的意味。

这样低矮的平房，我从小学一直住到了中学毕业。我害怕同学知道我家住哪里，更害怕他们上门找我。我时常怀疑我身上的敏感与自卑源于学生时代长期住矮平房，不自信就像与生俱来一样一直在我的血液里流淌，让我始终缺乏抬起头的勇气，但骨子里的那份倔强始终鞭策着我。

记得那时才上小学三年级，每当放学回家，只要路过插红旗造新房子的人家，我都会悄悄地捡起新墙上掉落的粘着水泥块的马赛克瓷砖，或趁人不注意偷偷装一口袋石子或黄沙，然后积攒在自家屋檐下，日复一日地做着一个长长的关于住上新房子的梦。我时常在住上新房的梦境里笑着醒来，然后擦拭掉心里的泪，暗暗发誓要努力读书。

1996年，我上初三。随着农村改革的进一步深化，乡镇企业快速发展，尤其是家乡彩印行业的蓬勃发展推动了经济也带动了就业，农田里穷苦了半辈子的父母进厂务工后收入有了明显提高，终于推倒了那间老屋，也推倒了我心里的那座大山。当时规划建楼的地基因占了村上一农妇家的几分桑树田而争执不止，我怕苦盼了多年的建楼希望破灭，上课时也忧心忡忡。最终，双方协商给予补偿几百元后才得以顺利地盖起三间二层坐北朝南的楼房。当上主梁噼里啪啦的鞭炮声响彻耳畔时，我的心情也跟着鞭炮炸开了花，虽然这鞭炮声来得晚了点。那一刻，积压在心窝里十几年的眼泪在我稚嫩的脸庞滑落，时至今日我依然记得那份酸楚、苦涩与幸福夹杂的味道。

原本一直住低矮平房的我，早已习惯了夏天漏雨、冬天漏风的感觉，一下子住进宽敞明亮、卫生设施齐全的楼房后，突然觉得每晚做的梦都是香甜的。我也终于盼来了童年飞过我家却始终不入我家的春燕，在呢喃的春燕声里我勤学苦读，终于有天像羽翼丰满的小燕子飞出了巢穴，飞向了高空。

后来随着新农村建设的步伐，乡镇统一规划建房，我的好多亲戚、朋友、同学的家陆续拆迁，拆迁后搬进了一个个规划整齐又漂亮的小区里，有些人手头一下子多了几套房。我父母那辈人闲暇之余打起了麻将，跳起了广场舞，偶尔还结伴双飞旅游，双脚再也不用踏进田埂劳作了。我家因为位置特殊，迟迟未轮到拆迁。婚后的我一度因买不起商品房而只能长期蜗居在父母家中，面对高昂的房价唯有望洋兴叹，原本看来有几分风光的小楼仿佛同岁月一起渐渐地沧桑老去而不再夺目光彩。

好在这个时代总是给勤奋学习、奋力拼搏的人无限机会。我终于在2006年买了第一套商品房，后来陆续换了第二套、第三套，从城中搬到城北再换到了城东，越换越大，越换越好。然而我常常怀念那个在梦里出现无数次的低矮老屋，常常想起那个为了建造楼房而去捡砖头捡石子的女孩子。后来我渐渐明白了，梦想就是要靠一砖一瓦的累积搭建才能实现！

时间如苍狗，2024年的我已步入四十不惑的年纪。我父母常说我这代人很幸运，没有经历他们那辈人所经历的艰苦岁月。但对1980年出生于农村的我而言，父母在课堂里没待几年，他们所能畅想的生活就是楼上楼下、电灯电话，父母的眼界就是我的世界，所以童年的我对生活亦是没有太多渴望。只是没想到短短几十年生活真的有了这么翻天覆地的美好变化。

"等闲识得东风面，万紫千红总是春。"在中国共产党的领导下，经过长期奋斗，我们的祖国正在意气风发地强大，正在不惧风雨地茁壮成长。在这辉煌历程中，我只参与了短短几十年。习近平总书记说："新时代属于每一个人，每一个人都是新时代的见证者、开创者、建设者。"回首这些年我家的点滴变化，从卖粮到买粮，从矮平房到楼房再到商品房，就像开启了一扇时代变革的小窗，我何其有幸地见证了祖国新时代的辉煌与发展，由衷地祝愿祖国更加繁荣昌盛！

陆兴鹤
LUXINGHE

　　笔名秋波，曾当过煤矿工人、新闻记者、宣传部副部长、文明办主任、党史办主任。热爱新闻和文学，出版了新闻作品集《风华录》、散文集《枫叶又红了》《逝去的原野》等，现为中国散文家协会会员、无锡市作协会员，曾获第四届华夏散文创作奖。

* * *

"春江"花月夜

　　唐代诗人张若虚一首七言长诗《春江花月夜》，乃千古名篇，一千多年来令无数读者为之倾倒，诗人精心描绘的春、江、花、月、夜，尽情地赞叹了大自然的美景，热情地讴歌了人间纯洁的爱情和美好的生活。闻一多先生称之为"诗中的诗""顶峰的顶峰"。但这一切，和陶渊明笔下的"桃花源"一样，毕竟是作者虚构的梦幻理想。

　　然而，以"春江"命名的锡山区春江花园——我的第二故乡，却让我真切地感受到了诗人笔下的"花月夜"意境。"白云一片去悠悠,青枫浦上不胜愁。"在这里,诗人用落花、流水、残月来烘托其思归之情,更衬托出他的寂寞之情。凄苦,伴着残月之光洒在江树上,也洒在读者心上,情韵袅袅,令人心碎。而我身居春江花园二十年,天天被绿色花月所环抱,天天品尝着醇香的夕阳美酒,天天陶醉在"江流宛转绕芳甸,月照花林皆似霰"之中,感受到的是满满的幸福感。

无论你何时来到春江花园,它都会给你带来些许惊喜。春江花园位于锡山区东亭街道,是国家园林式绿化示范点,小区内绿树成荫,四季花香,环境优雅,与之配套的馨和园广场,更是一步一景,温馨浪漫,它集休闲、娱乐、购物、餐饮、会场于一体,散发着浓浓的文化韵味。晨曦中,一群群男女老少走出家门来到这里打拳、做操、跳舞、练武、跑步,这里成了健身锻炼的运动场;阳光下,情侣在树荫下相拥细语,老人推着童车里的宝宝在悠闲地散步;年轻人捧着书本或报纸在凉亭里朗读、思考;装在草丛中的小喇叭不住地播放着一首首音乐,"蓝蓝的天空,清清的湖水,洁白的羊群,美丽的草原,这是我的家……"悦耳委婉的《天堂》的歌声在耳边轻轻回荡,触景生情,让人回味无穷。

夜幕降临,这里霓灯闪烁,彩灯掩映,人流如潮,广场成了人们欢乐的海洋,从四面八方赶来的人们,有的跳舞,有的放歌,有的轮滑,有的玩过山车……这里涌动着一股热流。在玉飞凤雕像前,一群时尚舞女正翩翩起舞,她们服装艳丽,舞姿优美,以中年人为主,领舞者兼教练,水平更高超,有专业演员的味道,他们是春江舞蹈队成员,经常代表小区到外面演出,屡获荣誉。在音乐喷泉边跳的是交谊舞,无论是春夏,还是秋冬,这里夜夜人气旺盛,一聚就是百多人。他们中有情侣,也有老年朋友,在美妙的乐曲声中,他们娴熟的舞姿成为一道风景线。在数学家华蘅芳广场跳的是老年舞,每夜有五六十人,每次

一个半小时，以老年妇女为主，已坚持数年，形成了一批骨干力量。她们过一段时间练一支新舞，越跳兴趣越浓厚。在中心广场还有一个更大的舞台，数百人在跳，老中青都有，以女性为主，跳的是健身舞，气势磅礴，夺人眼球。在春季亭里，有一支由几十人组成的乐队在演奏，一批业余歌手在演唱，以唱红歌为主，歌声嘹亮，回荡在春江夜空，围观者有数百人。有的观众听着来了兴趣，也会自告奋勇上前献上一曲，真是你方唱罢我登场，欢歌笑语暖心窝。大人们唱啊、跳啊，小朋友则玩轮滑、玩过山车、玩碰碰车，这里也是孩子们的乐园。广场上还有一块几十平方米的大屏幕，不时播放新闻、电视剧，劳累了一天的人们坐在长椅上边看电视边聊天，兴致甚浓。如果是炎热的夏天，欢腾的广场过了子夜才会恢复宁静。

馨和园，这是一座文化的丰碑，精神的乐园。徜徉其中，犹如走进花的海洋、绿色的世界、艺术的殿堂，似在读一本历史教科书。广场中一块巨石上刻着"馨和园"三个大字，它由中国书法家协会前主席沈鹏先生所题，字体潇洒、飘逸，功力深厚。一只乳白色的玉飞凤雕塑高高耸立在公园中央，玲珑剔透，远观栩栩如生，这是根据无锡鸿山出土的战国时期历史文物仿制的，代表吉祥、奋飞。在玉飞凤前的一片广场上，铺设了十二幅生肖浮雕，只只造型别致，其意为和合、团结、如意，入园者都会在那里驻足细观，一一对号，感受幸运。公园四周，设计了四片小型广场，分别耸立有无锡籍数学家华蘅芳、民间音乐家华彦钧（瞎子阿炳）、明代大画家倪云林、唐代"悯农诗人"李绅的全身塑像，并由无锡籍著名雕塑家钱绍武先生设计、题词，每个人物都有事迹介绍。"锄禾日当午，汗滴禾下土。谁知盘中餐，粒粒皆辛苦。"这首耳熟能详的唐代名诗，就是东亭人李绅的名作，它刻在李绅像的下端，时时激励入园者珍惜粮食、尊重劳动、保持勤俭节约的美德。

　　中央广场的两侧是种植各种花卉草木的百花园，有紫竹园、海棠园、茶花园、紫薇园、桂花园、梅花园、翠竹园、金果园、红豆园……可谓五彩缤纷，四季飘香。与各类花卉、绿草相映衬的，是一排排名贵树木，如千年黄葛树，据说一棵价值几万元。绿树丛中，可见一座座造型各异的石雕、诗碑，如唐代王维的"红豆生南国，春来发几枝。愿君多采撷，此物最相思"碑，一对对情侣来到这里拍照留念，祝福未来。

　　春江广场馨和园是绿色的、多彩的，春江花园之夜更是迷人的、难忘的。据说当年建造这么一个城市公园，社会上颇有微词，市里某些领导也不赞成，是锡山区委一班人顶住了巨大压力，放眼未来，着眼民生，为民办了一件大好事。对此，春江人永怀感恩之心。

罗新方
LUOXINFANG

河南西平人。上海师范大学高级访问学者；国家艺术基金人才培养资助项目组核心成员；无锡国专研究会会员；无锡市评论家协会会员；惠山区作家协会常务理事；安庆师范大学、淮阴师范学院、上海东方讲坛、美国南卡大学孔子学院讲习学者。喜欢散文创作。

— ★ ★ ★ —

泡桐花

春到甘露，一下车，竟然看到一树的泡桐花。

一串串，一簇簇，密密匝匝，紫中带白，白里透紫，在没有长出叶子的枝条上，向着春天，吹响了冲锋号，这是我离开故乡三十年后，第一次在异乡的土地上看到久违的泡桐花。

那时，房前屋后、河堤上、田野里、小路边，满是泡桐树。泡桐树，和竹笋赛跑，一年一个样，三年大变样，三五年光景，疯长得树冠如盖，枝繁叶茂，顶天立地。

种其他的树，农家等不及，和做家什等米下锅一样等着泡桐。牛犁地的牛梭头是用泡桐做的，烧锅用的风箱是用泡桐做的，放鹰的鱼鹰船是用泡桐做的，女孩子出嫁的箱子是用泡桐做的。泡桐树生长在农家，根在农家，泡桐树是农家的树。

泡桐花开时节，一树一树的泡桐花，孔雀开屏，紫彩裙飘舞，紫风铃摇曳，在空中、半空中集结。微风过处，簌簌作响，随风落下，天女散花，如纺织娘织布，紫色的地毯布满，超然空灵。

在那饥饿的岁月，青黄不接时，正值泡桐花开，泡桐花救过无数人的命。母亲总是在泡桐树下忙忙碌碌，把泡桐花按在地上揉啊揉，揉啊揉，揉出来涩涩的汁液浸入泥土，混着泥土的芬芳，归于泥土。留下泡桐花洗干净了做菜吃，母亲把泡桐花浸在水里，洗了又洗，变着花样做，烹、煮、炒、蒸，都好吃，泡桐花懒豆、泡桐花菜馍，肉的味道，解馋。

做泡桐花懒豆，我给母亲打下手。一大早起来，母亲拣干净小半碗黄豆，添水放锅里，烧一把火温着，晌午收工回来，带我到邻居家磨黄豆。我拐石磨，母亲添磨；母亲过滤豆渣，我烧火；母亲下浆点豆腐，我端水；母亲把事先煮过的泡桐花切碎放锅里，我帮母亲拿盐。放盐、放辣椒、滴油，香喷喷的泡桐花懒豆吃得我肚子滚圆。缺米少面的年景，泡桐花没少帮衬。

泡桐花入肺经，治干咳，解毒消肿，是绝佳的中药材。贪玩的我摔伤时，母亲把泡桐花揉碎了，敷在摔伤处，消肿疗伤，没两天，我又活蹦乱跳了。

而今，日子红红火火了，泡桐树却不见了。我曾多次在故乡的土地上，漫山遍野地找，竟找不到一棵。村前屋后，换成了风景树，一大片一大片满是，没有了泡桐树的影子，我丢了魂。

离开家乡，我走过许多山山水水，眷恋的目光四处寻觅，总想着在异乡的土地上，还能看见那壮硕的泡桐树，看见那喇叭状簇生着的一个个花塔。

在甘露，我竟能看到泡桐花，那是我儿时饮的甘露、琼浆。里巷深处，柳桥岸边，月溪湖畔，矗立着的泡桐树，活化石般地生长着的灵魂，恬淡隐逸得有些寂寥的风骨，尘埃落定的清爽与澄明，远走的背影与惆怅，是退守，还是留给这个世界的爱？

这一抹淡紫的泡桐花，是我与泡桐花的默契，是我对泡桐花的守候。

梅锦明
MEIJINMING

无锡北外东湖塘人。20 世纪 80 年代初开始发表小说、散文、报告文学。凤凰出版社出版散文集《感动初春》，北京时代华文书局出版散文集《心的原生态》。现为江苏省作家协会会员、无锡市作家协会理事。

＊＊＊

黄土塘西瓜，从历史长河里流淌出的甜蜜

"黄土塘自古盛产西瓜""黄土塘西瓜好吃""黄土塘西瓜味道与别的不一样"……沪宁线上，爱吃西瓜的百姓上百年来几乎没有人不知道这些。

大多数人很可能不知道黄土塘在哪里，但没有人不知道黄土塘西瓜好吃，还不是一般的好吃。据《无锡县志》记载，1953 年，苏南华东地区土特产品交流会上，黄土塘西瓜一举夺冠。1982 年，无锡市、无锡县西瓜品尝鉴定会上，黄土塘西瓜被评为第一名。2010 年，"黄土塘西瓜种植技艺"被无锡市评为非物质文化遗产。

黄土塘西瓜的好吃，实属名副其实。

历史渊源，底蕴丰厚

"黄土塘种植西瓜早在宋代已经很兴盛""要买瓜秧到卢巷，要吃西瓜到施村"，这是《无锡县志》中的记载。

卢巷与施村都属黄土塘辖区内的自然村落，一个在南部，一个在西部，中间隔着东青河和黄土塘街镇，两村东西相距二三公里，可见在古代，黄土塘育瓜秧与种西瓜已经有着相当广的范围，而且有了明确的分工。

黄土塘，因属水网之乡古称"黄土荡"，后逐渐演变为"黄土塘"。1935年1月，在黄土塘出土了南北朝宋孝武帝时的6只瓷碗，证明早在1580多年前，先民就在这里生活。宋代至清代一直属怀仁乡或怀上市管辖，新中国成立后隶属于东湖塘乡，现为东港镇一下属村。黄土塘远离东湖塘五公里左右，一直保持着独立的集镇格局，有着上千年的历史延续，形成的自然商业圈和文化圈，一直影响着东湖塘北部片区。

黄土塘北部与江阴长泾相交，东邻张家港、常熟，民国时期就有班轮通航，黄土塘街北的晃山桥设有轮船码头。1938年，这里创办起第一所私立怀仁中学，老师来自上海、苏州、江阴、无锡等，招生范围涉及无锡、江阴、常熟等地，在无锡北外占有重要的地位，为以后黄土塘的社会发展培养了大批的知识人才。现今，街头拥有四座文物保护单位：江苏省级文保单位姚桐斌（中国"两弹一星"元勋）故居、无锡市级文保单位吴家大厅、黄土塘老街和黄土塘战斗纪念碑。一个行政村的文保密度这样大，实属全国罕见。这一切说明，黄土塘从古至今，能够种植出在沪宁一线有一定影响的西瓜，除黄土塘的土地属非常特别的"鳝血土"

因素外，还有很重要的地域影响大、把西瓜作为农业增收手段、种植能手储备多、市场扩散便利等因素。

据《话说黄土塘》一书记载，1936年是新中国成立前黄土塘种瓜最多的一年。时任行政院长的孙科，有次来到江苏省民政厅长缪斌家做客，因为缪斌乃黄土塘人氏，非常喜欢吃家乡的西瓜，因此家里常有备货。当时的黄土塘西瓜以瓤、皮、子白而号称"三白瓜"。孙科吃后赞不绝口，从此念念不忘。抗日战争时期，新四军将领谭震林、叶飞等，在江南一带抗战时，品尝到黄土塘西瓜后也赞不绝口。黄土塘西瓜以"甜蜜、皮薄、瓤爽、鲜激、汁多"而享誉沪宁一线。

传统种植，代代相承

黄土塘老百姓很早就发现他们的土地呈暗红色，就像铁锈红，他们把这样的土壤叫作"鳝血土"，意思就像黄鳝的血。据1979年无锡县土壤普查测定，该泥土速效钾含量高达113PPM，比周边地区高出20%～30%，而速效钾含量的高低与西瓜的甜蜜度成正比例。也就是说，黄土塘土壤呈暗红色的主要原因是含钾量奇高，这是种植西瓜特别甜的原因所在。据53岁的种瓜能手毛润标介绍，"鳝血土"内还含有大量的经丝，土是松软的，说明含有一定量的沙粒，十分有利于空气和水的流通，有利于庄稼的扎根、发根和营养吸收。

据卢巷80岁的种瓜能手卢月忠介绍，他家祖祖辈辈都专业培育瓜秧和种植西瓜。传统种植西瓜靠天吃饭，不是一件容易的事。隔年种麦时就要腾茬，在两个麦垄间空出一垄。大寒前给空垄翻第一次土，每垄两边挖出一条二三十厘米宽的深沟，涝时可以排水，旱时可以灌水。空垄经过一冬的风霜雨雪，土质风化。一开春，翻第二次土，同时拌入人粪、猪粪、羊粪或者鸡粪作基肥。拌匀称，捣细碎，让太阳暴晒，主要目的是清除病毒、细菌。清明过后，第三次翻土，用手细捏，扒出杂质。这时麦苗已经泛青。谷雨前后，下种培育好了的瓜苗，每天傍晚时浇水，活棵后，浇上清水粪。农历三月半，正是黄土塘节场，人们摩肩接踵地来到黄土塘踏青，这时麦子正好抽穗，西瓜在垄里发起了棵，肥料足的开始爬藤。五月底、六月初割麦时，已是初夏，有的瓜藤已经爬上麦秆，割麦、收麦时都得特别小心作业。六月底、七月初，第一批西瓜上市，黄土塘人叫"头茬头西瓜"。这第一茬西瓜，大多长在塘里，肥水足，所以个头大、瓜皮薄、甜度高、汁水多、异常鲜激，称得上西瓜中的"王中王"。

黄土塘人都知道西瓜种植有个忌讳，就是同一片土地不能年年种植，起码得相间五年到八年。这是黄土塘人早就知道的经验。后来经过农业专家科学验证，原来种植西瓜后会在土壤中留下一种病菌，连续种植的话，这种病菌会传染给西瓜，然后蔓延，直到瓜根枯萎死亡，所以叫枯萎病，直到今天也无法解决。这种相隔五年到八年的轮作制，使得黄土塘种植西瓜的土地非常珍贵，黄土塘西瓜的产出量也由此受到客观因素的限制。

因地制宜，老法育苗

西瓜育苗是一个重要环节，决定着西瓜的品质和产出量。

首先是选种。据《无锡县志》记载，1949 年前，种植的西瓜品种有"三白""乌墩头"等。"三白"品种西瓜以白皮、白瓤、白子而经久不衰于沪宁线，获得过非常好的效果。新中国成立后，引进了江苏省农科院培育的华东 24 号、26 号新品种，人们称之为"解放瓜"。这个品种后来被新疆培育的 8424 替代，成为一直延续至今的当家产品。8424 品种的最大特点是外观与华东 24 号、26 号相差无几，呈圆形或鹅蛋形，翠绿的底色上匀称地排列着有规则的深色粗细线条，其长相成为西瓜中的经典。再则，这个品种抗病性强，瓤红、子黑、皮薄、汁多、爽脆、鲜激，十分受人喜爱，市场销售长盛不衰。

1982 年，东湖塘乡人民政府借改革开放的东风，重视在全乡推广种植西瓜，由乡农业服务总公司引进的苏蜜 1 号西瓜新品种，一度在全乡有组织、有计划地得到大面积种植。1985 年，由东湖塘乡政府牵头，成立"黄土塘西瓜研究会"，技术指导放到重要位置；一批种瓜能手走上了西瓜种植的大舞台。据记载，当年全乡种植西瓜 5889 亩，产出西瓜 5637 吨。政府组建专业团队帮助农户向周边大小城市营销西瓜，农民收入大为增加。从此黄土塘西瓜愈加热门，成为一方土地上致富的新门路。但是，仅仅四五年，苏蜜 1 号在分散种植户的轮种中快速退化，西瓜品质一度下滑，影响了市场销售，机关、企业收购和外送大多中断。

其次是育苗。早先西瓜育苗沿袭着古老的传统方式，据卢月忠老人介绍，西瓜育苗专业性强，大多由专业户来完成。育瓜秧农户大多会借大寒农闲时开始做准备工作，先期制作好育苗的秧婆。选取干净的稻柴和秆棵，手工扎成一个四五十厘米见方的秧婆。一个大寒里会做上几十个到上百个。用砻糠烧饭，积聚好砻糠灰，拌进少量的细生泥，堆放一个冬季，让砻糠灰发酵、过火。拌进的细泥，一定是挖开熟泥后在底下取出的生泥，一是为杜绝细菌和病毒；二是为浇水不眯眼；三是为瓜苗的根系壮实；四是为保湿。只有这种砻糠灰才能培育出好瓜秧，大田移植成活率才高。

到清明前后，拿出瓜种，先在清水里浸泡一天一夜，然后放进竹箩子等工具，包裹上热毛巾，十来个小时冲一次温水，要不了两三天，瓜子就发芽了。

把堆放过的砻糠灰装进苗婆，轻压平整，砻糠灰上就可以扦插发好芽的瓜子了。扦插好的秧婆，放进太阳底下的场地上，早晚各浇一次清水，一个星期左右，

苗长大了。大概到两三片瓜叶的时候，瓜秧就可以拿到集市上去出售。老主顾大多会主动上门拿瓜秧。而瓜秧钱，种瓜户大多会在卖完瓜后再上门支付，一是为确保瓜秧的正宗，二是保证瓜苗移植的成活。上下链相互承担着责任，一代代促进了种瓜业的良性发展。

大棚种植，颠覆传统

让种瓜成为农业生产里的一个创收产业，是在颠覆了西瓜的传统种植方法以后。

大概在 20 世纪 80 年代中期，东湖塘乡农业服务公司转型，与农户一起探索塑料薄膜覆盖法种植西瓜，就是在瓜垄上盖上透明的塑料薄膜，瓜秧穿过薄膜种植在土地上，这样做使瓜的根部既保持了温度，又保持了湿度，还清除了杂草，大大减少了除草、频繁浇水等的劳动强度，西瓜产量也明显提高。

过后几年，聪明的庄稼人从地膜覆盖得到启发，突破性地发明了塑料薄膜大棚种植法。这是一次种瓜的革命性突破，解决了种瓜早期天气寒冷、降霜等问题，使西瓜种植由谷雨前后提前到了一过春节，实现了西瓜品质的空前提升和上市时间的大提前。随着经验不断积累，2000 年后，种瓜能手毛润标、蒋建康等通过与浙江种瓜能手的交流学习，再一次对塑料大棚进行了大胆的创新性探索，由过去的一层塑料大棚，升级到三层、四层塑料大棚，即两米一层大棚、三米一层大棚，再四米一层大棚、五米一层大棚，加上地膜覆盖，共有五层塑料膜的保护，可以说为西瓜生长营造了一个与外界完全隔离的小天地，实现了七大突破：一是气温、湿度可以得到非常好的调控；二是种瓜时间再次大提前，可在隔年的 12 月中下旬就下种西瓜苗；三是隔离了病虫害的传播，基本不再需要使用农药；四是阻隔了黄梅天过多雨水的侵害；五是大大提前了西瓜的上市时间，在当年的四月初，最迟四月中旬，头茬西瓜就可批量上市，特别有意义的是抓住了"五一节"消费旺季，丰富了节日市场，增加了节日收益；六是大大延长了西瓜的摘果期，从四月中旬开始一直可到年底的十一月，长达半年之久的时间里可采摘五六批西瓜；七是空前提高了亩均产出量，可采摘西瓜 8000 斤左右，亩均收益三万至四万元。现在每年种植黄土塘西瓜 2000 亩左右，农民增收 4000 余万元。

科学管理，能人效应

2000 年以后，黄土塘西瓜种植的高收益，吸引了一批有知识、有智慧的能人加入进来，既更好地推动了黄土塘西瓜的科学种植，又促进了黄土塘西瓜品质的再次大提升。

"黄土塘西瓜"品牌创始人毛润标，一开始他们夫妻俩在东湖塘街头开了个窗帘店，小生意做得很红火。因为受当时农业服务公司负责人蒋红江的引导，开始在黄土塘南的王更巷上种植起四亩田西瓜。从此一发而不可收，全身心地迷上了西瓜种植，投入财力和智慧对西瓜种植进行了创新性、精准性、科学性的研究。毛润标跑到上海向人讨教种瓜经验，去新疆与种子公司接洽，委托培育适合无锡地区种植的西瓜种子。他有五个首创性的突破：一是第一个开创性地运用五层塑料大棚法种植西瓜；二是江苏全省西瓜类别里第一个注册"黄土塘西瓜"商标；三是成为无锡市第一批农产品法定经纪人；四是第一个实行有商标的西瓜纸箱包装；五是第一个大胆与无锡市朝阳大市场签约，成为大超市里的"黄土塘西瓜"供应商。现在看来这些好像顺理成章，但从白手起家开始，一步步突破，这要花费他和他一家人多少心血，是常人无法想象的。

他和其他种植大户，像"蒋建康牌"黄土塘西瓜种植能手蒋建康，不仅种植8424 品种，还有美多、皇冠等品种。他们依据不同的消费需求，还种植了从日

本引进的小品种西瓜，如早春红玉、黑津、小兰等，结出的西瓜个头小，玲珑可爱；还种植了从河南引进的黄、红双色的冰淇淋西瓜，丰富了西瓜色彩的多样性，深受少年儿童喜爱。

为确保西瓜品种的纯正，种植专业户不再依赖外界的育苗，而是从自身要求出发，自我育苗。运用催芽机来发芽、加热毯来育苗。育苗方法有所突破，不再运用秧婆，而是实行了营养钵育苗法，即一苗一个塑料钵，塑料钵里填满营养土。营养土是一种有机肥加生土和砻糠灰的混合物，能够确保壮苗和移栽时的成活率。适时移栽非常重要，不足苗龄根系欠发达，移栽发棵晚；超龄移栽，根系会打曲，影响到新苗的生长。二叶一心或者三叶一心是最佳移栽时间。到龄，就是挑灯夜战也要移植下去。

移栽前得施足基肥。考虑到肥力的长效，一般是浸泡过的黄豆，或者豆饼、菜籽饼，加入鸡粪、羊粪或鸟粪。农家肥含钾量高，增强了西瓜的甜度。一亩田一般要施用基肥五六百斤。然后在地垄上覆盖塑料薄膜。盖膜之前得先铺上运水、送肥的塑料管道，实行水、肥同滴。滴水时间的长短，依据当时的气候条件而定。时间过长，水分过多，西瓜容易胀裂；肥水不足，西瓜就长不大，也影响到甜度和外观。

毛润标摸索出了一套精准灌水和施肥的方法：每亩田一般移栽瓜苗五百至六百棵。移栽后一个星期左右，瓜苗顶上长出主头。以前是欢喜事，现在却要即刻掐掉，然后瓜藤会像接到命令一样，几天长出两个分枝。

这是毛润标精准管理的有力举措。他把分枝出来的两根藤：一枝让其向左爬，一枝让其向右爬。每根藤留出足够的生长空间，晒足太阳。以后再长出分枝，一个都不留，长一个掐一个。等到两根藤都长出第13至15片瓜叶时，只保留一根藤上开出的一朵花，另一根藤上开的花全部掐掉。让两根藤的营养只供给一个瓜，以确保这一个西瓜的圆整度（美观度）、标配大小（8 ～ 10 斤），还有就是甜度和爽脆度。

随后给这唯一的一朵花授粉，打上标签，记明授粉时间。预计 43 天左右，这颗瓜就可按时采摘。不能拉长时间，不然内里会长成空心；也不可以短缺一二天，容易减少甜蜜度，一切都在科学的精准把握之中。第一批瓜摘下，就给第二批花授粉，还是一棵留一朵花。这样一批批循环，结出的四、五批西瓜，大致都有相同的品质。

品牌效应，营销破局

毛润标在 2000 年成功注册"黄土塘西瓜"品牌后，立马做的第二件大事就是寻找包装箱厂设计生产西瓜的包装纸箱。他把西瓜种植地、形态、产地、商标、品牌名称都印在包装箱上，醒目又美观。包装箱有大有小，有可装四颗、六颗西瓜的，后来还有可装一颗、两颗的，愈加精致。这也是一次革命性的改革，由原先的蛇皮袋包装，脱胎换骨成纸箱包装，彻底改变了自 20 世纪 70 年代以来一直沿用的土包子气十足的包装方法，解决了西瓜的碰撞碎裂、不易搬运等大问题。后来又诞生出了"东湖塘西瓜""蒋建康西瓜"等注册商标的品牌，一路也跟进了美观大方的纸箱包装。

2001 年，由东湖塘镇人民政府牵头，在六月底举行了第一届"黄土塘西瓜节"，邀请无锡市相关方前来参加。会上，种瓜能手们展出的西瓜琳琅满目，大家逐个品尝，赞不绝口。当年种植黄土塘西瓜 3000 亩，市场上大有供不应求之势。

来年，东湖塘集镇上出现了毛润标的"黄土塘西瓜"品牌经销店；2003 年，黄土塘集镇上又出现了"蒋建康西瓜"品牌经销店；接着各个水果店，像苏果店、

阿惠水果店、好又多经销店、阿邦水果店等都开始经销黄土塘西瓜。从六月开始，两个集镇上，可以说满大街都是黄土塘西瓜的经销点或摊贩，黄土塘西瓜的销售红红火火。

2005 年开始，上门采摘成了热点。来自无锡、周边乡镇的家庭也好，单位也罢；民间组织也好，临时起意也罢；四面八方的人，纷纷拥来东湖塘、黄土塘田头采摘西瓜。

2006 年，毛润标产生了一个大胆的设想：进驻无锡市朝阳超市。他来到朝阳超市与领导洽谈，双方一拍即合，签订了日供货可达三千斤的合同，直接对接全市天惠超市。上架后，一时有过不适应，毛润标就与超市一起想办法，印刷宣传资料在店堂内给人分发；当场切开，让大家在店堂里品尝，慢慢地，超市里的西瓜开始热销。这是一个重大破局，黄土塘西瓜从此有了种植与市场联动的大布局，种植者吃上了不愁销的定心丸。

目前像毛润标、蒋建康等，成立了西瓜种植专业团队，有的有十多个人，有的有二三十人，西瓜种植迅速向周边扩散。毛润标已在南通承租土地 500 亩、宜兴承租山地 800 亩；蒋建康在锡山农博园流转土地 100 亩、苏北盐城承租土地 400 亩、新疆承租土地 1000 亩……他们要把黄土塘西瓜种遍大江南北，让人们都能吃上黄土塘西瓜，从黄土塘西瓜的甜蜜里，品味生活的幸福。

传承是一个从理念到实践，再到成效的综合性复杂工程。这个工程需要能人，需要经验，需要科技，需要时代，需要效益。期盼黄土塘西瓜的明天更加辉煌！

书里书外

我把我的新书《心的原生态》，献给我挚爱的读者；我把读者的心声，写进我生命的历程和前行的感动里。

一

从办公室里出来，外边的天气格外阴冷。我赶紧钻进汽车，然后给邹老师打电话，说我半小时左右到他家小区，我要把我新出的《心的原生态》书送上。

邹老师是我高中的班主任，几十年来，他一直关注着我的工作和文学创作。我刚走上领导岗位那阵子，他找来我办公室，把他想了一夜的话和盘托出给我。他与别人很不同，像父亲一样教给我很多做领导和做人的准则。那些话没有一句捧场，也没有一句是客套，他还表态说以后碰到问题可以找他做参谋。我至今记得他亮晶晶的眼睛里充满着殷切的期望。邹老师的话像一团火，一直温暖和鞭策着我。

路上堵得慌，进了泉山路左拐，不想路被封死了。我只得倒车，掉头再找新路，到达小区门口已经远超半个小时。

我透过车玻璃老远看到八十有余的邹老师站在风口里，外套被西北风卷起，一角翻呀翻的。车停下，邹老师迎面过来。他身子有些瑟缩，明显是冻的。他说他已经等了半个多小时了，怕我来了找不到。他又说听到我又出书的消息，特别高兴。寒风里等我这么久，我心里立马生起感动，又有点内疚。

走出汽车给他递上我的书，他接过，拍拍封面说："书好漂亮哟。"又连忙问我吃饭了没有。我如实回答："还没有。"他上前一步，非要拉我进他家吃饭不可。我说："不了，还要给另外一位朋友送书去。"他说："都到吃饭点上了，怎么能不进去吃饭呢？"是呀，这是家乡情里一个最质朴的传统，吃饭点上留人吃饭，就是天大的事，就是最实在的情谊。我心里顿时热乎乎的，身上的寒冷好像一下子被赶跑了。这不是一如我书里写的"心的原生态"的再现吗？我为邹老师八十有余还一如既往的淳朴、真情而感动。与邹老师分别后，我开着车，眼眶里热乎乎的。

给下一位朋友送完书后，我接到邹老师发来的信息："锦明，真稀里糊涂地对不起你，怎么能就这样让你走了？我下去时徐菊芬（邹老师的夫人）千叮咛万嘱咐要请你来家吃饭的。以后你可不能再这样客气。"因为没有留下吃饭，一位八十有余的老师，还代表他的老夫人，像欠了我什么似的，向我这个曾经的学生赔不是，还批评自己"稀里糊涂"，这在情理上很让我说不过去，也更让我看到了邹老师的心是那样的坦诚和亲切！

回家吃完饭后，邹老师又发来了信息："放下饭碗，读了序言及第一、二篇，真好！谢谢。""谢谢"两个字，在我眼前是多么地有分量，这可不仅代表了邹老师以礼待人的高贵品格，更让我感受到了邹老师对我创作的尊重，对我书的认可。晚上邹老师又发来信息："晚饭后接着读，读完了《心的原生态》一文。文笔细腻流畅，引人入胜，情景交融，如随书中人物同处一起……"我看了几遍，觉得老师的话，是真心话，是读了文章后的真切感言，没有水分，没有虚情假意，句句是对我的激励和鞭策。我的心里，满满地涌起了写作路上继续前行的动力。

卢主任是我在乡镇机关工作时的同事，她在我的微信圈里一直关注我的文章，我每有文章发在朋友圈，她总是给我点赞、鼓励，偶尔也有一两句评语，总是点在要紧处。看到我朋友圈发出的出书信息，她是最先向我要书的朋友之一。那天傍晚时分，我骑上自行车把书送上她的家门。她住几楼我不清楚，就在楼下大声叫她大名。透过窗口，我听到了她的回音。她正在烧晚饭，立马关了煤气灶下楼。我想送上书就走，她定要让我进家坐坐。她说："你没有来过我家，认认门。"她的一片真诚、热情，我还真不好拒绝。跟她上了二楼，进了她家门。家里十分宽敞、干净，我要换鞋，她对我说："不用换鞋，真的不用换鞋。"

坐进沙发里，她问我喝红茶还是绿茶。很少有问客人喝红茶还是绿茶的，可见她是个心细的人。我略一思索，说就红茶吧。过了一会儿，一杯冒着热气的红茶端到了我面前。我看到杯子晶亮晶亮的，非常洁净。茶水红润润的，我知道是好茶，端起喝一口，香气扑鼻，好醇厚。

她歇下手头的活，坐我对边，与我聊开了话头。家庭生活、居住环境、儿子媳妇、孙子学习、老公患病、养生之道……快言快语，都是实心实意的话，没有一句夸夸其谈和遮遮掩掩，话里充满了她对生活的乐观和热爱，听得我好生敬佩。

不知不觉聊了已近一个小时，茶都续过几次。我站起身要走，她一把抓住我，让我慢走。然后她打开一个柜子，找出一包东西风风火火地塞进我手里。我哪里肯拿，她说这是十特产，现在吃不到了，是用菜油炸的油角，小孩子特别喜欢吃。听她这么一说，我想家里有小朋友，就拿上吧。跨出门槛的当儿，她又像突然想起什么，让我稍等。只见她迅速走进一间内房，从里边拿出一个手提小箱，我一看是牛奶。我说："我也没有拿来什么东西，再说我骑自行车，不好拿。"她追着送我到楼下，把牛奶搁我的自行车上。我着实觉得不好意思，

真不知道该怎么办。她说："你送来这么好的精神食粮，总得谢谢你。"话说得诚恳、真挚。我丢开不好意思的心理，大方地收下了她的牛奶。

自行车是不能骑了，我一手按住牛奶，另一手推着自行车，一直走着到了家里。一路上走得身上热乎乎的，内心更涌动着温暖。

归结起来我知道，我送上的书，令他们真的欢欣。

二

我的车里装着两大捆我新出版的散文集《心的原生态》一书，一路迎着明媚的春光向南前行。走的是新建成的"联福大道"，听听这名字，多有福分。也是，路两边，新栽的行道树已经冒出新绿的嫩芽。远远近近，迎春花、油菜花、桃花、梨花、紫荆花、玉兰花……一簇簇，一块块，一片片，红的、白的、紫的、粉的，一路开去引得我千百回地侧目，像是魂也要被勾了似的。

确实，心情好是主要的。

其实，这好心情大多是被一位叫石伟的老朋友激发的。年过五旬的石伟是荡口古镇人，他创办的通力公司在荡口青虹路上。这回我由北向南赶往荡口，约定送我的书到他办公室。

我知道，荡口既给了他生命，也给了他一方不小的事业。在与他二十多年的交往中，我发现了荡口这块千百年来养育过钱穆、王莘、华蘅芳、华世芳、华君武、华燧等名扬四海的大师及名人的地方，给了石伟深厚的文化涵养。曾经做过老师的他，下海创办通力公司。公司吃的是一碗文化筹划、设计、应用的饭。文化与知识在他的创意里，演绎成一种生产力，表现出了他如鱼得水的才能。文化还让他修炼出了一颗乐善好施的心。二十多年前，我在锡山区工商联工作时，以公干的名誉给他牵线过辖区内的几个贫困家庭孩子，请他从经济上支持孩子们上大学。但他没有公事公办，只是在每个学期给挂钩的孩子捐出点钱就完事。然而一颗恻隐之心让他在每个暑寒假时，把孩子接到自己公司，请他们吃饭，然后与老婆一起带上孩子们，到服装店给他们买上从内到外的衣服，让孩子们增强生活和学习的信心。当然，还要到文化用品店，给孩子们买上各种书籍和学习用品。孩子们无不感受到石伟夫妻像大哥哥、大姐姐一样的关怀。

有个孩子，大学毕业后，辗转几个岗位都不如意。石伟找到他，听他诉说自己的所想、所思、所求。交流中，石伟发现他最需要的是一份有尊严的工作。计上心来，石伟建议他到自己公司试试。这个孩子喜出望外，说自己心里本就一直藏着这个愿望，但不敢开口。进公司工作几年来，小伙子积极投入，成绩出色。石伟为此更加悉心呵护他，给他介绍对象，为他操办婚事。这份情，可以说重如山，远远超越了"帮贫扶困"的范围。

他的境界，在行动中不断升华。

石伟听说我又出了本书，很为我高兴。第一时间我送书到他办公室时，他边倒茶边给我说的第一句话是："现在呀——没有几个人看书了。"口气里，他强调着"现在"和"没有几个人"，有点伤感的味道。

我心里一惊，猜测他的言外之意，是不是说我出书多此一举？或者说出了书也是白出？转念想，他说的确实也是大实话。当下人们越来越缺少"旧书不厌百回读，熟读深思子自知"的苏东坡情怀，人们早把看书当成了一件风花雪月之事，或者就是奢侈之事、力不从心之事。工作那么紧张、生活那么繁重、闲暇那么稀缺，大多数人一直像在热锅上煎熬，心里充满着焦虑、恐慌、失落，满脑子装得最多的就是挣钱、挣钱，还是挣钱。像我吧，只有退休了，不必再

为钱奔命了，似乎才有了大把的时间看书。家里十来个书柜里也都装满了书，还订有好多种杂志，但能静下心来看完的文章少之又少，大多看个开头就把书丢了，有的甚至直接丢进垃圾桶。真的，一眼能带我入迷，那些贴近时代和生活、有思考深度和开掘广度的书，实在是少之甚少。我厌恶那些背离实际、卖弄观念、故弄玄虚、无病呻吟、小题大做，或者千篇一律的书。常常看不下去的同时，还带坏了我的心情。

从石伟处回到家，我看着从出版社拉回来的高高垒起的书，问自己，我的书属于哪一类？能让人看得下去？能给人启发？我知道，这是关乎一本书的价值问题，这个问题我自己不能越俎代庖，得由读者来鉴赏和评论。

好在农历年前，我接到了第一笔订单，是一所有名望的学校。

这次出书后，我像十多年前第一次出版散文集《感动初春》一样，践行了我给多所学校、图书馆送书的心愿。毕竟是学府，我书里大多写的是有血有肉的家乡人、家乡事、家乡情。Y校长很有见地，要我给学校再送去五十本书，他计划让一个班一个班的学生交替着选读几篇我的文章，希望学生们既能增进对家乡的了解和热爱，又能从"心的原生态"里体味做人的道理。他还说钱由学校出。

这是一种令我内心震动的理解和支持，是对我莫大的宽慰。

过完春节，石伟打我电话，说疫情宅在家里，正好看了我的书，很受启发，决定买五十本，问我卖不卖。书是由正规出版社出版发行，国家核定价格，当然卖呀。石伟还说，买我的书有两个用途：一是送给当地几所学校，借我的书做个人情，也算借花献佛吧；二是送给要好的朋友。"心的原生态"是个好立意，希望大家能从中得到启发和感悟。

我很感动，也突然明白，学校也好，朋友也罢，他们买书的意义：一是对我书的社会价值的认可；二是在这不读书、难卖书的背景下，更想传播我"心的原生态"的原意和扩大我书的影响。

联福大道走到底，再上青虹路，不一会儿来到了石伟公司。两大捆书分量很重，从汽车里拎出，扎带深深地嵌入我的手指。我伸出一双带有青紫瘀血的手，与石伟的手紧紧地握在了一起……

三

"我是朱镜清，我是来要签名的。"我接到老朱的电话，他已经到我家门口，但转来转去就是找不到我家。这时是午后不到一点，我出门去迎接他。

老朱高高瘦瘦的身子，戴一只从前的老式礼帽，还戴一副玳瑁的圆边眼镜，显得很古朴又很斯文，也显示出他与众不同的教养。他进我家门，刚坐下就从包里拿出他带来的三本书，他说："不麻烦你，签了名我就走。"他话里表达出好像打扰了我、影响了我，很有过意不去的感觉，愈加地令我对他的谦逊和教养肃然起敬。

我立马泡出"太湖翠竹"雨前新茶，端到他面前，一股清香扑鼻，他说他不喝茶，但听我介绍是好茶、新茶，便说："我喝点尝尝。"

他拿来的书很显眼，是我熟悉不过的——《心的原生态》，与我家里高高叠着的书一模一样。他是从无锡市新华书店买的，他自己买了一本，他说他一位好朋友也买了一本，还有一位饭店老板也买了一本，让他一起带来，一定让我给签上大名。

书的塑料包装已经拆开，我打开扉页，一张买书的发票跳了出来。三本书各有一张发票，发票上有买书者的大名，朱镜清、梁某某、张某某，可见他们

是多么地心细。

我问他："大老远地赶来就为签个名？"说到大老远，老朱打开了话匣子。他说赶来一趟还真不容易。疫情阶段，从无锡市区到东湖塘的公交车停了，好在有地铁。他先乘坐地铁到了安镇高铁站，然后在高铁站旁找到开往东湖塘的809公交车，但因为疫情班次减少了一半，要一个小时一班。这就麻烦了，他穿的衣服不多，站在有些寒冷的春风里，一直等呀等，都等花了眼，终于等来一辆公交车。乘上，一路开开停停，停停开开，又花了近一个小时。一早出门，到了下午近一点才到我这里。我算了算，他一路上花了近四个小时，真正的好事多磨呀。

我马上一激灵，问他吃饭了没有。一直在路上，我估计他没有吃饭。

他说吃过了，路上随便吃的。我说不要客气，没有吃，就带他去街上吃点便饭。他连连摇头，连说不要。他补充说他一下车，随便吃了点，我倒是信了他。后来送他上回程公交车，我发现街上的店门都关着，哪有饭吃呀，他肯定是骗了我。

不是骗我，他是保留着自己的尊严。

我送完他往回走的路上，心里愈加感动，也有对自己的谴责。一位老人，已经七十多岁的老人，为了我的书，慕名而来，只为给书签个大名。这个签名，有着怎样的分量、怎样的感动和意义呀！

送他回去的路上，他给我说："我们几个喜欢你的书，是因为你说了我们想说的话，有些甚至是不敢说、说不到位的话。"

就为说了有同感的话？这个时代里，同感就是共振，就是心的相通，就是冥冥中的相互帮助、相互呼喊。多么珍贵的理解呀！我觉得老朱的情感特别丰富，又异常真诚！

我还了解到，老朱其实是个了不起的人物。他一辈子热爱收藏，20 世纪60 年代工资很低的时候就开始了收藏。他现今手上有三百来只从大清到民国，再到新中国成立初期的各种各样的钟表，国外的、国内的；大的、小的；金属的、木头的；大理石的、瓷器的，好有文化价值！早些年在无锡中国民族工商业博物馆、荡口古镇等地方长期设有他的"亨得利"钟表展览馆，引起了各界人士的关注，无锡电视台、《江南晚报》都对他作过详细报道。他可谓是无锡的一位名人，这就愈加让我敬佩他了。

那天到了晚上，天已经全黑，我吃过晚饭，想起老朱有没有安全到家了。拿起电话打给他，电话里传来很吵的声音，他说："还在地铁上，很快就到家了。"又说，"拿到你的签名，我很高兴。"我一看时间，已经七点多钟。老朱的这一天太不容易了，他战胜了疫情的阻隔，战胜了公交车的堵塞，也战胜了很可能一天的饿肚子……这次签名，老朱很可能一辈子都难以忘怀。

这体现了老朱和他的朋友们对书不一样的热爱，我这一辈子肯定也不会忘记老朱的这一趟上门签名！

围绕我的书，还有很多感人肺腑的故事，因为篇幅有限只好留待再作记述。透过书，我看到的是当下人们对书最真诚的情感及平静中有热情的态度，反映出一个时代的人文品格和人文现状。我在欣慰和得到鼓励的同时，更热爱与书作伴，从各种书里汲取营养，升华对生活的理解，也更有激情地投入创作，写出令自己愈加满意的书。

倪俊
NIJUN

祖籍无锡县梅里祇陀村（今无锡市锡山区云林街道云林社区），无锡倪氏第 30 世，倪云林第 23 世孙。常熟机关工作人员，中华诗词学会、中国楹联学会、常熟作家协会、常熟言子文化研究会会员，兼常熟东湖书院秘书长。

— ✳ ✳ ✳ —

荡口，我来了——

欸乃橹声，

飘过粉墙黛瓦，

船近了；

氤氲水汽，

拥抱烟雨庭院，

雾散了。

跨过琴水虞山，

我悄悄地来了，

只是为了看你一眼，

春水荡漾中的新绿嫩柳，

移步换景间的江南诗韵。

银荡口，旧古镇。

义盛河两岸，

还系着华府的兰舟？

幽深的青砖小巷，

可藏着《十面埋伏》的曲谱？

徜徉其间，

手摩那楠木厅、三公祠的古朴；

眼见那老义庄、思泉亭的久远；

寻踪那植福寺戏楼、步弓刻石的文脉底蕴。

我蹑手蹑脚地来了，

仅带走这悠悠的琴声水韵，

留下声声赞叹。

银荡口，小苏州。

由宋而元，

从明至今。

杨安桥的丁村渔火，

是否仍辉映着？

御赐牌楼和高宅墙门。

锡东商埠的百家旺店，

是否听到了？

商贾云集，盛况再现的马蹄声慢。

我轻轻地来了，

按响那千年的门铃，

你张开汉服飘逸的水袖来迎我做客。

银荡口，大街区。

光与影的时序变幻，

穿越百年芳华，

轻轻地我又来了。

北仓河的碧波为我流淌，

花笑池的暖流为我激荡，

一得榭的灯笼为我点亮，

和春天相约开启江南驿旅，

因为这里不再嘈杂，已回归宁静；

这里不再落俗，正走向高雅；

这里不再冷冰，可拥抱温暖。

你是本地人的生活客厅，

是周边人的打卡圣地，

是外地客的文化驿站。

游船轻摇，听棹声依旧，

日月轮回，看斗转星移。

可否叩问华君武、王莘大艺术家的灵魂？

可否仰聆华燧、钱伟长大家的心声？

银荡口，新社区。

心中已住下了女神。

带不走这里的片瓦物华，

也带不走这万载流水，

带不走这里的淳朴民风，

更带不走人间仙境、锡东最美。

我留下了匆匆的脚印，

留下了快门的咔嚓。

我带走了这里的晨光暮色和桥廊彩虹，

我带走了马头墙上的九头鸟，

我带走了烟雨中的波心荡，

也带走了买鱼桥的一往情深，

寻芳踏春的美好瞬间。

锡东第一镇，江南绝佳处。

银荡口，佳景依旧；

金古镇，我们后会有期！

乔青云
QIAOQINGYUN

供职于江苏省天一中学。江苏省作家协会会员、无锡市作家协会理事、无锡市文艺评论家协会理事、锡山区作家协会副主席，出版散文集《此情可待》。多篇文章发表于《中国教师报》《中国教育报》《江苏教育》《成才导报》《翠苑》等报刊。

― ★ ★ ★ ―

爱，是一树一树的花开

题记：人生只有走出来的灿烂，没有等出来的风光。趁花未央，人未老，与心爱的人相约玫瑰园，赏一季妩媚的春光。

听友人说，荡口玫瑰园景色不错，于是，三月、四月，两度游玫瑰园，结识了园主娟姐，关于玫瑰园的故事渐渐浮现：

几年前，娟姐的父亲中风失忆，在医院的治疗和娟姐的精心照料下，虽能勉强行走，却不能识别亲人。

一天，娟姐搀扶父亲出来散步，走到青荡口水畔的一片小树林边时，父亲忽然驻足凝视树林，然后缓缓指向一棵桂花树，用手指朝娟姐比画成一个"十"字，并做嗅物状。娟姐恍然："爸，你是说到了十月桂花开时，满村都是桂花香味吗？"父亲含笑点头。接着，父亲又指着一棵香樟树，右手作敲打状，接着，双手又比画成盒子状，指指娟姐。娟姐会意："您是想说这是做樟木箱用作嫁妆的樟树吗？"言语之际，娟姐不由得泪凝于睫：二十多年前，父亲曾用最好的樟树为她做了陪嫁的樟木箱。一生与树木花草打交道的父亲，失忆后第一时间忆起的，还是植物！

娟姐心想：既然唤醒父亲记忆的是树木植物，何不就建一个玫瑰园，为了父亲尽早能康复，也为了自己儿时的玫瑰梦。

自此，娟姐为了玫瑰园的建成东奔西跑，风吹雨淋，倾尽心血，容颜憔悴；然而，她坦然道："尽管容颜不再，但我心中的玫瑰永远绽放。"闻言潸然，感动于娟姐的执着。热爱生活的人，不管处在什么样的境况下，都会有属于自己心中的那片海，玫瑰园，就是娟姐心中的那片海！

如今的玫瑰园，在娟姐的精心策划下，已然一派生机盎然。迎着春日阳光的暖，沿着玫瑰园的河堤缓缓而行，四周渲染着耀眼的绿意。碧波、长亭、小桥、幽径、花海、春柳……次第撞入眼帘。

月季、玫瑰和蔷薇是同属蔷薇科的姊妹花。也因这三种植物的属性，娟姐把玫瑰园规划成了"一池、三岛、三亭"，分别叫蔷薇岛、月季岛、玫瑰岛，与之相对应的有三亭。三种同科的姊妹花交相辉映，将玫瑰园打扮得分外妖娆。

"不摇香已乱，无风花自飞。"各色的玫瑰在这里摇曳生姿，满目盎然的春意，欢快地在阳光里舞蹈，一切都是鲜活亮丽的模样。有一簇簇、一朵朵盛开的，有三丛、两丛怒放的；有长在木栏里与青荡相伴的，有倚着石头竞相开

放的；有沿着大树攀缘而上的，有攀着绳索爬上木架的；或大或小，或艳或素，都以不同的姿态肆意绽放着，如一幅水墨丹青，润了心，逸了情。偶尔，春风起，一抹红，飘飞，盘旋，盈落，季节的辗转，稍一回眸，初心的踟蹰便落满了眉间。茂盛的花树下，偶尔会穿过一只慵懒的野猫，"喵呜"一声，瞬间隐藏到了繁茂的枝条下，没了踪影。我，端坐在季节的怀抱里，守一帘春色，品一杯香茗，听花开鸟鸣，赏花容柳韵，沉醉在这芬芳的玫瑰园中……

玫瑰二字总会让人联想到爱情；玫瑰，也担当着爱的使者。这不由让人想起《陌上花开，可缓缓归矣》的典故：相传，吴越王钱镠与其王妃极为相爱。王妃回门数日，吴越王写信道："陌上花开，可缓缓归矣。"因见陌上的花开了，那份思念更浓；因有如此风景，与你共赏的想法更浓；因惦念你的思亲，即便恨不得你立马回来，也还是只对你说那"缓缓"二字。文字若此，让人不禁心生暖意。吴越王的这份深情不仅让男子愧颜，更让女子醉心吧。

玫瑰园里因为有了花与树的交相辉映，花与花的姊妹之情，花与园主的世代渊源，园主与父亲的父女情深，相较于那些用光影打造的人为的造作，更多了份质朴和自然的意趣，更多了层人文和情爱的关怀。

细思量，人生的每一站，每一程里，都有在不经意中收获的感动和温情。但是，如玫瑰园这样的故事，并不多见。如今，娟姐的父亲已康复如初，为了回报女儿的这份孝心和用心，也为了使玫瑰园更加美丽，打破了传男不传女的老规矩，将祖上一代一代精心传下来的荼蘼的种子郑重地交到了女儿的手中。

生命，其实就是一首爱的长歌。无论对得到的爱或者给予的爱，它们都似和煦的春风，一夜催开满树的花蕾。爱，就是那一树一树的花开，馨香扑鼻，浸润吾心……

东亭人文钩沉

说到东亭，总绕不开一个人——华太师；绕不开一个故事——"隆亭一夜改东亭"。说起华太师，人们就会想起《三笑》的故事，想起《唐伯虎点秋香》的故事。唐伯虎确有其人，他是姑苏趋里人，生于明成化六年庚寅年（1470），故名唐寅，因排行老大，又称唐伯虎。另据史家考证，秋香也确有其人，生于明景泰元年（1450），姓林名奴儿，她的年纪比唐伯虎大二十岁。而华太师要比唐伯虎小二十七岁。因而，唐伯虎在华府"点秋香"是无姻无缘的，只是戏说而已。

华太师原名华察，字子潜，号鸿山，明嘉靖五年（1526）中进士，当时才三十岁。华察后任兵部郎中，入为翰林院修撰，曾奉命出使朝鲜，赐一品服。华察好义举，一次曾变卖田产三千亩，悉数用于赈济贫民。在荡口到东亭之间，他还重建桥梁二十五座。和《三笑》中描述的情况恰恰相反，华察的儿子也不是弱智，据《西神客话》载，其子"少有隽才，甫冠即登科第"。

民间传说华太师用皇家金銮殿的"金砖"在隆亭建造豪华宅第。被议不轨，私造龙廷。朝廷获悉后，派专人到无锡勘察，华太师急中生智，于是将"隆亭"一夜之间改称"东亭"。如今，这座宏大壮丽的府第已毁，现尚存府第的大门，为三间四柱五楼的石坊，称为"明华学士坊"，依然矗立在东亭的老街上。

对一个地区来说，文化遗产既是自身的识别标志，又是文化传承的依凭。这种文化一旦形成，便会在区域特定的人群中代代相传，从而使得文化承袭具有一定的稳定性。踏入东亭文史馆，一部千年历史巨著由此打开，这本皇皇巨著尽管尘封良久，但当我们小心翼翼地揭开一页页泛黄的纸张时，一种亲切感、自豪感便油然而生。这里，记载着吴地先民们在漫长的历史演变中，自耕自足的农桑古迹；这里，记载着吴地先民们崇德向善、灵动智慧的文化印记；这里，还记载着吴地先民们开放包容、开拓进取的足迹。

在这里，你可以驰骋想象，步入时间隧道，上溯远古。这里的文字会告诉你，吴文化的发端、发展和发达的轨迹。这里的文字会告诉你，有一位人称"泰伯"的先圣离开中原，奔赴"荆蛮之地"，自号"勾吴"。他文身断发，与当时还属蛮荒之地的先民们同甘共苦，勠力同心，终于使这片蛮荒之地迎来了文明的曙光，从此就有了"吴儿踏歌女起舞"的欢乐，从此就有了"吴台今古繁华地"的讴歌。

"荒草吴王麻鹿径，小凫飞上鸭城桥。"相传，春秋时期，吴王夫差酷爱养鸭，特在东亭依河筑城垣以保护养鸭。当年，吴王、西施就在此处观鸭、戏鸭，由此"鸭城"名闻天下。元代因建桥于鸭城，故名"鸭城桥"。后在明嘉靖年间由学士华察重建。如今，当年吴王养鸭的池塘尚在，斯人已去。

"吴地桑叶绿，吴蚕已三眠。"这是唐代著名诗人李白对吴地种桑养蚕的生动描绘。泰伯奔吴后，以水为依托，在自然环境里与民同耕，发展农业生产。东亭，也成为最繁荣的江南鱼米之乡的风水宝地。

吴歌也是吴文化的重要组成部分。"舟泊梁溪莫拍曲，船过无锡莫唱歌"，东亭地区吴歌的蕴藏量十分丰富，旧时，东亭塘河边曾有"歌亭"，经常举行赛歌，成为经久不衰的民间文化活动盛事。

生于斯长于斯，一方水土养育一方人。数千年吴文化的积淀和浸润，使东亭俊彦如材，人才辈出。千百年来，从东亭走出去的各类人才更为这座古镇倍添魅力。

"四海无闲田，农夫犹饿死""谁知盘中餐，粒粒皆辛苦"，这两首妇孺皆知的《悯农》诗是唐代著名诗人李绅所作。李绅原是安徽亳州人，生于官宦之家。后随其父母来无锡，定居于东亭长大厦村。李绅六岁时父亲就去世了，全靠母亲含辛茹苦将他养育成人。因此，李绅年轻时写出《悯农》这样贴近农民生活、反映农民艰辛的诗作，这与他的生活经历是有关系的。李绅是无锡历史上第一位进士，十分好学，三十五岁进入仕途，创作了很多上乘诗作，是我国诗坛上"新乐府运动"的倡导者。

又如，元代著名画家倪瓒，号云林，东亭长大厦人。倪瓒家境富裕，生活优裕，家中有一座三层的藏书楼"清閟阁"，内藏经、史、子、集、佛经、道籍千余卷。倪瓒每日在楼上读书作诗，除精心研读典籍外，对佛道书籍也多有涉猎。"清閟阁"内还藏有历朝书法名画，倪瓒对这些名作朝夕把玩，心摹手追；同时，他还经常外出游览，见到有价值的景和物就随手描绘。他精细地观察自然界种种现象，认真地写生，归后往往画卷盈笥，这些良好习惯使他最终成为中国绘画史上最有影响力的画家之一。倪云林与黄公望、王蒙、吴镇并称为"元代画坛的四大家"，他简练超脱的艺术手法开创了中国山水画的一代画风。此外，倪云林在书法、诗词、音乐、园艺、美食、鉴赏、佛道等方面都具有不凡的成就，为世人钦佩和敬仰。

这个看似平静、平凡的江南小镇，不仅孕育出了李绅、华察、倪云林等一批才俊，还是首屈一指的世界级文化名人、《二泉映月》的作曲者"瞎子阿炳"华彦钧的出生地。阿炳的一曲《二泉映月》凭借优美抒情的旋律和深切感人的内涵而闻名遐迩。世界著名指挥家小泽征尔曾经说过这样的话："这种音乐只应跪下来听。"当年日本的《朝日新闻》还刊登了发自北京的专文《小泽先生

感动的泪》。从此，《二泉映月》漂洋过海，轰动世界乐坛，阿炳和《二月映月》被誉为"中国的贝多芬"和"中国的《命运》"！

相传，古希腊的盲诗人荷马因为饥饿而沿街乞讨，最终编写出了《伊利亚特》与《奥德赛》这两部千金难买、倾国倾城的辉煌史诗，继而成为一个时代的坐标，被称为"荷马时代"。阿炳，一位中国的民间艺人，亦在漫长的流浪卖艺生涯中，饱尝了人世间的辛酸痛楚，受尽了权势的欺压凌辱，以他曾经度过的沧桑岁月和不平凡的经历凝聚成了《二泉映月》这首获得世界性声誉的传世之作。有人说，瞎子阿炳是中国的荷马、江南的盲诗人。诚哉斯言！

揽今追昔，寻根溯源，纵观历史文化与现代文明交相辉映的情景，令人对脚下的这块生机勃勃的土地更心生热爱。诚然，在历史沧海桑田的变迁中，行政区域的划分抑或造成这些人文景观的不同归属，但这一方水土底下汩汩流淌着的文脉依然纵横交错，绵延不绝。

一天，途经东亭的一个路口，发现一副醒目的对联：无锡东城早，江南亭月晚。

这一方水土，这样的人物，这样的景致，不正构成了东城的一幅人文画卷吗？

斗山的禅言茶语

斗山，由七个山丘组成，因形似北斗而著称。江南的山，大多不高大奇峻，相对许多名山而言，斗山算不得出众。但山不在高，有仙则名，斗山的出名，主要是因为它的"禅"和"茶"。

斗山有禅寺，斗山产名茶。禅与茶自古就有着不薄的渊源，尽管它们是两种不同的文化现象，但它们之间有着一种内在的联系。

从地点上看，山上有最适宜茶树生长的条件和环境。同样，因山远在红尘之外，也是佛教修行最理想的地方。于是，茶与佛基于各自的理由，一同扎根于山上。

一杯清茶，陪伴青灯古佛；半卷经文，铺展岁月门楣。茶，亦与僧人的生活息息相关。中国在唐、宋时代禅风大盛，几乎寺院必备茶，僧必饮茶。所谓"七碗受之味，一壶得真趣；空持百千偈，不如吃茶去"。能从"禅"中闻到"茶"香，能从"茶"中品出"禅"味。两者在自然中相互皈依：僧，在茶的百味中得到了感悟；茶，也便在僧的日月里有了灵性。

斗山禅寺就建于斗山之巅，占地面积四十余亩，建有天王殿、大雄宝殿、观音殿、地藏殿、钟鼓楼、居士楼、僧人房和宿舍楼建筑。在人们眼里，禅寺是个神秘的世界，它总能让人们在浮躁中归于平静，有"心清水现月，意定天无云"的超然。进入幽深的古寺，浮云游荡，烟雾缭绕，檀香阵阵。耳边传来木鱼声，悠远空灵。

斗山禅寺里古树参天，庙宇依山势错落有致。抬眼望去，大殿古色古香、雕梁画栋，右侧一排厢房素朴淡雅、幽静整洁。寺宇周遭层层山脉，曲水流觞，花木扶疏，蔚然可观。一层层石阶盘旋而上，一棵棵大树盘根错节、绿意融融。本定师傅领着我们参观禅寺，一边讲解，一边捻珠，谈修行，讲随缘，论自在，言离别。本定说："信佛就是要从内心约束自己，提高自己的道德品行，学会做人，以宽容之心待人。佛主张人要种下善因才能得善果。"虽然本定师傅很年轻，但是，他修行很早，我向来都敬慕真正的修行者。

迎面陆陆续续来了些香客，听口音，有上海的、有苏州的，背着包，拖着行李箱，来寺庙禅拜和小住。我是一个无神论者，但我喜欢去寺庙。我常常在佛的面前静默沉思。当今社会，竞争激烈，物欲横流，诱惑纷呈。在寺庙里，在佛的面前，我们可以忘却世间的纷繁，让心灵作一个暂时的安顿，让浮躁的心得到片刻的安宁与休息。

相对于斗山的"禅"，斗山的"茶"要有名得多。无锡地处太湖之滨，以"太湖翠竹"命名的茶地倒有不少，但最闻名的要数斗山的"太湖翠竹"。"太湖翠竹"是采用茶树一叶初展的嫩芽，通过独特的加工工艺、精心的科学制作技术，经过专业制茶人员炒制，由此而制成，具有形似竹叶、扁平挺秀、色泽翠绿、匀整甘甜的特点，多次获得"中茶杯"全国名优茶一等奖。

行走在青山翠岭间，但见漫山遍野的茶树成行成列，依着山势错落有致地挺立在青山绿水之间，山风一吹，阵阵茶叶独有的清香便扑鼻而来，令人陶醉其中。散在绿意幽然之中的茶农们，头戴笠帽、身背竹篓在忙碌着，她们巧手灵动，在茂密的茶树间上下翻飞，画出一道道美丽的弧线。随着采茶的进度，她们不时地在绿色中移动，就像在碧波上航行的一叶叶风帆，这如诗如画的场景，让人不由得想改编一下陶渊明的名句：采茶东坡下，悠然见斗山。

斗山上还有一个古色古香的茶文化中心。未入大厅，耳畔就响起那首熟悉的乐曲《茶禅一味》，如山泉般清雅地流泻下来，飘荡在空气中，滋润着心田。如此，自己也仿佛成了一株亭亭的茶树，清阒而洁净，内心是那样的空灵与清幽。落座，品茗。看那茶叶随着缓缓注入的水欢快地跳舞，尽情享受着水给予的滋润，宛如情窦初开的少女舒展着她那优雅、婀娜的身姿，呈现出一种交融之后的柔美。说起品茗，我不禁想起了白落梅，她爱用禅来解读人生。也便想起，她想在临水处开的那间叫云水禅心的茶馆。那间茶馆，也必定是有禅味的，因为"云水禅心"四字，便带着佛性，总让我感觉不染烟火，好像梵花，开在尘世之外，就算纤尘落尽也带着佛性。

我，一介平凡女子，不知禅为何物，又或许根本参不透禅。

记得，白落梅有一本书的名字叫《世间所有相遇，都是久别重逢》。人的一生会有许多的相遇和路过，比如，我和斗山，纵然我很留恋这青山绿水，不舍离开，但也终将是一个路过的结局。无论是我于它，还是它于我。只是我会知道，它曾经以它的安宁、纯净，荡涤过我的心，这比什么都重要。

水乡清韵

日前，随锡山区作家协会采风团来到羊尖镇，领略了充满生态野趣的宛山湖湿地公园和沧桑秀美、朴实动人的严家桥风姿。虽别后多日，今日回眸，那原生态的山水风光，那淳朴自然的古镇风情，那浑厚凝重的文化底蕴依然深印脑海，挥之不去。

走近宛山湖湿地公园，一排很有休闲气息的木栈道沿湖而建，顺着湖的形状蜿蜒延伸，望不到尽头。远远望去，湖堤上垂柳成荫、杉树挺拔，满目青翠。碧水蓝天间，偶尔有几只叫不出名字的鸟从湖面飞过，为湿地带来一股灵动的气息。新鲜的空气，静谧安宁的环境，让人感到心旷神怡，宁静悠闲。湖边随处可见唐菖蒲、虞美人迎风摇曳，还有许多知名的和不知名的花花草草，一簇簇、一丛丛地自由自在地生长着，随着微风轻轻摇摆。湖水迂回曲折，清澈见底，一张张翠绿的莲叶铺在水面上连成一片，随风荡起碧波，一朵朵洁白的莲花依偎在绿叶之上，安详地舒展着容颜，笑看蜻蜓在花间盘旋嬉戏，这美景不由得让人想起《诗经·陈风》里的诗句："彼泽之陂，有蒲菡萏。"

公园里最让我心动的，是那被称作"湿地守望者"的芦苇。瞧！这不是深深印在我心尖上的童年的芦苇吗？记忆中不曾遗忘的是它那随意而清逸的动人身姿，挺立在明丽的水中，给人以恬静柔美之感。满怀欢喜地看着这随遇而安、风姿绰约的芦苇，让人不禁顿生情愫，随口吟起"蒹葭苍苍，白露为霜。所谓伊人，在水一方……"

漫步小径，不时有蜜蜂在身边戏耍，让人躲闪不迭；抑或一叶嫩枝蛮不讲理地横亘在面前，一定要与你亲密接触一番才肯让行。身心被钢筋水泥禁锢得太久了，偶尔被这疏林野渡的光景润泽一下，顿时觉得神清气爽，身轻心润。这所有的场景分明就是写在锡山大地上的活的《诗经》！

别了宛山湖，再到严家桥，给人的第一感觉，恍若步入一个小周庄，只是比周庄多了一份沧桑之感。

严家桥，是水的故乡。依河筑屋，依水成街。那沿河而建的沉淀着古老光阴的房屋，墙基用各种大小不一的石头堆砌而成，靠近水面的部分长满了葱郁的青苔，白墙上布满了岁月留下的斑驳痕迹，一户户木门和一排排旧式的花窗散发着古老情怀，这种安静地匿藏在岁月深处的古朴端庄、清淡素雅的景况令我感到可亲和心动。

沿着河岸一路前行，整条市河长五百多米，穿越乡镇，横跨四座桥，河两岸密布着多个东西相呼应的石级码头。水乡的桥，多数是小巧而牢固的，静卧于流水之上，相连于两岸之间，亘古不变，却有着一种独到的江南风韵。

遥想当年，这弯弯的河道曾停过多少南来北往装卸货物的船只，又有多少深夜晚归的小舟在她的抚摸中进入梦乡。如今，古老的严家桥依然横卧在碧波之上，朝朝暮暮，年复一年，只是已没有了往昔那"欸乃"的橹声遥相呼应，是否会觉得清冷孤寂？

走过严家桥，踱步于一条并不宽敞的深巷，据说，这里就是曾经非常热闹的严家桥六条商业街道之一。那地上随意躺着的高低不平的鹅卵石，常常会纠缠住你的脚，一切的护养与装饰于它都无所谓，只有自然和随意漾在其上。寻思着，走在这样的小巷中，会不会逢着一个打着油纸伞的丁香一样的姑娘？

经历了岁月的风雨、时空的变换，昔日严家桥的繁荣已无处可寻，但历史的痕迹依然还在。从唐氏宅院到陈氏宅院，从民国年代的小洋楼到严家桥市镇的老楼房，一步一段浓缩的历史，一步一个深邃的记忆。亭台、埠头、石桥、长廊、老街……无处不显水乡韵，无处不露江南味。

这就是水乡，江南的水乡，淡泊如水，深情似酒，像一首筝曲，清丽而淡雅，值得我们去驻足，去探知。

沈云福
SHENYUNFU

共和国同龄人。中国经济史学会会员、无锡市作家协会会员。长期关注地方经济史与工商经济与文化，著有《异军突起随行录》《异军先锋》《一梅倾城是荣家》等书；与友人合著的《激荡岁月：锡商 1895～1956》，获无锡太湖文学奖。

★ ★ ★

红豆印象：初心、匠心与雄心

红豆，从无锡走出的名扬海内外的中国民族品牌，以其深厚的中华文化内涵而著称，又以六十五年栉风沐雨中越发闪亮而闻名，成就了我国工商史上一段经济传奇。

红豆品牌是怎样诞生的？为什么能越来越红？笔者对此的认识是，它凝结着红豆集团三代创业者的情缘，传承着"听党话、跟党走、报党恩"的红色品格，饱含着接力逐梦的初心、匠心与雄心。

20 世纪 80 年代初期，红豆在江南大地甫一伸枝时，笔者正在无锡县工业部门工作，因其独有的魅力，我的眼光被久久地吸引了。后来岗位数次调动，仍与红豆人多有交集。下面记下的若干片段，或许有助于破解红豆长盛之谜。

初心怀梦：周林森栽苗沙子江

1957 年 4 月，响应国家"小手工业者组织起来"的号召，无锡县港下乡（今属无锡市锡山区东港镇陈墅村）沙子江的河边，一个合作性质的手工业"互助社"宣告成立。合伙人周林森和蒋元生等带领工人敲锣打鼓地汇集在一起，举行开工仪式。互助社后名为"港下针织厂"，有 17 名工人，主要从事棉胎、扫帚、草席、土布等简单生产。

这棵栽种于 60 多年前的幼苗，就是红豆集团前身，它承载着为农民增收入、为百姓多服务的希望。

合伙人之一的周林森从小学弹棉花，是当地有名的弹棉花匠，负责弹棉胎。当时，周林森夫妇带着在上初中的儿子周耀庭，吃住在厂里。弹棉花的人必须戴上口罩，一天下来口罩就由白色变成了灰黑色。这个活重、脏、累，且技术性强，大冬天干活常常只穿一件衬衫。晚上没有电灯，只能点着油灯，他和工友在灰暗的灯光下干活。周林森夫妇比较年长，大家很愿意和他们交心说事，美美地憧憬着"电灯电话、楼上楼下"的未来。由于表现积极、刻苦、能干、有威信，1959 年，周林森成为针织厂第一个发展入党的共产党员。

国家三年困难时期，厂里干部带头下放到农村。1962 年秋天，周林森夫妇回到了港下荡上村老家。1964 年，周林森在肺病的折磨下离开了人世。周林森带着终身的遗憾走了。但是，周耀庭一直记得父亲生前所说的办厂对百姓有好处的交代，记得沙子江边 17 位农民纱里"淘金"向往未来的情景，父辈拼命干活渴望改变生活的初心，深深地根植在周耀庭的心田。

匠心独运：周耀庭破局闪灵光

也许是一种缘分，1983 年 6 月，周耀庭从勤新大队荡上村领导岗位调到了这个他既熟悉又陌生的港下针织厂。用作厂房的破旧祠堂里放着处于半停产状态的 8 台老掉牙的棉纺车，10 多名工人在厂里无所事事，仓库里堆满了卖不出去的尼龙衫、棉毛裤……对此，周耀庭没有畏缩，而是出手救厂，聚拢人心，连出数招，终于实现了当年扭亏为盈的目标。

怎么能续父辈之梦、把厂子办好呢？那个岁末，周耀庭想了好多。当时产品的名字叫"山花"，但山花并不烂漫，一定要给它起个好名字，因为中国人很看重名字，像同仁堂制药、张小泉剪刀、菊花电扇等。

他回忆：一连几天的思索，他觉得产品名字一定要和中华民族文化联系在一起，让人能够一眼就记住它，喜欢它。长城、太湖、泰伯……一天晚上，他忽然想到工厂不远处的红豆树，以及南朝昭明太子萧统植树寄情思的故事，忽然眼前一亮，脑际涌现出唐代大诗人王维的一首诗："红豆生南国，春来发几枝。愿君多采撷，此物最相思。"红豆！对呀，就用红豆这个名字。于是他觉也不睡了，马上召开厂里干部会议，他们一听也都觉得特别合适。

从少时童声吟读王维的红豆诗，到眼前针织厂脱困之急需，时空切换，终使灵光闪现。周耀庭百思谋得"一名"后，立即向国家工商部门办理商标注册。

为了提升技术品质，1986 年，周耀庭到上海登门求贤，聘来了 13 位老师傅。

当时，周耀庭自己的月工资是30元，但给他们的月工资是500元，比普通工人一年的收入还高两倍，厂里和乡里一些人多有非议。结果到1987年，匠心独运的他收获了喜悦，产值达到了1000万元，工人技术素质也得到了快速进步，红豆品牌也开始显露头角了。

雄心不已：周海江创新立宏愿

1987年底，22岁的周海江辞去河海大学教师职位，应父亲之邀回来创业，被媒体称为"改革开放后全国第一个辞去公职到乡镇企业的大学教员"。

通过一年多车间主任岗位的锻炼，周海江被提拔为制衣总厂副厂长。这时，他感到要改变传统的沿街叫卖产品推介方式，提议花160万元到中央电视台为红豆做广告。这引起了不小的震动，好在周耀庭投了关键的赞成票。红豆成为中国服装业第一个"吃螃蟹"的企业，广告一经央视播放，在全国观众中产生反响，红豆服装迅速走红大江南北。

周海江的到来，让红豆品牌的内涵与形象不断升华。

1993年底，在他和父亲周耀庭的全力推动下，红豆集团"增量扩股"的改革在苏南率先启动，保留了红豆的整体规模优势，维护了股东和员工的利益，也增加了红豆品牌的凝聚力，并为日后健康可持续发展奠定了基础。2001年1月8日，红豆股份在上交所敲锣上市。

2004年，全面执掌红豆集团经营管理的周海江雄心不已，立下两大宏愿：一是把民族品牌创好、创响；二是把红豆企业做强、做大。

作为红豆传承者和引领者，周海江始终认为名牌的一半是技术，另一半是文化。围绕所立宏愿，他致力于唱响一首诗（王维的红豆诗），做好一件衣（红豆服装系列），走红一个节（红豆七夕节），圆好一个梦（从中国名牌到世界名牌）。在他的带领下，红豆集团将自主创新和自主品牌战略双管齐下，使产品从"制造"走向"智造"，从"价格"竞争走向"价值"竞争，从商品走出去，到品牌乃至园区走出去，大力彰显红豆品牌的经典品质与文化内涵，获得了社会各界的广泛好评。红豆品牌还荣获中国服装业界最高荣誉——中国服装品牌"成就大奖"。周海江本人成为50多年来中国服装界企业家登上《福布斯》杂志封面的第一人。

"一个没有优秀人物的民族，是一个落后、被欺负的民族。同样，一个没有优秀品牌的经济，是一个落后、被动的经济。"红豆，这个国货品牌一直专注经典舒适服装，在消费者心中，逐渐成为"信赖""品质"的代名词。2022年，红豆男装更是通过推出"零感"舒适衬衫，开创舒适新赛道，让款款情意走进更广大群众的心间。

在一次老友聚会上，有人对周耀庭说："我们有两件事特别佩服你：一是1984年就把商标命名为'红豆'，重拾父辈之梦；二是1987年底把海江叫回来，和你一起创业，接力做事业。"周耀庭笑而不答。

"艰苦几代人，持久创品牌，红豆要圆从中国名牌到世界名牌这个梦，红豆集团要为创百年一流企业而努力奋斗。"周海江如此说。

湖北战"疫"，有一匹发力驰援的千里驹叫雅迪

己亥尾，庚子初。

一场突如其来的新冠肺炎疫情从湖北武汉始，大肆攻城略地，袭击华夏大地。面对气势汹汹的疫情，总部坐落于江苏无锡的雅迪科技集团反应极快，董事长董经贵敏锐地感到，这是一场没有硝烟的生命保卫战！冲在第一线的医护人员急缺各类医护物资，于是，身为退役军人的他果断决策，小年夜紧急成立了"援助疫区指挥部"，并设立 3000 万元专项公益基金，发出军令，决定动用雅迪电动车遍布世界的销售网络，在全球立即采购符合中国需求标准的医护物资，并捐赠 1 万辆符合新国标的电动自行车等，尽最大可能用争分夺秒的速度驰援湖北。

一场为湖北乃至中国战"疫"决胜发力的大剧，在全体雅迪人的激情参与下，正式开演！从雅迪集团执行董事沈瑜发给笔者的驰援行动报道中，你可以看到这样的动人画面……

一、军号响，马蹄声疾，直奔中国疫区中心

2020 年 1 月 23 日武汉封城的当天，由雅迪集团董事长董经贵和公司高管牵头，近 200 名雅迪员工参与，紧急成立了"援助疫区指挥部"，整个企业立即进入战时状态；1 月 27 日设立"3000 万元援助疫区专项基金"，7×24 小时的援助行动开始了。

冒着被感染的风险，雅迪公司还派出 5 人救援小组迅速驰援武汉，并发动在鄂有关人员，组成"橙色爱心军团"，展开战"疫"行动！

物资告急！缺口罩、缺防护衣……打仗的士兵连武器都没有了，连自己都保护不了，又何谈保护其他人？网络上刷屏的物资告急消息，让国人备感焦灼和心痛。

为在第一时间支援疫区，1 月 29 日，雅迪电动车决定向湖北疫区援助 1 万台新国标电动车和大批医护物资。一个由雅迪高管、员工等 5 人结成的小组，在锡山医院匆匆打了丙种球蛋白增强免疫力，便驱车直奔武汉疫区中心。为了避免物资延搁，能够亲手将救命物资交到最需要的人员手中，除了加油，10 小时行程中，5 人马不停蹄，饿了，就在路上吃泡面，晚上 7 点半到达武汉时，脖颈酸疼得抬不起头来。

把电动车送交到受捐者手里，也并非易事。车入武汉，由在鄂有关人员接应并陪同前往受捐单位处交付。第一天，5 人小组跟车去了汉口医院和长航医院。特殊时期，司机只负责运送，卸货的担子就落到了在场的雅迪人身上。这样一来，人手更加紧缺。好在团队有先见之明，早在 5 人小组出发之时，雅迪就开始动员湖北籍兄弟（他们往往把经销商和合作伙伴称作"兄弟"）出力，从 2 月 5 日始，武汉本地的"兄弟"就陆续赶来帮忙。

团队从天津购来了 20 套安装工具，在场的人，不论性别、职位、专长，只要手头没事，就都参与到卸货和安装中来。安装一台电动车，大概需要 10 分钟到 20 分钟，就这样，一群原先没干过装车、卸货、安装等工作的雅迪人和经销商伙伴，就这么负担起了 1 万台电动车的装卸和配送工作。雅迪湖北地区运营总监何东升曾说："我们可能干的不是最专业的活儿，比方装车，我们肯定不够专业，但最危险的活儿，都是我们兄弟自己干的！"

当他们分送医护物资时，人们称赞是"雪中送炭""救命物资及时雨"，援助小组成员却只是说这是"使命必达"。当问起小组里最年轻员工"95后"为何来到抗疫一线时，他只是用一句话回答："我辈，当躬身入局！"

马作的卢飞快，弓如霹雳弦惊。"橙色爱心军团"躬身入汉，千里挺进大别山！距武汉78公里的黄冈，是继武汉后第二个病例破千的城市。"绝不能让黄冈成为第二个武汉"，黄冈、孝感等湖北中小城市的疫情防控更需社会关注。此前一直驰援武汉的雅迪集团，在2月7日宣布启动"千里挺进大别山"计划，给黄冈、孝感、荆门等中小城市的援助按下了"快进键"。

"千里挺进大别山"计划中，雅迪向包括武汉、黄冈、孝感在内的湖北省多地医院、机构援助了救护车、医用口罩、防护服、护目镜、医用手套、专业移动式医用空气消毒器、医用酒精等医护物资，以及数千辆新国标电动车。目前，相关物资已全部到位，投入战"疫"一线。

之所以避开"镁光灯"，选择舆论关注较少的黄冈等地，雅迪人是这样认为的：黄冈地处大别山地域，是刘邓大军千里跃进大别山的落脚地，是重要的红色革命圣地。相比于大城市，黄冈、孝感等中小城市，医护物资更加匮乏，受到的社会关注也较少，他们需要得到更多的援助。在这个特殊时期，出身于安徽六安革命根据地的雅迪创始人董经贵，身上流淌的军人血液再次沸腾：这是一片红色沃土，绝对不能让黄冈失守！

仅2月9日，雅迪科技集团就向黄冈援助了价值1038万元的物资。其中，除了口罩、护目镜、医用酒精、医用手套等医护物资外，还捐赠了6辆救护车，以及1000辆新国标电动自行车，全部用于解决一线抗疫工作者出行难问题。

2月19日，雅迪又向孝感捐赠了价值545万余元援助物资，包括6辆救护车、1万件防护服、70台专业移动式医用空气消毒器、2万瓶医用酒精、

12 万双医用手套，以及上百辆雅迪新国标电动自行车，用于一线抗疫工作人员的日常出行。

雅迪科技集团品牌总监樊恩奇表示："对武汉以外湖北其他地区的情况，我们一直在关注，早已经制定好了包括物流车辆等预案，这也是雅迪能够在短时间内将医护物资送到的原因。"

据不完全统计，雅迪已向包括武汉协和医院、同济医院、武汉市中心医院、武汉大学中南医院、黄冈市黄州区总医院等单位，以及相关机构在内的湖北地区总计捐赠超 41 万只口罩、50 万双医用手套、3000 副护目镜、220 台专业移动式医用空气消毒器、8 万瓶医用酒精、1 万件防护服、1 万辆符合新国标的电动自行车，并附赠 1 万双保暖骑行手套、12 辆救护车、11.64 万只韩国 KF94（N95）口罩、3 万只欧盟标准 FFP2 口罩；向河南信阳捐赠了 1000 件防护服、1000 副护目镜；向无锡市人民医院捐赠 6000 双医用手套、2 万只口罩；向无锡市锡山区安镇街道应急办公室捐赠 2 万只口罩。

二、这一刻，为了中国，全球伙伴爱心接力

在向全球采购紧缺医护物资中，雅迪电动车有着不同寻常的遭遇，引起国内外的共同关注，最终演绎成全球伙伴的爱心接力。事后的专题报道，生动反映了这一过程，在这里不妨分享几个真实片段：

意外突发，3 万只医用口罩滞留他国。欧盟标准 FFP2 口罩，是雅迪集团首先采购的一线医护物资。因为雅迪电动车销量在全球遥遥领先，所以雅迪在全球的销售网络向来畅通。然而，在新冠肺炎疫情影响下，全球口罩都非常紧缺。雅迪集团采购部门加班加点，凭借此前打通的 77 个国家的销售渠道，

想方设法通过海外经销商渠道进行采购，联系了包括美国、德国、法国、日本、韩国、加拿大、瑞士、瑞典、奥地利、匈牙利、土耳其、印度、泰国、印度尼西亚、哥伦比亚、玻利维亚等在内的数十个海外合作伙伴。最终凭借 2018 年雅迪独家赞助 "2018 世界杯足球赛" 的巨大声誉，物资采购部门经过多方辗转努力，通过一家俄罗斯供应商采购到欧盟标准 FFP2 口罩。虽然这批口罩价格不菲，但雅迪还是毫不犹豫，在当晚火速支付定金，并在第二天支付全款。

从找货，到找到货，再到买下货，雅迪没有一刻耽误。按原定计划，口罩应在 1 月 30 日直接发往上海浦东，然后转运至黄冈疫区。然而，就在最后的运货环节上，意外出现了：由于哈萨克斯坦陆运突然关闭，这批医护物资直接被滞留在了哈国阿拉木图，无法运抵国内。

"紧急求助"，获得社会各界高度关注。得知这一情况，雅迪集团立即联系了南方航空，却得知南航在当地的既有航线运力已满，即将停航，无法排仓。眼看滞留时间就要超过 48 小时，在每一分钟都是和生命赛跑的疫情面前，谁都知道，这 48 小时的等待意味着什么。所有的雅迪人，也从未经历如此漫长的 48 小时。无奈之下，雅迪集团向中国驻哈萨克斯坦大使馆寻求援助，同时通过官方微博紧急向社会求援。

"求助！雅迪电动车用于驰援黄冈疫区的 66 箱共计 3 万只 FFP2 口罩，已经滞留在哈萨克斯坦阿拉木图 48 小时了！现求助全球任意一家航空公司，帮我们将这批货运送到黄冈疫区，甚至中国境内的任何一个地方都可以，我们可派人去接货。" 2 月 1 日，雅迪电动车官方微博发送了这样一则消息，并接连联系了几大航空公司、物流公司和多家媒体，事态相当紧迫。

就在发布 "紧急求助" 微博之后，雅迪集团很快收到了来自社会各界的支援与建议，如东方航空与新疆通航的相关人员，还有中通香港公司的负责人，都主动联系了他们，但因种种原因，这批 3 万只欧盟标准 FFP2 口罩的运送还是陷入了困境……

峰回路转，同心协力跑出"中国速度"。事情的转折发生在 2 月 8 日下午。此前与中国驻哈萨克斯坦大使馆沟通求援的同事，得到使馆方面的消息：经驻哈使馆努力，阿斯塔纳航空公司临时加开努尔苏丹—北京、阿拉木图—北京两趟航班，可搭载部分已采购的医护物资回国。由于阿拉木图的航班是 12 日起航，而努尔苏丹两日后即 2 月 10 日便可起航，时间紧迫，他们当即决定立刻将物资先转运至努尔苏丹。

2 月 9 日凌晨，在驻哈使馆马参赞和诸多爱心人士的帮助下，这批珍贵的医护物资将无偿航空运输回国。首先这批医护物资被交给中国外运哈公司，从哈国阿拉木图市内运抵至阿拉木图机场，然后进入航空公司指定仓库；2 月 10 日凌晨 2:00，物资又被顺利转运至努尔苏丹。

2 月 10 日 18:00，雅迪集团此批 3 万只欧盟标准 FFP2 口罩，与中铁建集团、北京城建集团、中广核集团、建设银行阿斯塔纳分行、中国电信哈萨克分公司等单位的医护物资一起，由阿斯塔纳航空公司运回国内。

2 月 11 日凌晨 1:00，这批物资最终抵达北京首都机场！在国际物流公司吉洋国际无偿协助完成清关后，雅迪联合京东体育协调京东物流，京东体育、京东物流又迅速接力，经"绿色通道"，它们被无偿运送至湖北黄冈。

2 月 15 日上午，这批 3 万只欧盟标准 FFP2 口罩终于成功送达黄冈！

雅迪奋力救援疫区，而众人也在助力雅迪。66 箱口罩虽历经波折，但从采购、付款，到几重运输，整个链条中的每一个齿轮都在互相咬合、共同转动，真正展现出疫情下的"中国速度"。在那看不见的角落，东方航空、新疆通航、中通国际等，也为滞留医护物资的运送，做出了最大的努力；更有众多网友、

大 V、媒体纷纷转发与呼吁，可以说，众人拾柴，举起了爱的火焰！

三、贡献者，雅迪援助，每一步都走得不一样

疫情暴发之际，适逢春节，雅迪第一时间把目光瞄准海外，启动"全球朋友圈"援助模式。公司开展了近乎地毯式的医护物资采购，而这种底气，来源于雅迪的电动车产品已出口美国、德国等77个国家，它的经销商已经遍及全球。

"救命的东西，不贵""抓紧时间，一定要抢下这批货（口罩）""只要符合标准，立即买下来，越快越好"……类似的沟通也不断地在援助小组中重复出现。雅迪抗疫援助团队在整个春节，凌晨2点睡觉，早上6点起床已成为常态，有时连饭都顾不上吃，在家比工作日还要忙。虽然找到了宝贵货源，但把这些遍布在全球各地的医护物资运送到武汉疫区绝非易事，面对不同时差、各国医护物资标准不一、进口文件烦琐、跨境付款、物流运输等重重障碍，雅迪举全集团之力跨越道道难关，为医护人员披上了崭新的抗疫铠甲！

找货、买货、运货、到疫区，每一个环节都是一次次闯关。与时间赛跑，就是与病魔赛跑，就是赢得生命！而自专项公益基金成立到第一批捐赠物资抵达，雅迪速度，只用了72小时。

国难当头，奋不顾身！这是每个有良心的中国人的选择。请看雅迪集团执行董事沈瑜那几天发在朋友圈的微信：

1月29日夜。年初五半夜了，我还在联系口罩货源中。外面到处响起招财神的烟花炮仗，却惹人心烦——有这么多闲钱，买点口罩捐捐不是更好？这才是积福积德的事，财神也自然会来……

1月31日。国难当头，已顾不得自己了，去疫区中心真是冒了生命危险的，其难

度堪比新中国成立前地下党向前线送盘尼西林啊!

2月1日。昨天听说武汉协和医院防护用品紧缺后,公司立即决定把剩余预留给员工复工用的5万只口罩全部捐过去。为防止被武汉红会截留延误,公司派出几位员工从无锡自己驾车前往武汉。他们在锡山医院注射了丙种球蛋白增强免疫力后,就勇敢上路了,并于当晚顺利到达协和。事毕返回无锡后,他们会主动申请隔离14天再上班。同时,公司向武汉市应急管理局等单位共捐赠1万辆电动车,供志愿者和医护人员交通使用,并向武汉市江岸区卫健委赠送价值500万元的防护用品。

一场本可以捐一笔钱的援助,雅迪却为何投入如此大量的人力、物力?背后答案其实就藏在雅迪集团的企业价值观中,就是"以消费者为中心, 以价值贡献者为本"。

以消费者为中心,以价值贡献者为本,持续艰苦创业。这是雅迪集团董事长董经贵确立的核心价值观。董经贵自1992年从部队光荣退伍后,曾在华夏第一县原无锡县乡镇骨干企业工作,充分感受过"四千四万"闯天下的精神氛围,也深知"有用户才有工厂,无价值就无市场"的朴素道理。因此,他发自内心,把价值贡献作为公司员工的根本追求!

以用户为中心,用对待用户真诚的态度对待需要帮助的人,设身处地为他们着想。缺医护物资,那就买医护物资;出行不便利,那就追加援助,干脆捐赠1万台新国标电动车。正是这种"以用户为中心"的态度,让行动的目标清晰无比,即使做起援助,雅迪人也把自己鲜明的态度风格贯穿其中。

也正因为如此,团队才能在除夕刚过,就高效运转起来。雅迪集团抗疫援助小组的成立,就是为了把每一分钱都花到该花的地方。

至于"为什么",答案其实很简单,因为"他们真需要",因为"我们正好有"。在雅迪人中,除了雅迪集团董事长是一名退伍军人,许多员工也都有

退伍军人背景，从军经历让他们具有家国情怀和更宏大的视角，所以全球扫货，所以躬身入汉。

2月9号凌晨6点。由5个人组成的援助小分队，昼夜兼程，载着满满的医护物资，从驰援了一周的由武汉赶往黄冈，在黄冈现场交付完，这5人又马不停蹄，开车赶回千里之外的无锡，甚至来不及回乡驻留，来不及看一眼家人。他们下了高速，直接被带入安镇街道隔离点，进行为期14天的封闭隔离。这些与时间赛跑的逆行者，即使隔离也没歇着，通过手机、微信、互联网安排、处理救援的后续工作。2月24日他们才正式解禁平安回家。他们说，这是一次人生的大考，也是践行价值贡献为本的历史考验！

也正是因为贡献者心中有大爱，眼中有世界，才能让那么多经销商自发地想要为这次义举多做些什么，而这，也正是这次援助行动圆满完成的主要原因。雅迪集团为国分忧、勇于担当、与疫情抗战到底的决心，得到了包括中央电视台《新闻联播》、湖北卫视、深圳卫视等一批权威媒体的肯定与点赞！

庚子春，人们深深记得，新时代有一匹千里驹叫雅迪，它为中国战"疫"尽心发力，纵横驰骋！

（本文得到雅迪集团沈瑜和胡芬等同志诚挚的支持和帮助，谨表谢意！）

协新毛纺：从唐氏创立到历久弥新[1]

沈云福、储雄国[2]

按：自 1895 年杨氏兄弟创办业勤纱厂以来，无锡工商经济在中华崛起，百年锡商开创了民族工业、乡镇企业、民营经济三个黄金时代。略数百年之辉煌，第一个精彩篇章就是 20 世纪上半叶，无锡迅速崛起了六大民族资本集团，即杨氏集团（杨宗濂、杨宗瀚兄弟）、周氏集团（周舜卿）、荣氏集团（荣宗敬、荣德生兄弟）、薛氏集团（薛南溟、薛寿萱父子）、唐蔡集团（唐保谦、蔡缄三）、唐程集团（唐骧廷、程敬堂），形成了棉纺织业、缫丝业、粮食加工业等三大支柱产业。而从锡山羊尖严家桥走出来的唐保谦、唐骧廷堂兄弟，所执掌的企业在无锡六大民族资本集团中三分天下有其一，成为近代工商史上熠熠生辉的"双子星座"。

现将唐骧廷、唐君远先生兴办协新、创品牌的故事，以及新中国成立后协新的发展情况，整理成文，呈献给读者。

始建于 1935 年的无锡协新毛纺织股份有限公司（以下简称协新），是唐骧廷、唐君远父子亲手创办的我国历史上第一家股份制的全能型精毛纺民族企业。它作为中国纺织工业的重点企业，作为民族毛纺工业的摇篮，不仅开创了我国精纺呢绒的先河，而且为发展和振兴中国民族毛纺工业作出了巨大贡献。

---

①此文资料得到陆阳先生和协新公司史料的支持，特此鸣谢！
②储雄国，男，1964 年 3 月出生，江苏无锡市人，中共党员，本科学历，工程师。1982 年 8 月进入无锡协新毛纺织股份有限公司，多年来一直从事企业管理工作，现任公司董事会秘书、工会主席、行政事业部部长。

三方合力建协新

事情缘起于 1934 年。

面对已建的丽新公司事业兴旺的局面，唐骧廷、唐君远父子并不满足，又把目光转向毛纺织业。当时，大批日商纺织企业垄断了我国的棉布、棉纱市场，民族纺织工业受到严重挑战。为抵制日货，与日商抗衡，担任丽新厂长的唐君远怀着强烈的爱国心，提出要创办精毛纺织业，让国人穿上自己生产的高档呢绒服装。他的建议得到几位父辈企业家首肯，于是他会同协理程敬堂、董事唐纪云等人，联合申新、庆丰等企业的主要实业家十五人，集资二十万元筹建"协新毛纺织股份有限公司"。取名"协新"，繁体"协"字右为三个力，意在三方合力共建。董事会一致推选唐骧廷为董事长，唐君远为经理，唐熊源（唐纪云之子、荣德生之婿）为协理兼厂长，并决定选择距丽新厂北面约一公里的"五河浜"西岸处作为建厂用地。

当时我国毛纺工业正值起步，仅有溥利呢革厂（北京清河毛纺厂前身）和上海章华毛纺厂等几家生产粗呢和绒线的毛纺厂，规模较小，产品无力与洋货匹敌。唐氏父子决意进军毛纺业，生产精纺呢绒。但在向信昌洋行订购设备时，英国大班提出劝告：时下呢绒市场不景气，日货呢绒正跌价倾销，华商上海章华毛纺厂连年亏损，毛纺事业前途渺茫，不宜投资。唐君远经过考察却认为，国内官绅商贾阶层对精纺呢绒需求日旺，章华毛纺厂亏损主因是自身经营不善；呢绒进口征税 30%，国产呢绒可占价格优势；只要借助丽新优势，产品质量保证，花色品种对路，国产呢绒足可与舶来品竞争，从而坚定了创办精毛纺厂的决心。

据唐君远回忆自述："1935年间，我看到当时我国的粗呢产品，仅有北京清河、上海章华等几家毛纺厂织造,精纺产品在我国范围内还没有生产。于是,我与父亲唐骧廷商议，联合无锡十五位从事纺织业的工商界人士创办协新毛纺织染股份有限公司，由董事会推选我为经理，唐熊源为协理，股金为二十万元。厂址设在丽新路底五河浜，占地七十余亩，建屋三百余间。""无锡协新毛纺织染股份有限公司是全国最早生产精纺产品的企业，是一家具有全新规模的全能毛纺厂，开办时有英国产细纱机1800百锭，阔幅织机40台，阔幅整染全套,并重金礼聘英国倍昌洋行毛纺技师来厂指导。1935年12月正式投产。"

无锡北塘有个五河浜，河面宽有一百米左右，像个小水库，河水清澈，有五条河道在这里汇合，故称"五河浜"。民间把财神菩萨称作五路财神，皆说此处是聚财的风水宝地。民间在这里还有一个美丽的传说，说是五河浜里隐藏着一对美丽的金鸡，有朝一日，当五条河的河道口同时出现五只迎亲船时，金鸡就会双双跃起，放声歌唱，祝福人们吉祥如意，幸福安康。

协新就是在五河浜西岸建厂的。在这块风水宝地，近代锡商造就了中国精毛纺工业的发祥地，也造就了以"双金鸡"为代表的一批著名品牌。

协新建成后，厂门就对准五河浜，面向东方日出的一面。厂门建造得十分宏伟壮观，有二十多米宽，七八米高，开有三个门洞。门洞上塑有"三阳开泰""五福临门""万宝聚来"等好口彩的门额，厂门内建有一座五开间的元宝形的办公楼，办公楼与厂门中间是一块园地，设有四小块花围，种有金、银桂花树，红、白玉兰树，还有铁梗海棠、黄阳等花树，这也是讨口彩的，寓意是"金玉满堂"。

"双金鸡"一鸣惊人

门面好看见彩，内涵更是称一流。

唐君远觉得工欲善其事，必先利其器，利器即拥有人才。建厂初期向英国和德国引进了当时最先进的英法折中式精梳毛纺设备1800锭（前后纺都配套）、毛织机40台、粗梳毛纺设备一个台套及配套的染整设备，于1935年四季度正式投运。与此同时，工厂实行工程师制的管理，聘请毕业于南通纺织大学的葛翊如为纺织工程师，比利时留学的潘丙兴为染整工程师。他还在丽新纺织印染厂中，从由他亲手从练习生培养成为工程技术人员的一批人中挑选了顾雄万、姚湘等，带到协新参与管理。又录选一批有一定文化基础的青年进厂当练习生，如唐仁林、尤贵初、杨荣国等，用以培养为工程技术人员，参与管理。他规定练习生进厂，分派在账房间（科室）里的必须学打算盘、学写字；分派在车间里的，跟着工人师傅一起平修机器，学懂机械运动的原理，学会维修机械的本事，这是练习生打基础的第一步。当然，车间里的练习生也要抽空练练算盘、写写字；还要学会运用计算尺，编制产品的制造工艺和各道工艺技术参数等。只有这样，才能做一个能文能武的技术人员。渐渐地，厂内形成了一整套工程师制的管理机制。

协新投产后比较顺利，到1936年底，生产各类精纺呢绒22.4万码；粗纺呢绒10万码。主要产品精纺有全毛哔叽、直贡呢、派力斯、啥咪呢、花呢，粗纺呢绒为制服呢、大衣呢、麦尔登等，向当局注册了"三阳开泰""五福临门""万宝聚来""福禄寿喜"等四只商标。产品由上海棋盘街各大呢绒商组建成的"联合呢绒销售公司"负责包销。当时，国内精纺呢绒有品牌的独此一家，不仅畅销国内市场，还远销南洋群岛一带。1936年底，协新获利20多万元，收回了投入资金，初步应验了风水宝地的致富效应。于是，董事会决定扩大生产规模，将原来的纺织车间向西扩建，染整车间向南扩建，还在车间的北面新建了一幢三层楼的宿舍，扩建的面积比原来的还大。同时，决定向英国信昌洋行和德国谦信洋行订购 1600 锭配套的精纺设备、28 台毛织机和配套的染整设备（这些设备，后来成为抗战中创建上海协新的主机设备）。

其实开厂之初，唐君远即借鉴丽新厂经验，狠抓产品质量，注重花色品种，从澳大利亚进口上等毛条生产精纺花呢、华达呢、哔叽、凡立丁、派立司等品种，以国产羊毛生产粗纺女衣呢、花呢、大衣呢、制服呢等品种。由于协新呢绒花色品种多，价格便宜，有些品种的质量胜过洋货，产品一经问世，便深受呢绒商、西服店和消费者的欢迎，英国毛纺业老牌厂商也对此刮目相看。

一般所产呢绒易被虫蛀，最令消费者头痛。协新开工不久，唐君远获悉瑞士嘉基颜料厂的专利产品——"灭蠹"刚好问世，这是既能灭菌又不伤羊毛的不蛀呢助剂，便立即与洋行订立为期七年的包销合同，由协新在华独家使用。为了打响"协新不蛀呢"的牌子，他根据五河浜藏有金鸡的传说，运用精美图案，精心启用了"双金鸡"牌：使用"灭蠹"生产的"双金鸡"牌不蛀呢绒，虽然售价稍高，但产品不蛀、不易变色，深受西服店和消费者的欢迎。一时间市场供不应求，风靡全国，红遍神州。如今的上海河南路在 20 世纪 30 年代是著名的"呢绒一条街"，协新的"双金鸡"牌"不蛀呢绒"是那里最受欢迎的产品，其质量几乎可与英国呢绒相媲美。当时上海的呢绒市场棋盘街各呢绒商号和宝大祥、协大祥、信大祥都以能销售协新不蛀花呢、协新花呢、派立司等名牌呢绒而荣幸。

事实验证了唐君远投资精毛纺的正确决策。到 1936 年底，仅仅一年多时间，就收回全部投资。此时欧美正遭遇经济危机，市场低迷，纺织机械无人问津，洋行廉价推销，且付款期限宽松。唐君远看准时机，增资扩股，向洋行购进毛纺机 2600 锭、织机 28 台。安装投产后，产品供不应求，机器款尚未付清，便已成倍获利。1937 年，协新资本扩大为 80 万元。此时，唐君远并未沉

醉于成功的喜悦中，又涉足纺织机械。受20世纪30年代世界经济危机的影响，欧美钢铁市场凋零，纺织机械无人问津，各地洋行纷纷谋求低价出售，且付款期极为宽松，无须一次付清。董事会采纳唐君远的建议，迅速向英商信昌洋行、德商谦信洋行订购纺机2600锭、织机28台，待安装投产，产品供不应求，机器款未付清又已获利不少。

历经沧桑获新生

然而，风云突变。据唐君远回忆自述："1937年，日机轰炸无锡，协新厂厂部被掷两颗炸弹，驻城中办事处也一下子被烧掉成品1.9万余元。库存成品、原料、机物料等物资又被流氓、地痞趁火打劫，掠夺一空。协新这次遭受的损失，约在20万元以上。"1938年春，侵占无锡的日军胁迫唐君远"合作经营"，企图控制、吞并丽新、协新两厂，并以"如有违抗，将炸毁工厂"相要挟。唐君远心怀"宁为玉碎，不为瓦全"精神，断然拒绝日方要求。日军恼羞成怒，竟然将他关押半月之久，并关进木笼罚站，但他毫不屈服。后通过有生意往来的日商洋行出面疏通才获保释，然而工厂已遭日军严重破坏。唐君远还说："事实上，自从无锡沦陷以后，厂房和机器设备均惨遭破坏，在敌伪统治期间，很难恢复生产。旋经股东会讨论决定，在上海购置基地四亩，另建上海协新毛纺厂。"

尽管遭受严重打击，唐君远出狱后避居上海期间，重整旗鼓，向洋行购买精毛纺机3200锭、毛织机50台及染整设备，分别在西康路、江宁路开设毛纺织厂。为避免再遭日军迫害，他借用关系一向很好的英商信昌洋行名义，将工厂注册为信昌毛纺织厂，于1938年正式开工；到1940年，呢绒产量达 14.5 万米，盈利 129.5 万元。以后，协新因太平洋战争爆发、内战爆发等重大变故，历经磨难，但仍惨淡经营，勉力维持生产。新中国成立前夕，接受中共地下党的忠告，唐君远坚持不撤资外迁，为无锡乃至上海发展工商实业留下良好根基。

1949 年新中国成立后，在党的领导下，协新厂经受了社会主义改造的洗礼。双金鸡等商标获得中央私营企业局商标注册证，协新呢绒为全国百姓和军队所乐用，在抗美援朝中生产了 8000 条军用毛毯，开创了我国毛纺产品做军品的先例。

1954 年 12 月 24 日，唐君远代表私营协新毛纺织染股份有限公司与无锡市人民政府纺织管理局签订了"公私合营协议书"，并于 1955 年 1 月 1 日起正式实行。广大职工发扬奋发图强的创业精神，树立赶超英美的雄心壮志，加速技术革新，扩大生产规模，开展劳动竞赛，健全基础管理，使企业发生了翻天覆地的变化。协新生产的华达呢超过了英国名牌"三五牌"；花呢、啥咪呢、凡立丁、开司米等产品质量均赶超英美国家；36 支双股羊绒毛纱的试制成功，结束了英国山羊绒制品独霸天下的局面。同时，协新逐步发展对伊拉克、伊朗、黎巴嫩、科威特、日本等国家，以及中国香港等地区出口各大类产品，还为新疆伊犁毛纺厂、南通毛纺厂、常州毛纺厂、苏州毛纺厂等单位进行技术培训和设备安装，为我国毛纺事业的发展作出了贡献。

1975 年，协新将粗纺细纱机和粗纺梳毛机及重型 H212 毛织机调拨给中华网线厂，成立了无锡市第二毛纺织厂；1976 年，又将绒线染色设备调拨给无锡制线厂，成立了无锡市第三毛纺织厂；后又将英式精纺细纱机及其前后纺配套设备调拨给无锡制带厂，成立了无锡市第五毛纺织厂。

引领行业创一流

党的十一届三中全会给协新的发展带来了改革开放的春风和机遇。协新经历了从生产型到经营型，再到外向经营型的转轨变型，确立了"一丝不苟讲质量，协力拼搏争一流；不在国内抢地盘，要到国外争市场"的企业精神，对推动协新外向型经营的发展起到了特定的作用。协新人发扬把艰苦留给自己、把贡献报效国家的高尚风格，积极扶持和培植无锡、苏南等地毛纺同行。

1979 年协新扶持江阴新桥一毛上马后，仅仅几年，同行乡镇企业毛纺业迅速发展，各地兴办的毛纺企业如雨后春笋涌现。协新凭借几十年的办厂经验、雄厚的技术实力和行业龙头企业地位，采取多种形式，与各地毛纺企业交流、合作、联营、技术扶持等，大大促进了全国各地毛纺企业的发展。协新先后与江阴新桥一毛（阳光集团的前身）、江阴新桥三毛（海澜集团的前身）、四川德阳毛纺厂、安徽芜湖毛纺厂、溧阳毛条厂、江阴华西毛纺厂、张家港华芳毛纺厂、张家港塘士毛纺厂、张家港陆苑毛纺厂、苏州渭塘毛纺厂、苏州吴江八都毛纺福利厂、江阴协澄毛纺厂、无锡县精纺厂、无锡五河毛纺厂、无锡一毛、无锡二毛、无锡四毛、无锡针织总厂、无锡协联针织厂等企业，进行广泛的技术合作和投资联营。而北京毛纺厂、清河毛纺厂、新疆石河子毛纺厂、内蒙古一毛、沈阳毛纺厂、河南毛纺厂、山东济南毛纺厂、山东如意毛纺织厂、上海章华毛纺厂、上海二毛等各地毛纺企业纷纷前来协新厂学习参观。协新则以博大的胸怀，毫无保留地传授给他们技术和管理经验，为我国毛纺事业空前发展再作贡献。企业内部始终坚持"两手抓"，坚持"两个文明建设"，不断提高职工素质和管理水平，不断提高产品质量和生产能量，不断提高经济效益和企业声誉。先后荣获国家质量奖二金二银，十二只部优；有九大类十四只呢绒产品和全毛针织绒，先后被批准使用国际羊毛局标志。1989年，协新被国务院企业指导委员会评为全国首批、毛纺行业唯一的国家一级企业。

进入21世纪，毛纺产业竞争更趋激烈，协新在全体职工的艰苦努力下，面对国内毛纺市场产能过剩和无序竞争的严峻形势，坚持以体制改革为动力，技术创新为依托，产业转型为目标，积极拓展新的发展空间，实现了企业经济总量和效益的历史性突破，创出了国有企业跨世纪可持续发展的新路子，继续保持了协新在全国毛纺行业的优势地位。2002年，协新公司董事长兼党委书记杨剑华，光荣当选为中国共产党第十六次全国代表大会代表。

2004年，协新正式启动国有企业体制改制，将公司食堂、托儿所、物业、三产、技校等社会职能剥离，为企业全面改制奠定了坚实的基础。2005年4月，协新整体建制并入国联（发展）集团有限公司，为企业进一步发展构筑了良好的平台。2008年2月18日，公司职代会通过了企业募股方案，公司股份制改制进入了实质性操作阶段，139个职工以自然人的身份买断了协新的国有股权。同时，协新积极响应无锡市政府"退城进园"号召，全面启动工厂整体搬迁至锡山经济开发区的工作。2008年5月18日，占地面积200亩的新厂破土动工，至2009年4月，仅用了不到一年的时间协新就完成整体搬迁，并全面恢复生产，创出了令人刮目相看的"协新速度"。为此，还被无锡市政府工业布局调整领导小组评为先进企业。企业退城进园目标完成，而后加快企业结构升级，增强企业核心竞争力，实现企业节能减排和可持续发展，协新跨出了历史性的一步。

协新凝结着唐氏父子创业创牌的心血和感情，协新人也深切地缅怀着创业先辈。1985年，在协新举办庆祝建厂50周年活动期间，唐君远先生虽已84

岁高龄，但仍兴致勃勃亲自前来祝贺，对协新充满深深的热爱和眷恋。2001年4月22日，在唐君远先生百岁诞辰纪念活动期间，唐翔千先生、唐英年先生和100多位唐氏亲属在无锡市政协、无锡市委统战部领导的陪同下，参观了协新生产车间和样品陈列室，对企业所取得的成就给予了高度评价。2010年11月25日，公司隆重举行创始人唐君远先生的铜像落成揭幕仪式，董事长杨剑华亲自为铜像揭幕并致辞，全体中层干部、生产经营管理人员及员工代表参加了揭幕仪式。2021年4月，公司又隆重举行了唐君远先生120周岁诞辰纪念活动。

如今，无锡协新公司已经87岁了，虽岁月更替，但砥砺创新再发展，做百年企业的雄心不变，产品品牌影响力依然强大。协新呢绒仍是毛纺业品质和品位的双重象征，作为长盛不衰的民族品牌产品，它始终为广大消费者所青睐。协新确立了"以人为本、做精做强、现金为王、效率优先、绿色环保"的经营理念，实施着以品牌为依托、内外并举的全球化经营战略，传承着"创业、报国，振兴民族大业；敬业、爱厂，发展毛纺事业"的协新企业精神，努力把"协新"打造成百年老厂，以深深告慰"协新"的创立者和我国民族工商业的先驱们！

在改革开放的春风里振翅高飞

——锡山乡贤晚会上演周学良逐梦中科院的故事

2021 年 6 月 20 日，正是父亲节。

当晚，锡山乡贤大会文艺晚会隆重拉开帷幕。其中，有一个叫《春天里》的小话剧，追忆了国家科技进步二等奖得主周学良逐梦中科院的故事，展现了锡山乡企人"四千四万"腾跃创业创新的矫健身姿和奋斗精神，深深地吸引了人们的视线。

由于剧情比较感人，讲述人又是在《亮剑》中扮演楚云飞的著名影视明星张光北，又由于剧情主要取材于笔者 2010 年拙作《异军先锋》，故有朋友建议笔者，将舞台场景的有关台词以及当年周学良追科技的真实故事，搜出来作一分享。

一、剧中情景再现：无锡乡音让科企结缘联姻

【时间、地点】

1986 年春天，中科院化工冶金研究所路边。

【场景】

周学良厂长坐在行李包上，啃着馒头，舞台旁走过来一个办事员，拿着搪

瓷杯，递给周学良，并一起蹲下。

"周厂长，我们都待在这里三天了，每天他们上班，我们比他们还早，他们下班，我们还要等到灯全灭。北方的春天怎么这么冷？"办事员抖了一下。

"你又不是不知道，再不想办法，我们厂子就要倒闭了。"

（为与专家学者顺利攀谈，周学良与办事员互学普通话……）

"办事，您哪。"周学良开始练习蹩脚的普通话。

讲述人："周学良厂长，您这发音不对，应该这么说，'办事儿'，'儿'发轻声。"

"我有个问题想问您，为什么非要盯着中科院？其他一些企业的技术员完全可以满足村工厂的要求，而且成功概率高。"

周学良："现在国家形势越来越好，竞争也越来越激烈。我有强烈的预感，以后要靠技术吃饭，谁的技术新，谁就能成功。我们锡山人，要做就要做最好的产品，要找就要找最厉害的专家，小打小闹没意思。"（周学良握起拳头）

讲述人："可是都三天了，你还打算继续等？要是没结果怎么办？"

周学良："我高中毕业后就回家务农，第二年父母就去世了，算是孤儿吧。厂子就是我的家，工人就是家人，累点不怕，我相信只要诚意够、毅力足，不怕打动不了专家。为了厂子以后的几十年，别说三天，自己哪怕等上一个月、两个月，等到夏天、秋天，说尽千言万语，也要为厂子找到活路。"（周狠狠咬了一口馒头）

（专家宋宝珍从舞台边走来，周看到后赶紧走上前去。）

周："专家、专家，你听我给你介绍介绍我们厂……"

办事员揶揄周："普通话，普通话。"

周："专家，您办事儿呢，吃了没，您哪？"

（宋宝珍点了下头，没说话，继续往前走。）

（周学良转过头盯了办事员一眼。）

周（方言）:"就晓得勿灵，馊主意！"

（宋宝珍停下脚步，回头。）

宋（无锡话）:"无锡人？"

（周学良一听来劲了，赶紧上前。）

周："对对，我是无锡东亭的。"

宋："那不远，我是西漳人。"（宋宝珍也来了兴致。）

周："真是皇天不负有心人啊，我叫周学良，是东亭北街涂料化工厂的厂长。我在这儿等了三天了，就想能得到专家的指点，帮我们厂子找个新产品，找个出路！"

（周学良有点着急，宋宝珍却沉思起来。周学良急得直搓手。）

宋："我确实有个正在研制的新产品，是一种复印机的磁性粉，科技含量很高，我怕……"

周："您不用担心，只要您愿意，再大的风险，我扛着；再大的投入，我担着。您再跟我说说，是什么粉？"

宋："好，我们一边走一边说。"

讲述人："周学良与宋宝珍从此结下了不解之缘。此后三年，周学良带领全厂员工，以村办企业开发产品为目标，先后投入了超百万元，实验了二百七十多次。宋宝珍也在节假日来厂里指导，成了'星期日工程师'。他们顶住风言风语，终于研制成功复印机专用磁性粉，填补了国内空白，获得了国家科技进步二等奖等众多奖项，打破了日本产品垄断市场的局面，被人们称为

'鸡窝里飞出了金凤凰'。"

二、原型人物自述："师傅领进门，修炼靠自身。"

回顾这段冲刺高科技的经历，周学良曾对笔者说："师傅领进门，修炼靠自身。科技结正果，不忘引路人。"在《异军先锋》书中有篇《攀亲中科院，三年修"正果"》的文章，作了如下记述：

无锡县梅村中学1966届高中毕业的周学良，在村里种了三年田，后到化工厂当操作工，1976年出任村表带厂厂长。1986年2月，东亭镇北街村党支部决定让他出任村涂料化工厂厂长，这是一家资不抵债、濒临倒闭的企业。从此，他开始了艰苦创业的跋涉之旅，并与高科技结下了不解之缘。

1986年春，周学良到北京出差，在中科院化工冶金研究所巧遇了宋宝珍。言谈之中，宋宝珍听出周学良口音近，便说自己是无锡西漳人，一个"老乡"就此拉近了两人的距离。宋宝珍说起正在研制一种用于复印机的磁性粉。这种磁性粉，是墨粉中的一种主要原材料，科技含量很高，当时市场上全部是"洋货"。她还说如果感兴趣的话，可以合作，先在中科院小试，再到厂里搞中试和产业化。

周学良如获至宝地答应下来，赶回家当即向村党支部汇报。当时不少人都认为，一个庄稼人玩啥高科技，搞不好那是要倾家荡产的。可周学良坚信，只要有信心和毅力，什么事都能办好。在他刚回家务农的第二年，父母就双亡，凭着坚强的毅力和吃苦耐劳，不是照样也挺过来了吗？周学良在职工大会上说："别人生活得美好，我们要比别人生活得更美好。天上不会掉下来，地上不会冒出来，只能靠自己干出来！相信有高层次科技人才的支持，我们一定能够改变面貌。"

此后，周学良多次北上，与中科院化工冶金研究所（后称中科院过程工程研究所）"联姻"，聘请宋宝珍和她的先生甘耀坤为技术顾问，把自己与中科院专家捆在同一辆战车上，同担风险，共享利益，着手利用原有酶制剂设备进行技术改造，共同研制 SF（MG-WB）四氧化三铁磁粉。当时国内没有此产品，国外只有日本生产，投资大，风险更大。拿着宋宝珍交给的小试成功的四氧化三铁磁粉样品瓶，周学良打开一看，就好似一瓶烟囱灰。要把它从实验室转到自己车间，把它的小样放大经中试、大试直至生产，真是谈何容易。

周学良和甘耀坤工程师一头扎进化学方程式和数据库、实验室，反复试验各种配方，由于受气候、水质的影响，100 次、200 次的试验失败了。"癞蛤蟆想吃天鹅肉，泥腿子想搞高科技"，顶着外界的各种风言风语，周学良始终没有气馁，他没日没夜地在实验室中摸索，宋宝珍也常利用节假日来锡指导，协同攻关。

经过 3 年、273 次试验，耗费 100 多万元研发投入，我国自行生产的第一代磁粉终于在北街村办企业问世，从此打破了日本产品的垄断，产品投放市场后使日本产品价格连续大幅下降。

1990 年，广东湛江佳能找上门来要求研制科技含量更高的 HCF 型高磁性粉。经过科企双方 3 年的精诚合作与艰辛探索，再次获得成功，一举奠定了国产复印机墨粉、彩粉与国外同类产品性价比抗衡的基石。经用户使用和两次省级鉴定，佳腾磁粉各项技术指标均达到国际先进水平，完全可以替代进口，并填补了国内空白。1990 年和 1992 年，产品先后荣获中科院科技进步二等奖、国家级新品和无锡县科技进步一等奖。1994 年，NOB-Ⅱ 静电复印机墨粉获得国家发明专利。1997 年，复印机用显影剂——磁粉、墨粉的成果研制与国

产化，再次获得国家发明专利，周学良成为原锡山市唯一荣获国家科技进步二等奖的得主，与宋宝珍联袂获得了国家科技重大奖项的殊荣。

三、历史永远铭记：老乡与"星工"的携手合作

改革开放以后，无锡县在中国乡镇企业史上留下浓墨重彩的一个创举，就是利用计划经济的缝隙，借脑袋生财，用老乡的真诚和政府的帮扶，大规模地从城市聘请"星期日工程师"，弥补了技术上的先天不足。与此同时，运用多种途径大力推进科企合作，实施科技添薪，加快科技进步和技术改造，助推了"异军突起"，促使无锡县乡镇企业领跑全国。

从城市聘请"星期日工程师"，始于20世纪70年代乡镇企业重新起步阶段。进入20世纪80年代，无锡的乡镇企业在十一届三中全会政策的激励下走向蓬勃发展；但大多数企业一缺技术、二缺设备、三缺市场门路，关键还是缺少懂技术会开发的技术人员。怎么办呢？无锡县委提出了千方百计借智办厂启用能人的思路，主要依靠两类人员来解决技术和管理问题：一是大力启用从城市下放或退休在本地的干部、技术工人，启用本地的能工巧匠和知识青年；二是发动企业通过各种关系从上海、南京、无锡、苏州乃至北京等城市的工厂、科研机构聘请工程师、技术顾问和师傅，帮助解决急迫难题。

这些在职人员到乡企来帮助工作，属于"八小时工作制"以外的业余兼职，往往是星期六悄悄下来，星期日突击干活，星期一又出现在原单位上班，成为乡镇企业低成本攻克技术难关的一支"别动队"。这支队伍随着在苏南乃至全国影响力的增大，逐渐引起了人们的关注。他们也在半遮半掩中从幕后走向前台，"星期日工程师"的称谓由此而生。

　　当时，在无锡县乡镇企业中经常能看到"星期日工程师"的身影，按每个乡镇 30 人至 50 人计，全县 35 个乡镇超过了 1000 人。他们不但来之能战，战之能胜；而且不占企业编制，所付报酬一般不高，企业支付的成本较低。科技人员业余兼职，冲破了计划经济的束缚，缓解了科研、生产"两张皮"的矛盾，促进了乡镇企业的科技进步。

　　周学良北上攀亲中科院，村办厂与宋宝珍夫妇亲密合作，成功研发出高科技产品，周学良与宋宝珍联袂获得国家科技进步二等奖的证书被中国乡镇企业博物馆所收藏，这是老乡与"星工"携手登高的一个缩影。

　　时至今日，佳腾公司已成为国内最大的磁粉生产基地。现已由周维伟执掌的佳腾公司，继承发扬其已故父亲周学良不懈追求高科技的精神。他不但仍与宋宝珍夫妇保持密切联系，而且与中科院高层次紧密合作，创建了"院士工作站"，合力攻克行业顶端技术，先后研发了高导热荧光防伪墨粉、政府专用红头文件金光红墨粉、高导热复合树脂、高矫顽力磁粉等新产品，荣获中国石油和化工工业协会科技技术一等奖、中华全国工商业联合会科技进步二等奖，企业创新发展之路越走越远。

　　在本文结束前，请允许笔者用讲述人张光北先生的点评作一总结："这就是我们的'四千四万'精神最好的印证——踏尽'千山万水'、吃尽'千辛万苦'、说尽'千言万语'、历尽'千难万险'。从一把铁锤、一盆炉火、一台机床开始，从小打小闹小生产的'创世纪'状态出发，异军突起的乡镇企业唤醒了全国 90 万个村庄，'苏南模式，改变了中国经济的版图，中国农村的历史也从此被改写。"

孙虹艳
SUNHONGYAN

锡山区作协会员，文史爱好者。毕业于江南大学中文系，供职于东港镇政府。

★ ★ ★

陈瘦石，从无锡走出的《共产党宣言》翻译者

一本书，影响了一群人。正是这一群人，改变了中国的命运。

五四运动之后，一些先进的知识分子陆续把《共产党宣言》翻译过来，从无锡走出的陈瘦石是新中国成立前的六名《共产党宣言》（后文简称《宣言》）翻译者之一。

陈瘦石原名陈望绅，字逸君，精通英语、俄语、法语。1908 年 2 月，陈瘦石出生于无锡市锡山区东港镇山联村南陈巷。陈父是声望颇高的私塾先生，但在陈瘦石二岁那年就去世了，全家靠母亲织布、养蚕和祖传五亩薄田维持生计。到了上学的年龄，在舅舅的极力劝说下，陈瘦石与弟弟陈瘦竹（中国现代

文学学科的奠基人与创建者之一、现代戏剧开拓者）先后进入顾山锦带小学读书，后又就读于江苏省立第三师范（现为无锡师范）。毕业后不久，陈瘦石又进入国立中央大学（现南京大学）英国语言文学系深造。1933 年，陈瘦石在南京国民政府资源委员会任秘书。

20 世纪 20 年代的省三师名师荟萃，以文史著称，钱基博、钱穆、沈颖若等都在学校授课。同时，新文化运动也影响到了年轻的陈瘦石。他文笔极佳，大师们的熏陶，加之对现实的思考和对劳动人民的同情使他迸发出了创作激情。陈瘦石以家乡生活为题材发表了一系列反映当时农村生活的小说，结集出版为小说集《秋收》。写作之余，沉闷的现实让他不得不考虑农村的出路在哪里？中国的出路又在哪里？这时候，英语为他打开了一扇窗户。他把国外先进的社会学、经济学、自然科学等著作译介过来，希望以此启发国人。1936 年 12 月，陈瘦石、陈瘦竹兄弟合译出版了罗素的著作《自由与组织》，书中包含了大量马克思主义核心思想，可以说为翻译《宣言》做好了知识储备。译文清丽流畅，无懈笔曲解。

社会要发展，经济是绕不开的课题。20 世纪 40 年代初，陈瘦石译介了美国人洛克斯和霍德的社会经济学著作《比较经济制度》，由商务印书馆在 1943 年 9 月、1945 年 4 月分别出版了上、下卷，在下卷的第 277 ~ 305 页的附录部分刊登了《宣言》译文。

陈瘦石译本以 1888 年版的《宣言》英文版为底本，是新中国成立以前的六个《宣言》译本中唯一一个由非共产党人翻译、在国统区发行的译本。它当时以"经济学思想文献"之名通过审查，在以下几个方面独具特色。

一是有独一无二的背景介绍。陈瘦石的译本《宣言》阐释了成书的时代背景以及"共产"一词的内涵。它属于选译，有利于让初次接触的读者更好地了解。

二是翻译的目的性最弱。陈瘦石的译本《宣言》遵循了《比较经济制度》既定的文本，为理解《比较经济制度》中的概念、术语以及理论背景而服务，语体风格也似乎更接近原著本身。由于更少地受到译者自身政治诉求的影响，该译本翻译质量上乘，似乎更准确、顺畅地传达了《宣言》的本意，在客观上丰富了《宣言》的传播与解读。

三是语言通俗易懂。由于有较好的文学功底，陈瘦石的译本《宣言》中许多对语句的理解和翻译都非常接近当今译本，表述更为流畅，甚至出现了"打成一片"这样的大众化表述，凸显了《宣言》的感召力。

由于陈瘦石的译本《宣言》在国统区发行，它是所有译本中版本最少的一个。现存的两个版本一个在重庆图书馆，为手工竹纸，封底印有"重庆市图书杂志审查处，审查证世图字第 3400 号"；另一个在中国国家图书馆，为 64 开竖排平装袖珍翻印本，封面中央是书名《共产党宣言》，左上部有红星，红星下边是中国共产党党徽，右部是"陈瘦石译"字样，没有出版单位和时间，较为粗糙。

1949 年后，陈瘦石先后在上海、北京中国银行总行国外局任职。工作之余，他还翻译了《房龙世界地理》《怎样学习》和苏联小说《迦尔洵》等。1976 年 3 月，陈瘦石病逝，享年 68 岁。

陈瘦石的一生从小说家到翻译家，始终在孜孜不倦地探寻。他把国外诸多领域的先进研究成果介绍到中国，传播文明，促进思想交流。陈瘦石译介的《宣言》虽没有直接宣传马克思主义，但是在客观上推动了《宣言》的传播，回应了当时中国社会的历史诉求。译本问世之际正是中国共产党逐步登上政治舞台之时，在一定程度上提高了《宣言》在国统区的认知度，也间接扩大了中国共产党的政治影响力。

孙铮明
SUNZHENGMING

中学语文高级教师，文史爱好者，现任职于省锡中匡村实验学校。

— ★ ★ ★ —

与甘露相逢

从小就知道无锡有一个地名叫"甘露"，且往往与相邻的"荡口"连在一起，名曰"金甘露，银荡口"。近年来，"荡口古镇"备受青睐，我也几次前往观光；"甘露"却因默默无闻，我不曾踏足与之相逢。前几天，有幸与一帮文友，走进"甘露古镇"采风，一睹它的真容。

据考证，甘露的历史距今已有三千多年了。西晋周处《风土记》载："泰伯未至此时，一夕有甘露降其地，乃置市。"可见，三千多年前，泰伯奔吴时，这里就有甘露了。

走进甘露，呈现在眼前的是：弯曲的河道，精巧的小桥，傍河而筑的老宅

民居，还有铺着石板路的幽深小巷……根植千年的江南水乡历史文化和民俗风情，处处彰显。

始建于唐乾符三年（876）的甘露寺，融合了佛教与道教，是甘露的文化地标。如今甘露寺已经异地重建，在老街寺弄最深处的旧址上，只剩下两棵苍老的古银杏，无言诉说着千年兴衰。但现在仍然有来自四面八方的许多香客来此烧香祈福，斑驳的院墙上烟熏的痕迹以及街角堆积的层层香灰，似乎见证了绵延不绝的千年香火，见证了人们对这个"八湖福地"的美好祝愿。

寺弄口有一座基本保存完好的老宅，名为"增善堂"，三开间，三进深。这座老宅的奇特之处是临街的有一段扇形的防雨屋檐，这种样式在古建筑中极少出现，但也为老宅始建于元代提供了依据，因为在元代无锡大画家倪云林的画作里面发现了相同的式样，由此，我们也有幸看到了老街最古老的建筑留存。

江南小镇，大多依河而建，"甘露"也不例外，流经老街的小河有个月牙形的弯曲，取名"月溪"。曾经的"月溪"，船来船往，两岸尽是枕河人家，桨声灯影，商铺林立。出了寺弄，我们便沿着"月溪"，寻找老街的历史印记：北边毗邻学校的翰林桥，寄托了人们读书求功名的愿望；北横头薛家商号的薛泰丰酱园遗址，见证了甘露酱油的往事。1915 年，薛泰丰冰油荣获巴拿马万国博览会金奖，从此有了"世界酱油在中国，中国酱油在甘露"的说法；而临河的华氏堆栈，则记录了近代锡东地区以华氏家族为代表的工商业文化……一个个旧址遗迹，就是一个个甘露的历史文脉符号，让我们驻足停留，细细探究品咂，感到韵味无穷。

看完古镇的历史建筑，我们又在小巷深处的"湖畔书院"，与一群怀着对这片土地拳拳之情的小镇人相逢。书院主人雲也，以书院为平台，吸引众多乡土文化爱好者，聚在这里说古今、论未来、讲故事、交流文史，并创建"印象甘露"微信公众号，发布关于甘露的文字、影像。几年后，一本透露着厚重历史感和浓浓文化气息的文集《印象甘露》出现在人们面前。书院里满墙的书画作品里，有一幅"甘露青鱼"的鱼拓画，格外引人注目。正当大家赞叹作品精美绝伦和寓意祥瑞之时，它的创作者、鱼拓艺术的传承人孙伟国先生隆重登场，向大家介绍了他二十余年研修鱼拓制作技艺、传扬鱼文化的经历。如今，他已经有了自己的鱼拓艺术馆。

在书院，主人还介绍我们认识了悉心钻研楹联文化的陈正生先生，以及热心传播地方文化的邹氏兄妹……在古镇小巷深处，总是不乏能人异士，正是他们，代代传承了八湖福地金甘露厚重的历史文化。

相逢总是短暂的，夕阳西下的时候，我们与甘露别离。我们一起祝愿已并入鹅湖镇的甘露与荡口，金与银同生共长，更加难舍难离。

太湖梅子

TAIHUMEIZI

原名顾晓红，无锡锡山人。江苏省作家协会会员、无锡市网络作协理事、锡山区作协副主席。作品散见各主流网络平台，及《太湖》《济南日报》《华人新加坡》《国家地理》等刊物，著有散文集《人间味》。人间有味是清欢，爱尘世间细微之美，且行且摄，我手写我心。

— ★ ★ ★ —

春天从一杯太湖翠竹开始

在许多无锡人的心目中，斗山的春天从一杯翠绿清香、滋味鲜醇的太湖翠竹开始。品一杯太湖翠竹，仿佛推开了春天的大门，满身心的春滋味；轻轻喝一口，春茶特有的清香扑鼻而来，仿佛春风吻上人的脸；一杯饮罢，只觉得自己饮下了整个春天！

一百种生活，便有一百种美好。一个人最好的生活状态是什么？答案是：

口袋中有点钱，手中有书，杯中有茶。品尝甘醇味道，享受天然滋养，乃人生乐事之一。

我爱喝茶，父母亦皆是爱茶之人，受家庭影响，我从会吃饭起便吃茶到如今了。品尝过普洱的浓郁、红茶的醇厚，姹紫嫣红饮遍，我独爱那一杯碧绿生青、清香扑鼻的太湖翠竹。一个人喜欢哪种茶，喜欢哪本书，就像喜欢一个人似的，也许可以列出千万个理由，也许根本不需要理由。这当中，有因缘的深浅，喜好的差别，却没有本质的高下之别。

人间四月天，春在枝头已十分，春光里慢慢品尝斗山的太湖翠竹茶，是一件惬意的事情。

友人祖祖辈辈在斗山种茶，这位忠厚的小伙每年都会送来刚采摘、炒制的明前太湖翠竹让我品尝，茶是缘，亦是情。

洁净双手，打开太湖翠竹淡绿的茶盒，剪开包装纸，倾数十叶青嫩欲滴的茶叶于掌心，仿佛捧着春天的消息。最本真的滋味只需用最简单的器皿来体味。泡太湖翠竹宜用透明的玻璃杯，轻轻地将这汪绿意倾入杯里，缓缓注入80摄氏度左右纯净水，端着杯子迎窗欣赏，只见嫩绿的茶叶在水中缓缓伸展，形如竹叶，亭亭玉立，似群山竹林在微风中起舞，看那一片片形似扁竹的茶叶如精灵一般在水中纷飞舞蹈。太湖翠竹，仅仅是这婀娜动人的形态就醉了！

江南名茶"太湖翠竹"产于无锡斗山。斗山位于无锡北郊，是一个形似北斗的小山。山不在高，有茶则名。其实江南的山都不高。有民谣唱道："惠山高来锡山低，斗山弯弯十里地。七岭八坡千古是，斗山十殿正朝西。"斗山弯弯十里长，山美水美茶果香，这是无锡斗山真实的写照。这里是江南典型的山村，山下碧波荡漾的河面拥有近500亩（约33万平方米）清澈无污染的水面，成为生态自然保护区。事实上，早在300多年前，生态保护理念就在斗山形成。

清朝康熙、嘉庆年间分别在斗山立过《禁约碑》《放生池碑》《永禁碑》，以文字形式真实记录了斗山生态保护理念，那三块石碑也被誉为"中华生态第一碑"。

斗山一年四季皆有天然之美，而斗山的春天是最美的。明媚的阳光照在斗山漫山遍野的茶树上，经历了一整个冬天的严寒，茶树在春雨阳光的滋润下生出万千嫩芽，碧绿生青，嫩得欲滴。杨柳依依，菜花金黄，山野里常有城里人来踏青挖野菜，马兰、荠菜、小竹笋，再向山民买些土鸡蛋，炒一盘春天的小菜。

如果用一个词来表达斗山之春，那么非太湖翠竹莫属，它是一方水土中特有的春天亮点。

三月中旬，便是斗山采茶的季节，这里许多人家以种茶为主业，太湖翠竹俨然是锡北的一张亮丽名片。

茶贵春早，又因为太湖翠竹有欣赏茶叶在杯中舒展的讲究，太湖翠竹全部是由斗山村民手工采摘。

好茶更需要配好的炒制工艺——手工炒制太湖翠竹，要经过适时采摘、轻微萎凋、高温杀青、轻揉整形、烘干成形、挥炒提香六道工序，工艺十分复杂。"太湖翠竹"绿茶，冲泡后形似竹叶，色泽翠绿，汤色清亮，叶嫩齐匀。根根叶芽在杯底片片伸展，亭亭玉立，像是水中芭蕾，这也是太湖翠竹命名的由来之一。

一杯上好的太湖翠竹，需要由一捧嫩嫩的茶芽炒成，尤其是明前茶，经常受制于天气。天冷，芽头长不出，数斤鲜芽才能得到一斤干茶，可谓明前茶贵如金。明前茶，又被称为"早春茶树上的第一轮新茶"，江南地区的人们喜欢将茶树上最鲜嫩的味道融入自己的生活。

弱水三千，只取一瓢饮。只要你静心寻觅，定然可以寻到一盏只属于你的茶，任何时候与之相逢，都不会太晚。庆幸在太湖畔遇见太湖翠竹，遇见了今生最中意的茶。

女人如茶，拿起放下，女人的一生不就是手中的这杯太湖翠竹吗？

第一杯茶，清幽微苦，叶儿和水刚刚相逢，还没有完全绽放，娉婷婉约，淡淡的清香，宛如一位青春少女。

第二杯茶，甘香浓郁，色味渐入佳境，片片叶儿舒放起舞，丝丝绿意渗入水中，缕缕茶香沁人心脾，这时候的茶是最好的，如女人的中年，风姿绰约，美艳动人。

品第三杯、第四杯时，清淡清冽。再好的茶，过了此时此刻就失去了味道。茶叶是茶叶，水是水，淡淡的茶叶平静地躺在淡淡的水中，原来再浓的香、再美的形，最后都要归于平淡。这时候的茶似一位老妇人，千帆尽过，淡淡的只是用来解渴。犹如人生沧桑历尽之后，再回味少年时的热血沸腾，那股激情，仍有回甘。

可是又有什么要紧呢？

饮茶饮三道：第一道苦若生命，第二道甜似爱情，第三道淡若清风。

一杯太湖翠竹，如雨后洁净的清风，似薄暮明净的初雪。带着新绿，带着清香，带着你所想象的关于春天的诗情画意，成就了整个完美的春天。

来，与春天同步，共饮一杯太湖翠竹茶！

陆家水渠的秋

无锡斗山脚下有一个名叫陆家水渠的小村庄，有着"水美乡村"的称号。

初秋的清晨，我在陆家水渠慢慢走着。小村子四周是漫山的茶树，粉墙黛瓦的民居隐约可见。茶林旁边有一座小桥通向山的另一边，从这座小桥走过去，又是一片开阔的桃林，尚有嫣红的桃子挂在桃树上。桃林旁边是一条清澈的小河，有几只鸭子在河里戏水。

晨曦里已有村民在茶田间采茶，平素喝的太湖翠竹，就长在这片土地上，由这些勤劳的茶农采摘，烘炒成茶。与茶农聊天，得知陆家水渠有五十多户人家，大都姓陆，村民世代以种茶为生，民风淳朴。

村子里河道逶迤，有小桥，有凉亭。河水清清，岸边的石码头上有妇女在洗衣服。在一户人家的屋后看到一棵高大的木槿树，浓郁的枝叶间开出一朵朵嫣红的花儿。

站在树下痴痴地抬头看着这一树的花开在初秋的晨光里，想起儿时奶奶家屋前也种了一棵木槿树，采一把木槿树叶，揉搓、浸泡在水中，用来洗头，头发又润又爽，那是最本真的洗发水吧。

树的主人是一位花白头发的老婆婆，她告诉我这棵木槿是她的婆婆种下的，有一年遇雷击，枯了几年，谁知经年后枯焦处又长出这棵蓊郁的木槿来。

原来生命的奇迹处处皆有。有时候，你以为自己已经山穷水尽了，其实不然，生命的奇迹就等在下一秒发生。

我在这个小村子里，跟着一朵小花儿走，跟着一只小鸟儿走，跟着漫山茶的气息走，那种清新，幽静而迷人。

初秋最美的景色，在天空上。这醉人的蓝啊！蓝得像明净的绸缎铺满天空，朵朵白云如棉花，如绵羊，如远山，恣意地在天上飘呀飘。

初秋最美的风景，在田野里。远看，铺天盖地的绿：绿的树，绿的茶，绿的草，密密麻麻，层层叠叠。

初秋真正的秋味，在果园里。山脚下有大片的葡萄园，葡萄棚下硕果累累，挂满了一串串晶莹剔透的葡萄，紫色的、黄色的、玉色的；圆如玉珠，微风中散发着淡淡的果香。田间地头时时可见农民种的西瓜与香瓜，也有一点点大如手指状的小山芋。

走近田野，会看到玉米的头顶上还戴着一个黄色的小帽儿，腰里挂一个绿色的穗子，穗子上飘着一缕或红或黄的缨子。

就连那些无名的小草也开起了小小的花儿，细看，也结了小小的籽儿。毕竟，是秋天了，俗话说：过了立秋，寸草结籽。

走在田野里，风吹过，会闻到风里植物的味道。有一点点腥味，有一点点甜味。植物的腥味不同于动物，而是那种健康的腥味。

疲惫的身心如初秋长出的一片嫩叶，在蓝天白云下，在阳光和微风的抚慰下，慢慢地舒展开来。干涸焦躁的身体，让这宁静的风景一点点地滋润开来，心也一点点地柔软起来了。

想到了一些人和一些事。有些人，放心里，不说；有些事情，我明白，亦不说。我想努力做好自己，如这初秋的景色一样纯粹、简单、美好。

走过翠绿的茶田小径，无意回头看见茶树掩映间有一幢粉墙黛瓦的房子，墙上写着四个大字：江南画院。

门上贴了一副对联，细观品读，让人心生欢喜：天增岁月人增寿，春满乾坤福满楼。

画院的主人热情地迎我进门。

进门一看，心中暗惊，三开间的楼房内别无繁华装饰，只见墙上挂满了书画，山水、花鸟、写意、行书、隶书、草书……墨香盈润，而窗外就是青山茶园。

八仙桌上放着一盒盒茶叶，有太湖翠竹，亦有碧螺春与红茶。画院主人热情地泡了自家炒制的太湖翠竹。缓缓品尝，汤色清澈，茶叶扁似竹叶，色泽翠绿油润，滋味鲜爽甘醇，真是好山好水出好茶！

和主人聊天，发现原来这个小山村里也有书画世家。他的父亲是本地颇有名望的农民画家，他自己曾经做过生意，也有人生积累。因为自小喜欢书画，于是人到中年时回到这个村子，利用祖上的老屋，成立了江南画院，意在以画会友，以文会友，传承传统文化。

江南画院的环境得天独厚，周围青山绿水，空气清新。主雅客来勤，常有人来访买茶，亦有书画作品展览。这里可观景品茶，亦可泼墨习书，更有农家大锅饭菜可品尝，真是世外桃源。

陆家水渠在斗山脚下，附近有斗山禅寺，有绝美的斗山晨雾、五彩油菜花田、彩虹步道，每年的春天是斗山最美、最热闹的季节，陆家水渠也很热闹。旗袍队的美女们撑着油纸伞，袅袅婷婷地行走在碧绿生青的茶田间，宛如一条彩霞；无锡电视台的阿福、阿喜现场采访妙语连珠，仿佛一台喜剧在田间地头上演；更有身穿民族服装的少女如仙子一般轻歌曼舞；村民也与时俱进，头脑灵活的村民开通了网络直播，现炒现卖太湖翠竹，销量颇好，走上了勤劳致富的康庄大道……

坐在江南画院门前高大的桑树下，听着陆家水渠的故事，望着眼前醉人的秋景，品一杯太湖翠竹，心旷神怡！

此情此景令人想起《桃花源记》里面的世界："复行数十步，豁然开朗。土地平旷，屋舍俨然，有良田、美池、桑竹之属。阡陌交通，鸡犬相闻。其中往来种作，男女衣着，悉如外人。黄发垂髫，并怡然自乐。"

这难道不是人们心中的桃花源吗？

王晓娟
WANGXIAOJUAN

无锡市作家协会会员、惠山区作家协会理事、惠山区第五届人大代表。

— ✦✦✦ —

一碗汆鱼汤　一座温柔乡

人的一生中，会遇到很多种味道，有一抹味道却是独一无二的，无论你身处何地，这抹味道，总能将你疲惫的心带回心灵深处，找到久违的感动和温暖。这抹味道，也许已布满岁月的尘埃，却似乎到处都散落着自己的记忆。

三月下旬，与一群文友来到素有"金甘露"之称的今属鹅湖镇的甘露，甘露地处鹅湖之滨，望虞河畔，与常熟、苏州接壤。说来惭愧，本是土生土长的无锡人，也已近半百的年纪，却还是第一次踏上甘露这方热土。紧随文友们的步伐，沿着古老的月溪河，去探寻这座江南小镇的点点滴滴。

沿寺弄窄窄的街道向东走到了一座名叫北市桥的老桥，没想到昔日繁华的街道桥梁，现在变成了居民晒衣服、晾被子之地，除了还居住在沿河两边的居民，似乎已经很少有外来人员光顾了！走寺弄，穿小巷，寺弄也好，小巷也罢，基本都依傍在月溪河畔，家家户户傍水栖居，房虽老旧，于我却是心生欢喜的。

快到中午了，枕河人家的主妇们已在为一家人的味蕾忙碌着。惊奇的是，不少人家就在屋后或屋后阳台底下随意架着一台煤气灶或电磁锅之类，主妇们在炉上锅中煎、炸、炒、炖，烹制着各种家常美食。

主妇们一边熟练地摆弄锅铲，一边探出头与隔壁的邻家主妇聊几句，见我们一群人走过，还不忘挥着锅铲热情地与我们打招呼。阵阵袭来的香味以及主妇们甜甜糯糯的声音，终于使我忍不住停下了脚步，连忙凑过去瞧瞧主妇们都在烹制哪些美食。

瞧，这家主妇的一锅籴鱼汤已沸滚了，只见这位主妇快步走到离阳台不足三米的河边，河边种着各种花卉，还有几盆香葱，主妇快速地摘下一小把香葱，三步并作两步已返回灶台边，将香葱在水龙头下冲洗了几下，在一旁的案板上将排列整齐的一把香葱切成细细的葱末，抓起一把，迅速地撒到沸腾的锅中，顿时浓香四溢。

这味道好熟悉，一时竟想不起是什么味道。眼看文友们的脚步已渐远，无奈吞咽下快至嘴边的口水，快速向前追赶文友们的脚步去了。

中午，雲也老师与好客的锡山文友盛情款待我们。席间，各色菜肴一道接一道，皆色香味俱全，从盛器到摆盘，从色泽到口味，从食材到搭配，每

一道都可圈可点。席末上了一碗汆鱼汤，喝一口鱼汤，淡淡的，却很润口、鲜香，丝毫不腻、不腥，尝一口有种说不出的味道……这样的感觉，是不是很熟悉？连忙叫桌友也尝尝，桌友笑言：这是青鱼汤的本味！

我非常喜欢这一道汆鱼汤，不知不觉喝了一大碗；再吃一块青鱼肉，肉质紧实白嫩，鲜美又浓郁，一点儿都不觉寡淡，鱼皮弹润鲜嫩，倏地一下滑入喉咙，满满的胶原蛋白啊。桌友在一旁看着美滋滋的我，说："这碗鱼汤看来很温柔，你似乎吃得很满足。"好一句"温柔"，顿时拨动了我的心弦，没错，这就是"一道温柔的汆鱼汤"！我以一碗原汁原味的温柔甘露汆鱼汤作为收尾，那叫一个心满意足。

虽说江南的鱼种类很多，知堂先生有句话："生长在江南的人说起鱼来，大概总觉得是一种爱好。"是啊，江南人吃鱼，一个季节一种滋味。春天的鱼好似齐刷刷冒头的春笋，品的是鲜；夏天的鱼喜欢跟人捉迷藏，不好捉，吃的是活；秋天吃鱼谓之"贴秋膘"，食客多嗜其肥；到了冬天，乡人犹爱晒咸鱼干以备年节。

说起来烹制鱼的方法其实也是五花八门，但我从小到大念念不忘的就是一碗汆鱼汤，尤其是用青鱼块烹制的汆鱼汤。青鱼菜肴并不是什么时令菜，也不属勾人心魄的山珍海味一类，于我却是说来寻常，吃来亲切。这一碗甘露新丰园的汆鱼汤和我家乡陆区的汆鱼汤宛若姊妹汤——一个味道啊，一口下去就觉相识，我已经好久没有品尝到此味了。

在我的家乡，每到冬季或乡宴，一碗汆鱼汤至今也还是保留菜品，但在其他乡镇我还真没品尝到，没承想会在第一次踏上的金甘露之地饱了口福，被誉为"八湖福地金甘露，东南一方玉青鱼"的甘露青鱼果真名不虚传。

都说一方水土养一方人，一个地方的饮食习惯世代流传下来，就形成了悠久的历史，而味蕾也就固定下来。甘露的那碗氽鱼汤，依然在脑海中浮现，还有那座金甘露的温柔之乡……

王育君
WANGYUJUN

无锡人，男，1939 年 9 月生，退休教师，喜爱文学创作，已结集出版作品集《烟柳斜阳集》和《金枫夕照集》。

— ★ ★ ★ —

牢记初心向未来

盛世万象春意发，一城双奥绽新葩。

才庆建党百周年，又迎盛会"二十大"。

回望烽火立国路，嘉兴游船浪淘沙。

遵义红楼拨航向，延安窑洞亮灯花。

长征万里缚苍龙，开国大典迎朝霞。

改革开放涌激流，河山锦绣绘新画。

一穷二白面貌改，全面小康幸福家。

三山五岳唱颂歌，华夏昌盛现代化。

航母深蓝巡南海，战鹰碧空瞰西沙。

"天问"探测落火星，北斗组网接天涯。

嫦娥奔月翩跹舞，空间站里乾坤大。

冬奥续写黄河水，折柳寄情长城下。

二十八年勇奋进[1]，七十五载织华夏[2]。

各族人民心连心，万众齐呼党伟大。

普天同庆迎盛会，携手共建大中华。

牢记初心向未来，扬帆奋楫再出发！

---

[1] 1921 年中国共产党成立至 1949 年中华人民共和国成立，计 28 年。
[2] 1949 年开国大典至 2024 年，中国共产党执政 75 年。

吴云仙
WUYUNXIAN

中国散文学会、江苏省企业作家协会、无锡市文艺评论家协会、无锡市作家协会、区摄影家协会会员。作品曾发表在《无锡日报》《江南晚报》《青春》《莫愁》《太湖》等刊物上。

— ★★★ —

镜头里的玫瑰园

作为一名文学和摄影爱好者，整理文字和照片是两大功课，空暇时经常会将过往的文字和照片进行梳理，由此回望和忆念逝去的美好岁月。

整理照片时，无意中发现保存有鹅湖玫瑰园多年来的影像，而每一帧画面，都勾起我不同的回忆，同时也见证了玫瑰园的岁月变迁。

记得第一次去玫瑰园，我充满一种未知的好奇与期待。那是四月的天气，春雨绵绵，刚入园门，便闻花香阵阵，忍不住做了几次深呼吸，湿润的空气中带着甜味，我闭眼把香气吸了个饱，才静下心来赏花拍摄。

玫瑰大道的藤本蔷薇不依不饶地攀着高枝，粉粉嫩嫩的花朵犹如十八岁少女，在枝头摇曳生姿。风儿吹过，花瓣飘零，恰似花仙子曼妙起舞，此时浪漫情愫油然而生。

当时我十分惊讶于锡山区竟然有这么一个美好的去处，它一面临着一个不大不小的青荡湖泊，清风徐来，水波不兴，园子的范围可不小，虽然初建，却已能见得前景，园子的主人显见是有眼光、有情怀的。当我接触到园主程亚娟女士后，更是为她的创业精神和对家乡父老的深情所感染与折服。

程女士营造这个玫瑰园是有故事的，起初她只是为患病的父亲营建。曾为园艺专家的父亲突然中风病倒，一时嗅觉失灵，唯对花香有着细微的感觉。程女士孝心触发灵感，决定倾尽积蓄加贷款，租下湖畔的荒滩，建造一个以玫瑰为主花卉的园子，让患病的父亲能够享受来自大自然的芬芳。这是她的孝心初衷，后来她觉得造园不仅为孝顺父亲的一己之利，更应该让家乡的父老乡亲都享受到大自然的芬芳。为此，她把目标和规划不断拓展，年复一年地积累着、美化着，而我年年应邀前往拍摄和采写，如同见证花儿的播种培植一样，看着这个园子"萌芽、拔节成长、孕育花蕾、花朵盛开"，终于成为锡山新农村建设中的一朵奇葩。

在每次采访、拍摄的过程中，我的摄影镜头有幸领略了这个园子的变迁发展。这个园子种植的花草树木的品种不断扩展和更新：来自江南的草本、木本花卉品种越来越多；来自本国天南地北的花卉也琳琅满目。更有甚者，来自世界各地的花卉也处处点缀：有以形态颜色见长的；有以芳香沁人占优的；有攀藤爬壁成为美丽花墙的；还有成片种植成为绚烂花海的。无论你漫步到园子的任何地方，都能眼见花影摇曳，都能鼻闻花香浮动。园子种植的花卉中，玫瑰

和蔷薇都是花之雅者，它们释放出来的芳香是幽香、文香，因此整个园子也显得幽雅宜人，完全适合老年群体休闲度假。

如今，程女士和她的继任者建造、经营这个玫瑰园，不仅是为老年人服务，他们也把目光投向为全社会的朋友服务。园子面湖曲折的湖岸一线修筑了亲水长廊和平台，连接着一座座轩敞的亭榭，可以散步、品茗、垂钓，还可以在湖面上竞渡龙舟——事实上，这里已经举办了多届垂钓比赛和龙舟竞赛，吸引着国内外游客纷至沓来。除此，还有浪漫婚典、篝火晚会、灯光秀及各式各样的主题活动，吸引了社会各阶层、各年龄段的游客前来休闲度假。这里的餐饮也具有特色，菜式兼具城市和乡村的风格，美味实惠，深受上海和周边城乡游客的喜爱，预订菜肴和住宿者近悦远来。还有自制的鲜花饼及青荡的青鱼也是玫瑰园的特产，每当青荡青鱼捕捞之日，一派鱼跃人欢的景象令人振奋，体现了玫瑰园活泼灵动、活力无垠。

我和几位摄影界的朋友是玫瑰园的常客，常常应邀来玫瑰园摄影与采访，我有时还担任推介玫瑰园的嘉宾而出镜，每次来玫瑰园总能感受到新的变化。其实玫瑰园的发展变化只是锡山区变化的一个缩影，有"无锡东大门"之誉的锡山区各方面的发展可谓日新月异、可圈可点。科技创新在这希望的大地上捷报频传，名特优产品在这里层出不穷，生态环境改善体现在一个个生态公园和休闲游览地的涌现上。一年四季行走在锡山区，到处都能体验到青山绿水、鸟语花香的舒心快意。我还有幸担任"吴姐带你游锡山"的"使者"，拍摄了一段视频，努力让观者有身临其境的感受。其实做这样的视频，我本身最能深刻体会到锡山的变化发展。从鹅湖玫瑰园起，我深深地为锡山的点滴变化而欣喜，感念做一个锡山人真好，真幸福。

徐歆
XUXIN

无锡人，南京师范大学法律硕士，江苏省作家协会会员，作品发表于《雨花》《太湖》《检察日报》等刊物。

— ★ ★ ★ —

草根创业者的三段往事

初见华若中，是在作协组织的采风活动中。记得那次，作协主席带着我们一行十几人来到了位于无锡市锡山区的兴达泡塑有限公司，在这里，我第一次见到华若中。

朴实，是我对他的第一印象。若不是主席介绍，我根本无法相信面前这位衣着简单、说话毫无架子、与共和国同龄的长者，竟是位董事长，他所创办的泡塑企业在全国甚至世界都排名前列，被称为"泡塑大王"。

可我实在是好奇，那些企业家不该是电视中那种出门豪车、装扮奢华的样

子吗？怎么连个接待室都是如此简单、低调。而坐在我们这群人中间，他更是显得无比普通，仿佛就是相识已久的邻家爷爷，和蔼可亲，毫无距离感。我终于耐不住性子问起了他那些人生的过往，他微笑着想了想，给我讲了三个故事。

1992 年的一个冬日

这是他说起的第一个日子。回忆起这一天，他的脸上洋溢起兴奋的神采。

"回想起来，那一幕仿佛就在眼前呢。"他说。

那天，连日的冬雪给江南铺上了厚厚的一层白絮。想着第二天要早起，他一晚上都没睡着，一大早就赶到了厂里，而厂里的其他人竟也不约而同地早来了。大家把道路上的积雪扫到了路边，又把红红的鞭炮挂了出来，大红色的鞭炮在大雪过后的门墙上显得格外鲜艳夺目。等定好的时间一到，大家就点起了鞭炮，在一阵祥和喜庆的鞭炮声中，一块"无锡县兴达泡塑材料厂"的牌子在简陋的厂门柱上挂了出来。

"就这样开工啦！"他跟我说，"其实心里也有过担心，毕竟还欠着银行的二十万贷款哟。"

那时，刚建厂，条件很差，他只带着七八个工人。食堂是临时搭的工棚，有时候饭都不够吃，一锅饭只能做成两锅泡饭，他竟然和工人们一起吃了几个月的泡饭。

"没关系，有吃的就行了，华厂长，我们相信您，您一定能带领我们创业致富。"工人们一边吃着泡饭一边打气。大家都是干劲十足，一点没有觉得苦，觉得累。而工厂的发展也正如大家所愿，产品一推出便广受好评，客户甚至在门外排起了队。那一年，他带领工厂生产产品一千余吨，盈利将近百万元，在乡镇企业中创造了当年建厂、当年生产、当年获利的奇迹。第二年，工厂产能扩大到八千吨，并成为东亭第一家产值超亿元的企业。

"初中毕业后，正遇上特殊时期，我就只得回家务农了，那时候人多地少，一年干下来填饱肚子都够呛。为了解决贫困的状况，县领导就冒着被打成走资本主义道路的风险发展了社办厂。"回忆起那些岁月，华若中依然对那时县领导的这个大胆的决定充满了钦佩。

正是这个决定，华若中被镇里招进社办厂务工。他凭着农民吃苦耐劳的精神，努力地学习和磨炼技能，十年间，从工人成长为独当一面的技术骨干，从科员做到了厂长。在努力拼搏下，他成功地将连年亏损的机械厂扭亏为盈，在当时的无锡县一度传为美谈。

"那时候，知道自己要去厂里干活了，我兴奋了很久呢。要知道，在田里干活盈利很少，家里能有一个人干工人的话，不说富裕，全家都不用挨饿了啊。"华若中说着，他的眼里闪烁着光芒。

而他显然没有止步于此。在一次出差途中，邻座的乘客下车时将杂志留在了座位上。华若中随手打开来看，里面一篇《赤膊家电等衣穿》的文章吸引了他的眼球。文章说，目前由于国内缺乏泡塑包装材料，很多家电只能赤膊在仓库里等待发货。回来后，他做了一番市场调研，发现市场上对EPS材料的需求极大，而由于国内生产极少，大量的泡塑材料只能依赖进口，不仅进价高，还远远不能满足国内需求。华若中想，为什么我们的工厂不能生产EPS呢？

"就在那一刻，我跟自己说，扬民族志气，自己生产EPS替代进口，满足家电包装。"听着华若中的话，我仿佛透过岁月看到那时的他，站在办公室的窗前，在心底暗下决心。那一刻的窗外，一阵阵温暖的春风从南方徐徐吹来。

三顾茅庐的日子

接着，他回忆起办厂的经过，给我讲起了他三顾茅庐的故事。

要办厂，就得有技术，只能按照传统的方式去国有企业请工程师周末过来指导。但在当时，全国仅有三家大型国企生产 EPS，那里的工程师并不相信一个无锡的乡办厂也能自主生产泡塑粒子。

那些大公司基本都在上海、南京和北京这些大城市，那时交通并不十分发达，别说卧铺票了，坐票都很难买，大部分时候只能买到站票，或者是上车补票。若是去上海，那也得半天；要是北京，那就得好几个晚上。实在熬不住了，华若中就只能找个地方窝一下，甚至是钻座位底下。为了请到工程师，华若中只得一家家公司找。

跑了一圈下来，他惊喜地发现上海塑料厂用的钣金冷却设备正是自己社办厂里安装的。他通过这层关系，联系上了塑料厂的工程师李师傅，但他刚说完自己的来意，就被李师傅一口回绝了。李师傅只觉得好笑，几个工人，没有像样的设备，也没有技术，竟然想生产泡塑产品，这简直是天方夜谭。要知道，他们的设备可都是高价进口的，技术也是派人出国深造学来的。还没等华若中说完，就把他请了出去。

"你怎么又来了，不是跟你说了，不要来找我了吗？什么无锡，我是不会去的。"工程师李师傅说。这是他第二次回绝华若中。这一次，华若中再来的时候，直接就被拒之门外了。然而，当李师傅下班的时候，在门口还是遇到了一直等在那里的华若中。

"李师傅，请听我说完，我有信心。现在市场对泡塑材料的需求很大，目前除了几家大型国有企业，其他的泡塑产品只能依靠进口，价格又高，又不能满足市场的需求，大部分的家电产品因为缺乏泡塑包装，只能放在仓库里等待发货。这样不但不能促进家电产品的销售，还会影响到百姓的生活啊。我做过调研，这块市场是很大的。而且我是工人出身，我能学会技术，你们大公司能做的，我们也一样能生产！"华若中坚定地对李师傅说。

李师傅听完这些话，开始对华若中另眼相看，但是想到无锡县那么偏僻的地方，他又摇了摇头，把华若中甩在了后面。

第二天上班，李师傅意外地在厂门口又遇到了等在那里的华若中，这回华若中什么话也没说，只是礼貌地对着李师傅打了个招呼。但李师傅的心里开始对面前这个工人模样的壮汉渐渐有了好感。到这天下班，不出意外地，他老远就看见了那个熟悉的身影。这次，不等华若中开口，李师傅就答应了华若中的请求。

就是这样一次次的坚持，华若中请来了一个个工程师，利用周末和休息日前来厂里做技术指导。在他们的指导下，兴达泡塑厂生产的产品，几十年来一直质量优良，产品畅销全国 30 个省、市、区的 3000 多家用户，国内市场占有率超过 33%，屡次在业内获奖。兴达工厂生产出的 EPS 更是被应用到国家重大项目的路基垫层和沪宁高速拓宽工程及南水北调、河床防水垫层等大项目。

"一个企业的发展，关键就是要靠人才。"华若中跟我说，他最重视人才的培养。后来，他对公司的人事制度进行改革，从高级管理人员中选拔出优秀青年进入董事会，大大提高了职工的干劲。2011 年，他被评为"全国关爱员工优秀民营企业家"。

与中央领导握手的日子

讲完了前两个故事，华若中又开始微笑起来，带我从会议室走到他的办公室里。

他的办公室很简单，只有一张办公桌和一张沙发。办公桌的右手边是窗户，后面是一个书架，放满了各色书：有企业管理经营方面的，有 EPS 等专业技术方面的，有世界时事新闻方面的，还有些名家散文书。

"别看我长得像个粗人，我也是很爱好文学的，怎么样，我的藏书还行吧？"华若中微笑着问我。

我不住地点头，想起自己之前一直误以为生意人会抽着烟、端着酒杯去各色会所，就觉得很不好意思。

"丫头，等你出了诗集，第一个就要给我哟。"华若中恳切地说着。

我心里一热，转头看见左手边的墙上挂着很多照片：有发表演讲、上台领奖的照片，有在灵山大佛公园的合影，还有陪同时任无锡市委书记黄莉新视察工厂的照片。

"这张照片，这是中央领导吧？您是去北京了吗？"我指着其中一张照片问。

"是啊，那是中央领导来无锡的时候。那又是一段难忘的往事啊。"华若中说。

"每次当我看到这张合影，我都会心潮澎湃，感受到温暖和力量，让我更加坚定实业报国的志向。"华若中看着照片，陷入沉思。

在那次座谈会上，中央领导鼓励大家要拓宽思路，做大格局，走出国门。中央领导还说，企业家要勇于承担社会责任，造福百姓。也是在那次座谈会后，华若中逐渐将目光放在了周边，不断拓宽布局。两年后，大庆锡达石油化工有限公司奠基开工。兴达公司从太湖之畔，逐步走向常州，走向西部、东北、东部和南海，书写了走向内陆、海洋的新传奇。兴达公司的生产基地遍布全国，产量、产能也形成了行业龙头，企业的基本实力基本夯实。多年来，兴达公司始终名列中国制造业企业、中国民营企业 500 强；中国化工企业 100 强；中国建材企业 20 强。2016 年，兴达公司启动上市程序，在新三板挂牌上市，并着手向主板上市转变。

华若中的心底一直记着中央领导的话，要做一名实业报国、有担当的企业家。多年来，他担任省、市人大代表，履职中，提交了关于政府对土地集约化管理，及对民营企业发展的融资渠道、政策扶持平等，尤其对外来务工人员子女上学保障等多项建议，都得到了政府及有关部门的重视。

这时，同行的一位女作家看我们这边聊得热切，便也走过来，跟我说："我跟华董都在微信群'老照片俱乐部'里面，某天，群里发了个募捐信息，说锡山区查桥有个白血病小女孩急需医疗费做手术，当时大家都是几块、几十块的捐助，只有华董默默地和另一位企业家联手解决了医药费，使女孩及时得到了救助。"

"那时我们都觉得华董慷慨助人，并且帮了人还不喜欢到处说，总是默默地做。我也是听别人偶然间提起，2008 年，华董在报纸上看到一则关于鞍山小女孩被狼狗撕咬了半张脸的新闻，因为没有钱，小女孩只做了简单的包扎就回家了。华董看到后，立即打电话派鞍山分公司的业务经理送去 1 万元给孩子治疗，并告诉孩子父母若医疗费不够，后续会再送去，因此这个小女孩得到了及时且良好的治疗。你看，这张照片就是华董被评为'中华慈善突出贡献人物'上台领奖时拍的。"女作家指着墙上的另一张照片说。

"我小时候家里很穷，上学的时候常常吃不饱饭，到放学时饿得都头昏眼花了，那时，我就跟自己说，以后一定要记着帮助别人，做对社会有用的人。你看我身上的衣服，都是很普通的衬衣，还可以穿很多年，我不喜欢用名牌，衣服能穿就行了啊。"面对我再一次露出的惊诧的表情，华若中淡淡地说，"我喜欢做一些事，但不想被人知道，也不愿提，尤其是那些荣誉。"

事实上，早在2007年，一向节俭的华若中就出资200万元设立了无锡首家特殊教育基金，年年给一家智障学校捐款；2008年，他向锡山区慈善基金会认捐2000万元，设立"兴达爱心基金"；同时给无锡市慈善基金会认捐1000万元，为慈善伟业做贡献。在常州分公司所在地同样向当地慈善基金认捐，促进当地慈善事业发展。在四川汶川、青海玉树等地发生重大地震灾害时，他更是及时伸出援手，积极捐款。

而就在2019年7月，华若中被评为"建国70年·最受尊敬的苏商实业家"。此刻站在我面前笑容亲切、衣饰朴素的邻家长者，他用自己的行动，向世人传述了"敢为人先、坚韧刚毅、崇德厚生、实业报国"的内涵。

那一天的采风，我收获颇多，不只是因为结识了一位朴实、心系祖国的实业家，更是为他身上那种艰苦奋斗、引领企业发展、报效当地百姓的锡商精神所感动。

离开的时候，我看见兴达公司大院里的紫薇花开得正盛。粉紫色的小花朵簇拥着，枝干缠绕盘旋，想来，已经生长多年了。

一本书，邂逅一座城

有人说，城市的灵魂藏在书店之中。

锡山，这座百年工商名城，太湖滩畔的明珠，是中国民族工业和乡镇工业的摇篮，是苏南模式的发源地。她不仅因"华夏第一县""鱼米之乡"而著名，更是一座有着深厚文化底蕴的城市。

千百年来，锡山的文脉传承生生不息。从"元代四大家"之一的倪瓒，到黄土塘老街的"两弹一星"元勋姚桐斌；从荡口古镇的华氏义庄，到东港镇山联村的文化广场，一代代锡山人，埋首书卷，用着生花妙笔，将赤子之心深情传颂。

开展全民阅读，有助于加快推进"创新、兴业、宜居、乐活"的优选理想的建设，全面落实"美好锡山"文体旅游创优实施方案，进一步提升锡山城市文化品味格调，展现文化个性魅力，提高文化软实力。

文化锡山，墨韵流动，书香绵延。

（一）闹市中心的"桃花源"

周日下午的荟聚中心，人来人往，熙熙攘攘。

荟聚购物中心坐落于云林街道，毗邻宜家家居，是一座集时尚购物、休闲美食、娱乐聚会、文化教育于一体的现代化综合购物中心。

穿梭于人流中，两旁的餐厅顾客盈门，家家都弥漫着烟火气息。

不经意间路过四楼的那个转角，就此停下，像是被粘住了脚步，像是从喧

哗人世倏尔来到世外桃源。

这便是锡山区图书馆的分馆，位于荟聚四楼 POD 体验空间。分馆内，靠墙的书架上分门别类地堆放了十几排书，门旁边是一排布艺椅子，配着绿色的小桌子，可供大家看书、休息。

随手拿起一本聂鲁达的诗集，泡一杯自助的咖啡，感受升腾而起的香味，夹杂着扉页的墨香，在空气里弥漫。

"我喜欢你是寂静的，仿佛你消失了一样。"

读你时，我是寂静的，仿佛世界消失，仿佛时间静止。

（二）夜幕下的守候

另一家书房位于东港怀仁社区，也是锡山区首家真正意义上的 24 小时自助图书馆。

面积约 300 平方米，可同时容纳 100 余人在馆内阅读。书房内藏书量达 1.8 万余本，各类报纸期刊达 100 余种。

按照功能划分区域，设有党政宣传区、成人阅览区、亲子阅览区、报纸期刊阅览区、小型研讨交流区、视听阅览区等空间，并设有空调、影音、照明、阅读桌椅、自助饮水等设备。

夜幕降临下的东港镇，沉寂的马路上偶尔驶过一辆车。路边，有一盏灯亮着，像在引领匆匆而过的旅人，更像在守候晚归的你我。

推开门，录一段自己的朗读，看黑夜在窗外静静流淌。头顶的灯光打出一圈圈温暖的黄晕，城市的喧嚣被阻隔，疲惫的心飘飘荡荡，在这一刻被按住。书中自有黄金屋，书中自有千钟粟，书中自有一派山水天地。

24 小时图书馆，不论多晚，总在这里守候。

（三）奏一曲"归去来"

你从海上来，携带着满身的尘埃。

人世有太多的纷扰，太多的牵挂。

不如归去，觅一处田园，依山而居，从此远离凡俗。

心归之处，自在书房。

这里是一家融入了民间元素的城市书房——"归房书屋"。

"归房书店"坐落在东港镇港南村朱青庄园，取名为"归房"，有归来、回归的含义，与"闺房"同音，又寓意女孩子的专属空间。这里藏书3800多册，涵盖国内外各类书籍，有主人私人收藏的珍贵影集、诗集，有生活家们喜欢的励志生活类图书，还有大量孩子们喜欢的故事绘本，可满足各个年龄段不同需求的阅读人群。

早春的锡山，细雨如酥，飞花漫天。

朱青庄园内游客纷至，每天来这里阅读、喝茶、游玩、聚餐、聊天、休闲的人络绎不绝，这座2020年5月刚刚建成的"归房书店"没多久就成为东港镇的网红书店。

"希望我们的读书品牌如蒲公英般飘落在我们区的各个地方，落地生根。蒲公英悦享空间是一个集多元化、智慧化、特色化的城市书房，让我们的群众忍不住走进来捧起书，静静地阅读，品一品书香。"

城市书房，让市民与阅读零距离。

城市书房，在烟花三月的江南，邂逅墨韵书香的锡山。

许谷秀
XUGUXIU

1938 年生，1956年在省农林厅工作，1976 年任职无锡县农业局副局长。获农业科技成果奖64 项、社会哲学成果奖17项，1993年获无锡市腾飞奖。出版10本农业科技书、5 本农业社会科学书。无锡市社会学会理事、作协会员。享受国务院特殊津贴。

— ★ ★ ★ —

沐浴党恩

我人生有三次经历，都有幸在党组织的亲切指引下，获得了有益于社会的成果。

第一次经历是青年时期。1956 年 3 月，我在苏州农校毕业提前分配，到江苏省农林厅报到后，立即去里下河地区的兴化县"籼改粳"工作组，蹲点俗称"锅低洼"的鹅荡村。

里下河是淮河下游的碟形盆地。在 2000 万亩耕地中，有 500 多万亩是"一年一熟，风中点烛"的易涝沤田。历史上种植早籼，要在立秋前抢收避灾。稻收后灌水保沤，反复耕耖。电影《柳堡的故事》中的风车，就是灌水沤田的主要农具。沤田的生产力低下，农民生活艰苦。

1951 年，毛主席发出"一定要把淮河修好"的号召。国家和苏北人民在当时经费、物资极度匮乏的情况下，历尽艰辛，兴修水利。北开苏北灌溉总渠，东建入海通道和沿海挡潮闸，西浚京杭大运河，南挖新通扬运河，建江都水利枢纽工程。水患根治，为沤田改造创造了条件。中央农林部和省政府决定打好沤田"籼改粳"的翻身仗。"籼改粳"，就是要把低产的早籼稻改种为高产的粳稻，把一年一熟的沤田改为稻麦（或油菜）两熟制。

一项耕作制度的改革，必然遭到传统思想和技术的各种阻力。年长的老农双手直摇，说："籼改粳，必讨饭！"年轻的农民怀疑我："这个 18 岁的苏南蛮子能教我们在沤田长粳稻？"我遵照工作组临时党支部的要求，与农民同吃同住同劳动。住在"进门要低头、出门先弯腰"的土坯茅屋，晚上串村进户做思想工作，白天和农民一样赤脚下田，跟着农民到沤田去拉犁。沤田泥深、水深，前面三人背纤，后面一人扶犁，都要把裤管捋到大腿，裤子和上半身衣服都是湿漉漉的。与村民相处一阵后，渐渐感情融合了。村民们对我的看法产生真正的转变，是我做出有垄有沟的合格秧田，解决了当地淤种、烂芽、"癫痫秧"的难题，村民亲昵地叫我许技术员了。

经过半年多与村民共命运的辛劳，鹅荡村三百多亩的粳稻样板田里，终于呈现了"稻花香里说丰年"的景象。扬州专员公署召集兴化、高邮、宝应等沤田区的干群代表，前来召开了现场观摩会。

收获粳稻那几天，村民和我都喜极而泣，大家把刚上场脱粒的粳稻，迫不及待地碾米尝鲜。当尝到香糯可口的粳米饭和润滑爽喉的糯米粥时，许多人簇

拥到我屋里。我笑着说："吃粳米饭只是第一步，继续努力在稻茬上种麦栽油菜，明年芒种可吃油煎麦饼哪！"大伙听了乐不可支，欢笑的声浪差点掀翻茅屋。

在参加"籼改粳"的经历中，我深切感受到了党在人民心中伟大的感召力。

第二次经历是在中年期。20世纪70年代，我调到无锡县工作。当时正值乡镇企业"异军突起"，随后而至的农村家庭联产承包改革使农业、农村欣欣向荣。但是，由于当时联产承包只侧重"分"，而忽视了"统分结合"，在大好形势下，也出现了一些一家一户办不了的新问题。如选留种子杂乱差、布局变乱难机耕、渠道失修渗漏多、病虫防治用错药等。当时，我是县农业局分管生产的副局长，县领导要我尽快探索深化农村改革的举措。在进村入户的调研中，我欣喜地发现了一个改革创新的典型——后宅乡（今新吴区鸿山街道）建安桥村。这个村在实行联产承包后，坚持统分结合、双层经营、农业增产、农民增收。于是在县、乡政府的支持下，我组合农业局力量，尽力扶持这个村完善服务设施，并帮助在全乡推广。1984年，后宅乡率先建立农业服务公司，村村建起农业综合服务站，基本上实现了"机耕连片搞、开沟不用锹、喷药不背包、运输不肩挑"，腾出大批劳力支援了乡镇企业，适应了农村劳动力向二三产业快速转移的态势，受到众多从"农兼工"转为"工兼农"的农民欢迎。

这些改革，引起了省委、省政府的重视。1985年，我为后宅乡撰写《发展生产专业化、农业服务社会化》的报告，在全省农业会议上做主题发言；1986年，在全省农业服务工作大会上，后宅乡又以《强化农业服务体系，促进三业协调发展》为题，第一个做经验介绍。后来在省、市委的促进下，无锡县于1986年率先于全国普建了村农业综合服务站。

县委、县政府因势利导，在各乡镇开展了创建乡镇明星农技站和标准化村农业服务站活动，并在省标准局指导下，首次制定了《江苏省地方标准村农业综合服务站标准》，使之发展更规范，由此引发了全国各地 2 万多农村干部前来观摩的热潮。1990 年，上海科教电影制片厂邀我为科学顾问，在后宅乡拍摄了首部反映农业社会化服务的《农村改革启示录》，在全国公映，反响很大。在此期间，我在报刊上发表了 20 多篇发展社会化服务的调查报告和论文，并应省农林厅要求，编著了首册《乡村农业服务体系建设与管理》教科书，于1991 年春在江苏科技出版社出版。

1991 年 10 月，国务院下发了《关于加强农业社会化服务体系建设的通知》。学习《通知》的当天，领导和农友点赞我不懈地参与了农村改革，要我发言。我说："我仅是做了些探索。作为一名基层党员，在农爱农、在党为党，是应尽的本分。我也从中深受教育，感悟了广大农民对党的向心力和凝聚力。"

第三次经历是退休后参加社团工作。2003 年，我在锡山区农业局退休后，组织上叫我到新筹建的区扶贫开发协会工作。当时党中央发出扶贫帮困、振兴乡村的号召，我和同事都感到为难——一个社会团体能在扶贫上有啥作为呢？协会领导坚定地说："紧靠党的领导探新路。"随后组织大家学习习近平总书记的论著《摆脱贫困》，反复诵读书中 29 篇字字珠玑的农村调研，领悟"弱鸟先飞""滴水穿石""四下基层"等新理念和方法。在学习领悟后，大家迈开双腿，下乡求索。

2005 年，我们终于在"灯火阑珊处"找到了突破口。锡北镇光明村曾是出了名的穷村，当年有"囡嫁外村男光棍，光明村里不光明"的顺口溜。改革开放后，村里一批泥腿子率先创办企业致富，但没有忘记还有苦难的兄弟们，他们希望村党支部帮助共建扶贫开发基金会。于是我们就帮这个村拟订了《村扶贫开发基金会章程》，村里的民营企业很快捐了 10 万元扶贫基金。当年首批扶持的 7 个贫困户有 28 人，扶贫前人均收入仅 3000 多元，村扶贫基金会

与扶持户签订了勤劳致富合同。3 年后的 2008 年，其中 6 户总收入 45 万元，人均 1.8 万元。另一个贫困户，有五金加工的手艺，但无厂房，无资金。在村扶贫开发基金会扶持下，他生产摩托车配件，畅销各地，年利润逐年增长到百万元。他从贫困户蝶变"老板"后，主动捐助村里扶贫开发基金，并挂钩帮助多个贫困户，再为 20 个农民交纳了医疗保险费。

一花引来百花开。光明村的成功实践，促使锡山区各镇扶贫协会接二连三地培植了一批"看得见，摸得着"的新典型。2007 年，安镇有 4 个村各筹集了 10 万多元扶贫基金。2008 年，胶南村一个姚姓家庭突遭车祸，户主夫妻双亡，他家有个领养的女儿，刚拿到华东政法大学的录取通知书，村上人担心这个苦命的姑娘将辍学。后来村扶贫基金会资助她上了大学，又牵线一位企业主对她助学帮扶。邻居惊喜"姚家有盼头了"。

村筹村用的扶贫开发基金会，解决了基层"手中没有一把米"的难题，可以"小事不出村，大事不出镇"地用"自来水"扶贫。这个新生事物，受到了市委、区委的重视。2009 年，区政府召开了《锡山区发展村级扶贫开发基金工作会议》，至 2010 年，全区 100 多个村社区普建了扶贫基金会。经过逐年发展，基金总额超 4000 万元，先后帮扶 4000 多个农户脱贫致富。

锡山区扶贫开发协会探索村扶贫基金的实践，获得了 2010 年区委颁发的"新锡山创新工作奖"、2013 年无锡市政府的"决策咨询奖"；2014 年还被江苏省扶贫开发协会授予"先进单位"奖牌。

2015 年，党中央做出了务必在 2020 年前打赢脱贫攻坚战的决定。在这一场气势恢宏的脱贫攻坚战中，锡山区由于抢早夯实了扶贫根基，攻坚战打得漂亮、圆满。其中社会团体也参与添砖加瓦，是颇为自豪的事。我和协会的同事深切感悟到，党的号召的伟力，植根于人民。所以党指向哪里，哪里就所向披靡，攻无不克。

我人生的青年、中年、老年都沐浴党恩。在这几十年中，伟大的祖国书写了一部站起来、富起来、强起来的史书，书中的主旋律就是"党为人民，民心向党"。正缘于此，当我每次读到习近平总书记"江山就是人民，人民就是江山；打江山、守江山，守的是人民的心"的精辟论述时，内心就激动不已。如今，让我们一起满怀信心，不忘初心，牢记使命，永跟党走。

许嘉模
XUJIAMO

男，1950 年 9 月出生。中共党员，锡山区机关退休干部。"老三届"初中毕业后从共青团工作做起，逐步走上基层领导干部岗位。工作之余热爱文学创作，散文等刊载在《无锡日报》《江南晚报》等报纸、杂志上。现为无锡市作家协会会员。

★ ★ ★

石桥的记忆

在惠山古镇的山塘河上，有好几座石桥。那是用一定年代的花岗石修缮翻建而成的。徜徉在古风扑面、绿树成荫的河岸上，欣赏这些石桥的各式形态，勾起我对故乡的深深思念。

江南水乡，河网密布，当然少不了桥。我的故乡，在无锡新区的硕放街道，现在是空港产业园区。那里有现代气派的苏南硕放机场，已经完全被城市化了。可家乡的桥，我还记得不少，家乡的村名、地名，也多以桥来命名：安桥、王家桥、小章家桥、汤庄桥、河泗桥、旺家桥、殷家桥、唐庄桥……

古镇的河道呈丁字形，当我走到丁字形中间的转弯处，一座花岗石平板桥出现在我面前。我被桥洞两边花岗石柱子上的文字吸引住了，那是一副楹联，石刻阳文，欧体书法："梁成十月此桥联梅里让乡，国难当头何处是桃源乐土"。

我心里一怔，多么熟悉的文字。我急忙走向桥埃的另一面寻觅，应该还有同一座桥的另一副楹联！我自信地想着。几步走过桥埃，果真，另一面刻着这样的文字："南通沈渎北达香泾，西出张塘东连梅港"。

这不是我故乡石桥上的文字吗？我的血地——无锡人称自己的出生地叫血地——是硕放乡的红力村河泗桥生产队。我的童年和青年时代都是在这片土地上度过的。河泗桥向南步行十几分钟，有一个大村庄，一条河流由西向东从村庄中间流过，河岸两边散落着三四个村落，上百户人家基本上连在一起成一大村庄。村庄中间有一座石桥，取名小章家桥，村庄也由此得名。村庄东北面有一所民国时期创办的学校，是我在 20 世纪 50 年代末、60 年代初读了六年小学的母校。六年的小学生活，使我对这座桥有了更深的了解。这两副桥头楹联，正是小章家桥的历史遗存。

"南通沈渎北达香泾，西出张塘东连梅港"这十六个字，写出了小章家桥这条河的生命价值。小章家桥地处无锡南门外乡下的一块腹地，属于硕放乡行政区划，与新安乡、梅村乡都相邻。这条河由西向南约三千米，可以通到京杭大运河的沈渎浜口；由东往北也是约三千米，可以到达梅村乡境内的香泾浜口，那里就接通吴泰伯开凿的伯渎运河了；一直往西约二千米，连着新安乡的张塘桥，那里也可通达大运河进到无锡城；一直往东也是约三千米，就可进入梅村镇上的伯渎运河了。在舟楫作为主要交通工具的年代，小章家桥这条河可是我们家乡的生命河、母亲河。我在这条河里学会游泳，那清澈见底的河水，喝上两口都觉得是甘甜的。我在这条河里罱过河泥，说不定会跳上几条鲢鳙，拿回

家开一次荤腥，那味道至今难以忘怀。我从这条河里跳上五吨水泥船，撑篙摇橹出发，去大上海的吴泾化工厂装回氨水浇灌集体的农田……

小章家桥，在我的记忆中是一座雄伟的建筑，特别是在那条河里游弋的时候，仰头扫视，巍峨挺拔；阳光下，呈灰白色的花岗石桥身闪闪发光。那是一座三节平板石桥，每节由三块五六十厘米宽的石板并排铺成，桥面平整。靠近桥堍的两节稍短，形成两个二三米宽的桥孔；中间的桥板稍长，形成三四米宽的主桥孔。耸立河流中的四根方形石柱，扛着两根横梁形成两个龙门架，桥板搁置在上边，那两副楹联就在四根桥柱子上。

听老一辈讲，小章家桥原来是一座小木桥，走上去吱吱呀呀的，下雨落雪时很难行走。桥南头有个桥弄，里头开着店铺，是两岸人相聚交流的地方。二十世纪三十年代初，地方上的贤达之人发起募集资金，建造石桥。时值抗战艰难阶段，北边京沪铁路沿线日本侵略军经常出没，就有许多人逃到小章家桥一带来落脚避难。桥弄里店铺前谈论最多的，就是日本鬼子在无锡地区奸淫烧杀的斑斑劣迹。人们义愤填膺，磨拳擦掌，恨不能冲杀前去，抗敌驱倭。拳拳之心，最后落在了建桥工程的石刻之中。有人请地方上的读书达人拟写了这两副楹联，把乡间百姓的抗日情怀、爱国之心，永远地铭刻在这里——"国难当头何处是桃源乐土？"名不见经传的小章家桥，包孕着中华民族的赤子之心。

沧海桑田，时过境迁，小章家桥的三孔石桥连同那条河流已不复存在。现在镶嵌在惠山古镇这座平板石桥上的四根石柱子，构成的是单孔石桥，已经没有了原来小章家桥三孔石桥的雄壮威武。更遗憾的是，桥板上的桥名，也变成了"王家桥"，历史的记忆在此产生了张冠李戴。不管怎样，我们还能庆幸的是，先辈留给我们的文字回忆，总算找到了一个良好的归宿——惠山古镇已成为国家历史文化保护区，将得到永久的保护。

许炎
XUYAN

男，1974 年生于无锡。原系小学体育教师，曾经从教 15 年。现为律师，已执业 15 年。热爱写作，擅长散文，不求辞藻华丽，以真情实感打动读者。信奉：文学即人学，写作即生活，吃喝拉撒皆文章。现为无锡市作家协会会员。

— ★ ★ ★ —

大美锡东小镇

小镇在锡城的东端，离开"城里"很远，却吸引了许许多多"城里"人络绎不绝地前往。

小镇不小，足有 54 平方千米之多。这不奇怪，她原本就是由两位"姐妹"合并而来。唤她一声"小"镇，唯以抒发对她的喜爱。说到两位"姐妹"，无不历史悠久，其中"姐姐"名叫甘露，古名"月溪"，至今已有 3000 多年历史，有着"八湖福地""金甘露"的美名；"妹妹"名叫荡口，古名"丁村"，晋代就有了"银荡口"的雅号。金银融汇，铸就了小镇无比清奇的骨骼。

　　小镇，没有其他古镇泛滥的商业化，更没有世俗的喧嚣。这里不仅有美景，更有美食。你可以漫步小桥流水，鉴赏亭台轩榭。渴了，可以咬一大口这里的特产水果——金水梨，可让你顿时两颊生津，无比快美。饿了，你可以走进随处一家饭馆，热情的老板娘会为你端上一碗热气腾腾的走油肉，这是不折不扣的荡口特产。夹上一块纳入嘴中，浓郁香甜催生出的满足感油然而生。更有大名鼎鼎的甘露青鱼，那才是特产中的王牌。每年一月初，遵循时令的渔家总会邀我参加他们的开捕仪式，随之少不了的，总是无一例外的那一餐无比丰盛的农家饭。质朴的餐桌之上，除了主角青鱼，还少不了自家腌制的咸肉、家养的母鸡，还有无比新鲜的草鸡蛋，那如旭日般的蛋黄，令我这个食客垂涎欲滴。食欲大开的我，在如老饕般狂饮大嚼之际，只觉浸润唇齿间的，除了鲜甜与浓香，还有一抹丰腴。这是餐桌上的味道，也是小镇的味道。

　　小镇人文荟萃，有建于唐乾符元年（874）的甘露禅院和建于宋宣和三年（1121）的江南古刹甘露寺、蔡鸿生洋房等众多历史遗迹。当然，最吸引"城里"人的，还是有着"小苏州"之称的荡口古镇，这是完全能够与苏州、丽江那些知名古镇相媲美的国家 4A 级文化景点。另外，还有令无数花前月下之人心驰神往的伊甸园——玫瑰文化园。

　　小镇自古才子云集：有与徐寿合作设计建造中国第一艘蒸汽轮船"黄鹄号"的大科学家华蘅芳；有《歌唱祖国》的词曲作者、人民音乐家、作曲家王莘；有我国现代著名历史学家、教育家、国学大师钱穆；还有大漫画家华君武。无论从哪个角度、哪个层面，他们都是中国的脊梁。

　　小镇是个"义"字当头的地方。这里没有水泊梁山里的打打杀杀，没有所谓英雄好汉之间的尔虞我诈，却有的是上述各色人等难以企及的义薄云天。小镇的过往兴盛，离不开世代耕读、英才辈出的华氏家族。而闻名江南的华氏义庄，更是见证华氏家族"尚德乐善、忠孝友悌、惠济乡里"的不朽丰碑。在这里，救"四穷"、"讲忠义"、"重孝悌"、为官廉政……无不世代相传。所行善举当真不可胜数，义田、义仓、义学、义冢……在今天，华氏义庄虽已退出了历史舞台，可其背后彰显的中华道德文化之精髓永世不会动摇和变色。

小镇名叫鹅湖，无论是叫哪个名字，她都是我心中的锡东明珠。鹅湖大美，大美鹅湖。来小镇吧，她会给你一切美的感受！

杨文隽
YANGWENJUN

笔名凌俊，江苏无锡人。在全国各类文学杂志及报纸发表小说、散文 200 余万字，作品获雨花、太湖等多种文学奖，被收入多种选集。已出版散文集《生活这杯酒》《满载一街星辉》《自然的召唤》和小说集《如泣的行板》等。

★ ★ ★

探访甘露老街

甘露何地矣？

换在二十年前，或者更早年间，锡东地区的老百姓十有八九会讲"金甘露、银荡口"的口头禅。

而邻乡的小姑娘，譬如十岁的我，对"金"字会感到一点点震撼。金代表财富，曾经的旧甘露，一定是个富庶之地，不然，不会挂个"金"字招牌。那么，谁见过那个真正的金甘露呢？

　　我问新中国成立前在甘露米行做过伙计的姑公，他告诉我，甘露周边八湖环抱，水网密布，船运发达，又位于邻县交界处，商业繁盛；甘露庙会名动江南，热闹非凡；甘露有香烛店、茶馆店、酒肆、戏馆、渔行、米行、青货行、柴行、酱园、竹行、油车行、药材店；还有铜匠、铁匠、茅匠、秤匠，各色人等。姑公一口气说了好多吃喝玩乐的行当，有的流传到了现在，有的闻所未闻。

　　未见过世面的小人，每次沿锡甘路（现在叫泰伯大道）坐车或步行，从梅村到了目的地鸿声，总不忘抬眼向东延伸。向东去是银荡口，再向东去是金甘露，小脑袋瓜里铺出一条金光大道——金甘露？特别神秘。许多老宅子里，许多金银财宝的传说；许多老巷子里，许多说不出名字的古树……

　　那一年，家父调任甘露中学当校长。甘露成了父亲的工作之地，我这个做女儿的心里多了一份亲近感，茶余饭后大约是要谈谈甘露的。父亲总结得很文绉绉：甘露就像没落大户人家的闺女——在闺房的某个角落里，黯然地给剩在那里，寡淡清欢，慢慢皮皱了，老了，给人忘了。

　　他引申到甘露人身上，保留了不少遗风余习。譬如讲民间一直把"二老爷"看得很高贵，爱着，敬着。"二老爷"是隋朝的大司徒陈杲仁，曾多次到过甘露的"小庄"暂住。"二老爷"现在住在烈帝殿里，烈帝殿建在甘露寺内，老百姓每月初一、十五要来给他进香，每年正月十五有灯会，四月十五有庙会，前后轿班八抬八绰"二老爷"出会，万目瞻仰，群心敬仰，比过年还热闹，还重视。为了方便"二老爷"换衣服，每过一个年份，"二老爷"要换一身袍帽，不知哪个能工巧匠，发明了"木园堂"——用木构件搭建的小房子。后来沿袭到办宴席开桌面，"木园堂"成为一种餐饮产业。

　　还有，甘露人过"四时八节"，"时"到了，该吃什么；"节"到了，该做什么，都有一套规矩。重要的事件，比如结婚，都在天黑之后摆正宴喝喜

酒——这和我们那里"带太阳"的风俗完全不一样。其实，这是古风，跟"木园堂"一脉相承。

多少年过去，父亲早已退休，甘露划给锡山区，又与荡口合并成为鹅湖镇，地理上、空间上、感情上越发地疏隔了。那天，我在郜峰处看到一本《印象甘露》，细细读了，勾起我一种特殊的情结、一份特别的牵挂，很想来一次全方位深情的实地踏访。很快，收到《印象甘露》主编雲也先生的邀请，在三月的春风里，我和惠山区一帮文友真切地踏上甘露的街口。

流淌了千年的月溪还在均匀呼吸，仿佛还能听到从古镇深处传来的"怦怦"心跳声。我情不自禁地放慢了脚步，一厢情愿地想着与小河同呼吸，与古镇的心跳共振动。这正是寻幽怀古、徜徉历史的佳境所在，宁静致远，这才是真正的"梦里水乡"。

江南古镇其实都长得差不多，其布局与建筑风格近乎一致，只是规模大小略异而已。现在能欣赏与不能欣赏就仅仅在清静与喧嚣之间了，能想到西塘乌镇就能想到甘露的古镇风貌，唯这里有的是籍籍无名的破落元素，所以心境与感受就大不同了。

有时真的就是这样，那些名镇名街让我们趋之若鹜，而真正融入半假古董的景区，融入嘈杂当中，心境就变得极差，只想早点摆脱，全无了游兴。有人说旅游是休闲观光，最初的旅游是以观光为主，但现在旅游的主流已经移向休闲了，更深层次一些不妨说是人文关怀，这是一种趋势。

新与旧，未来与过去，是每座小镇都难解决的矛盾题。我们当然是来欣赏旧的，我们当然是只走老镇区的。

宅深深，巷悠悠。甘露的弄堂，全以河而起。河边的老街上，走几步必遇一弄，竟然纵横着这么多弄堂，还藏着不少的老屋。老屋有的住人，有的不住人。旧去了，蛛网密布、杂草丛生，甚至倾斜塌落。

那高墙深院里斑驳的苔藓和瓦楞草，那雕栏画栋上糟烂的木纹和色彩，青砖地面黑黑幽幽，几代人走过的脚印重重叠叠，大大小小，风物已比不得昨日。上下八方，那一副架子犹存，与富贵有着深刻的血缘关系。且不管这些房屋究竟由谁建、姓谁，有一点可以肯定，每一间房屋，都是一条生活的长河，让一代又一代甘露人生生不息。

不由得走进一条弄堂、一间老屋，数起了那一根根庭柱、一扇扇门、一个个窗。闭上眼：看得到弄堂里打弹子的童年，门口小竹椅上聊天的邻居；听得到母亲探出门口，喊着自家儿子小名快点回家吃饭，还能从窗口听到小两口在房间打情骂俏的声音；闻得到隔壁大婶正往邻居家碗里送的红烧肉香味。

经寺弄，遇北市桥，右转，沿月溪河边，从北横头到南横头，过去是条"十里长街""烟雨长廊"。后来，一些房屋成了供销社、茧行、粮站，等等。这是一个个曾经深深印刻在我童年记忆里的名称，能够在这里相见，使我对甘露拥有了一份踏实、安全与感激。这些老房子都大门紧闭，我们只好踮着脚尖望望，凭空想象一下里面的情致。

假山里弄9号，算是保存较为完好的，过去叫冯辉堂，建于清末民初，曾是新四军司令谭震林与地方武装杨筱南谈判的地方。五开间，两层楼，左右厢房，砖木结构，中间一院落。陈正生年轻时曾住这里，现在他把一楼租给了别人。老陈指着楼上的井字格窗格，问我们："认识那个明晃晃的东西吗？"我们摇头。他说，窗格镶嵌的是"明瓦"，"明瓦"是用蚌壳磨制而成，薄而透光。贝壳嵌窗棂，夜半月朦胧，一点点学会欣赏它们的美丽，努力把这份美丽保留下来、传承下去，也可以表达我们对创造出这一美好事物的先辈的敬意。

从这头到那头，突然感觉，时光仿佛从没在这老街上流失过，逝去的只有

匆匆过客，从哪里来，又到哪里去。在滕家老宅的天井里站着，透过一扇老窗的花格，天地间一片花红柳绿。那样安静，那样清欢，那些花草树木质朴得烂漫。

任何时代都需要地方文化爱好者，庆幸的是甘露有雲也、陈正生、孙伟国等贤士，不遗余力地挖掘并保护家乡的文化遗存。贩夫走卒、三教九流，码头船只、商号铺面，飞檐翘角、粉墙黛瓦，古树名木、梵宫道院……他们在整理研究、呼吁宣传，一个充满人间烟火的甘露老街，在他们的笔下呼之欲出。而此刻，我们正穿过岁月的风尘缓缓向老街走去。

姚静芳
YAOJINGFANG

笔名精灵，女，1976 年出生，无锡人，现住锡山区东亭，江苏省作家协会会员、江南文化研究会会员、锡山区作家协会常务理事。曾从教十年，现为无锡市委统战部民族宗教工作处处长。读万卷书，行万里路，旨以善心与智慧增益社会。

★ ★ ★

让世界听到锡山设计的声音
——访超群国际创始人施晓峰

1985 年生人、公司年工程量价值上亿元、全国十大新锐设计师……当这些标签聚合在一个人头上时，怎么都会让人觉得光芒万丈。但是，当传说中的主人公施晓峰笑意盈盈地坐在我面前时，衣着朴素，举止恬淡，看起来就是一个普普通通的邻家小伙，完全没有想象中的光芒和棱角。和他深入交流，你能清晰地感觉到他从骨子里散发出的从容自信和蓬勃才思。在装修设计领域，施晓峰是年轻而资深的从业者，十多年的跋涉守望，从行业最底层的小工做起，

到现在成为锡山高端家装行业的翘楚和领军者，他一步一步把自己变成了"光源"，坚定又执着地攀越一个又一个事业高峰。

苦心孤诣，一朝华丽蝶变

施晓峰是江苏兴化人，16岁时，就独自来无锡锡山区打工。卖过两个月水果，后来无意进入装修工程领域，一开始，从油漆工做起，后来又学习了画图设计。2004年，还不满20岁的施晓峰就开办了自己的公司，起名为"超群"。当时，适逢家装市场迎来蓬勃发展期，施晓峰凭着敬业、负责积淀下的良好口碑，把公司经营得红红火火，并积累了人生的第一桶金。之后，买房、定居、买车，施晓峰的工作和生活进入稳步发展的轨道。

如果没有过多想法，按部就班地干下去，基本也能做到"吃穿不愁"了。但施晓峰天生是个"有想法"，并且"想法不断"的人。他花了半年多时间，潜心对整个装修行业进行全方位的调查研究，希冀能寻找到一套适合"超群"的商业模式。但是，他最终发现，没有一家的模式适合他，重走别人的路根本走不通。

经过半年多苦心孤诣的研究，施晓峰逐渐意识到，照搬别人的模式在现实世界走不通，"超群"必须依据自己的优劣势，找准定位，做和别人不一样、"差异化"的东西。经过严密的市场调研，他毅然决定将公司定位调整为专做别墅、大宅。之后，他陆续投入100多万元，启动和装修界知名品牌"北京鸣仁别墅装饰"的战略合作，学习并吸纳对方的管理、营销体系精华，结合自身实情进行消化、改造，重构了公司的商业模式，从公司架构、股权设置、管理体系，再到设计、施工、材料供应等各环节，逐步建立起一套适合"超群"的"生态链"。

之后短短 5 年间，"超群"从一家名不见经传的小公司一跃成为别墅、大宅装修领域的领军企业，相继获得"江苏市场零投诉明星装饰企业""江苏省装修装饰名优企业""中国优秀装饰装修品牌""全国诚信建设示范单位""中国装饰装修行业百强企业""全国装饰装修鲁班奖""中国装饰行业最具价值品牌""中国家庭装饰行业协会理事单位"等殊荣。

施晓峰打开手机，笑着说："刚接到消息，公司目前有 77 套别墅在建。"77套别墅！这样的业绩足以让绝大多数业内人士刮目相看！

正派经营，赢得市场尊重

在普通老百姓心目中，装修简直就是一个深不可测的"黑洞"，里面隐藏着很多不为人知的"暗门"和"道道"。而施晓峰在公司创立伊始，就明确无误地把"正派经营"确立为公司的核心理念，坚决摒弃装修领域惯有的"歪门邪道"，让装修从设计、施工，到验收、后期服务的每个环节都清楚、透明地呈现给业主，从而引领整个装饰装修行业朝着健康、公开、可持续的方向发展。

"诚信正直"是"超群国际"行为准则里最重要的一条。"不得接受竞争对手、与公司有业务往来的或正在寻求与公司进行交易的组织 / 个人提供的报酬、馈赠、金钱、贷款、服务、礼品等"及"不因公司及个人利益而欺骗或诱导客户决策"等条款被清晰无误地写入公司行为准则，公司员工必须严格遵守。施晓峰本人坦诚、正直的人品也使他获得各方支持和助力。

超群国际别墅的施工流程简明清晰，业主可以一目了然，全面掌握施工的进程，了解作为业主，自己需要在哪些环节配合跟进。而其中，铺着红地毯的开工仪式不失为超群国际的一个引人瞩目的小亮点。施工前，超群国际就采用

大红色的成品保护膜对别墅的门户、窗户、电器、家具等成品进行了全方位的安全包裹保护，并搭建了一个小小的庆祝台，拉上红色横幅，总经理、项目经理等有关人员到场，和业主共同举杯庆祝别墅开工，场面简单而温馨，一下拉近了和业主的距离，提高了业主的自豪感和满意度。

超群国际是江苏首家自行开发 EPR 管理系统的公司，公司启用的"远程管理""项目管家""工程巡视员""十年别墅工长"等管理制度无一不为铸造高端、高效、高品质工程奠定了良好基础。在施工过程中，对每一个施工细节精益求精的关注也为打造精品工程添分加码。此外，超群国际一直致力于引进国内外最新型施工工艺、最科学用材，因此超群在工艺、品质、环保、材料等各方面一直保持行业领先地位。

在广受诟病的主材供应环节，超群国际一改家装行业固有的主材代售模式为直销模式。目前市场上家装公司代卖主材的经营方式使得家装公司成为主材厂家的经销商，这无疑增加了消费者购买主材的中间环节。而超群国际采用的直销模式是上游材料厂家直接进驻超群家居，开自己的直营店销售材料，超群收取一定的管理费。这样的做法，无论对客户、材料商还是设计师，都是多方共赢的好事。消费者可以以透明、优惠的价格买到精品建材，享受一站式购齐服务；材料商提升了品牌形象、扩大了销售渠道；设计师可以把更多精力放在专心做好设计工作上。正派经营、商业良性循环的状态最终使得超群国际的市场竞争力进一步提升，加大了行业洗牌力度。

知行合一，攀越事业高峰

"超群国际"从事的是传统的家装行业，但这家公司很特别，很多东西都和别的公司"不一样"。"在公司里，我既不是法人，也不是董事长，更不是总经理。"施晓峰笑着说。"那你是什么？"面对笔者的好奇，施晓峰沉吟了一下说："那我至多算创始人吧。"

超群国际近年来的高速发展很大程度上得益于施晓峰几年前着手实施的股份制改革。公司不再是他一个人的公司，而是"大家"的公司，他把权力和钱都分了出去，起用了一大批能力强、敢担当、有创意的年轻人。公司重大决策，不再是由个人"独裁"，而必须经过董事会集体决定，这有效保证了公司决策的科学、全面、稳妥。公司的员工不再仅仅是为公司"打工"，而是真正成了公司的"主人"。因此，每个人的工作热情高涨，公司从上到下，每个环节都井井有条，大家发自内心地认真做好自己的本职工作，呵护着大家"自己"的公司。

"我们的员工都不需要管理。"施晓峰轻描淡写地说出了管理的真谛，"管理其实很简单，说到底就是满足大家的需要，知道大家为什么要到你公司来工作。以前，公司很多员工都是骑着电动车来上班，现在很多人都开着奔驰、宝马来上班。"施晓峰继续微笑着说，"说明在超群国际这个平台上，大家的价值都得到了比较好的实现。"众人拾柴火焰高，因此，超群国际越发蒸蒸日上。

其实，施晓峰这个在公司"什么都不是"的人，是公司的真正灵魂所在。一件小事足以辅证施晓峰在公司的威望。今年春，施晓峰随无锡市青年企业家协会赴中国台湾地区学习考察，回来那天已经很晚，但公司员工一个都不肯提前回家，都要在公司等到他回来才安心，足见大家对他的尊重和眷恋。"我要缓一缓，我这里面装着的新点子太多。"施晓峰指了指自己的脑门，"我觉得我自己领先这个行业180天就够了，更新得太快，他们会跟不上。"这不是大话，这些年，施晓峰已经通过自己的实际行动证明了他的实力。

　　现在，施晓峰逐渐把工作重心转移到设计上。目前，他担任了清华大学美术学院建筑环境艺术设计研究所副所长，获评"全国室内设计十大新锐人物"称号。一个初中都没有毕业的人，居然能成为国内顶尖的设计师？面对笔者的困惑，施晓峰给出的解释是"知行合一"。与一般的"学院派"不同，施晓峰是在实战锤炼中成长起来的，他深谙装修的每一个细节，深切了解客户的日常生活需要。此外，他一日都没有放弃学习。他很喜欢看书，每个月都要花两千多块钱买书。"每本书我都只汲取最精华的部分。""哪怕每本书我都只学到其中的一两句话，这么多年积累下来，我的进步也是惊人的。"施晓峰如是说。施晓峰还赴室内设计领域最负盛名的德国包豪斯学院进修。"在那里，我更多是开阔了眼界，获得了新的设计思路和灵感。"谈起在包豪斯设计学院的学习经历，施晓峰至今仍津津乐道。为提升设计能力和水平，施晓峰如饥似渴地学习吸纳美术、文化、环境，乃至风水等方面的相关知识，还计划攻读清华大学室内设计专业的研究生。"孩子们会为他们的爸爸感到骄傲的。"说起因工作忙碌而疏于陪伴的一双儿女，施晓峰眼中闪过一丝愧疚的温柔。

　　当下，施晓峰又有了新的"想法"。他联合行业内诸多设计精英，筹谋成立无锡建筑装饰设计师协会，并以"让世界听到无锡设计的声音"为主题，举办了多场上规模、有影响的活动。他本人当之无愧被推举为会长。设计师大多是很骄傲的一类人，而施晓峰能被推举为会长，说明他身上确实具备足以服众的能力和品质。对此，施晓峰依旧表现得非常谦逊。他的眼中，看到的不是金钱和权力，而是他真正想追求并为之奋斗的东西。"无锡的设计其实很强，这一块做好了，能够撬动至少几十亿的产值。"社会发展洪流汹涌澎湃，能够中流击水、参与其中，施晓峰为之感到自豪。"不畏浮云遮望眼，只缘身在最高层"，这位来自农村的年轻人，正凭着不懈努力和坚持，一步一步踏上事业的巅峰。

人间自是有书痴

朱明华先生是我在锡山作家协会活动时认识的朋友。他多次邀请我到他那玩。刚开始没有在意，等真正去了，所见所闻真正"弹眼落睛"，令人目瞪口呆、惊叹不已。

朱总早年经商，经过多年打拼，挣下偌大产业。现在，工厂交由儿子管理，酒店交给女儿管理，自己则尽情游弋在一生所钟情的书籍的海洋里。

朱总的企业位于锡山区东湖塘，是前店后厂的格局。走廊里满满当当铺陈着各种花草，绿意葱茏，肆意生长，让我们这些"一养花最后只能捞着盆"的人唯有艳羡、赞叹的份了。

关于养花，朱总有很多秘诀。比如，浇花的水不能用自来水，最好用"落雨水"，不同的花要在不同时间浇水……为了打理这些花花草草，他甚至半夜一点出来浇水。

从这些小事，可以看出朱总的专注执着，也印证了那句话："凡事皆要用心，你的心在哪里，收获就在哪里。"

拾级而上，在四楼，是朱总的办公室和书房。办公室气派庄严，就不赘言了；朱总的书房，简直就是一个千古难寻的"书籍的宝库"。

墙上挂着各种字画，靠西墙是一整排的雕花实木书橱，里面从上到下，每一个缝隙都塞满了书，两个书桌上、角落里、樟木箱里，到处放着各色各样的书籍，有的还没拆封，据说是朱总刚觅来的，或者是远方的热心朋友寄来的……

而这些书，很多都是市面上难以觅到的书，不少属于内部印制，存世数量

极少，以书画、文化方面的内容居多。比如一套二十卷左右的《王羲之王献之书法全集》《米芾书法全集》，及各种书法字典等；还有《毛泽东书法墨迹精选》《鲁迅手稿选集》《历代名人咏无锡》《寄畅园法帖》等林林总总的书籍……每一本朱总都视如珍宝，是他的心头爱。

抚摸这些书籍，朱总无限感叹说："这里的每一本书，都有一个故事。"他继而指着其中一本书开玩笑说，"当年为了得到这本书，我整整寻觅了两年，追女朋友都没有这么上心。"

我们听了不禁哈哈大笑，也深深为他的精神所折服。朱总很谦虚，一直强调自己没读过多少年书，没什么文化。但是，他对书的痴迷和执着已经足够让很多所谓的读书人汗颜了。

沉醉在书的海洋里，朱总觉得自己很幸福。他常常会一个人待在书房里，安然打开一本书，静静地看，感受书里每一个字、每一幅画、每一首诗的美好。同时，每收获一本新书，他都会为实现了一个"小目标"而激动、雀跃不已……

一路走来，书房里几乎已经堆满了书，但是朱总依旧兴致勃勃，跋涉在寻觅好书的路上。他还订了一份《新华日报》，以便随时留意报上刊登的书讯。

他最近获悉一则书讯，说苏州将出版一套有关苏州园林的丛书，为此，他向往不已，希望早日觅到。

朴实的朱总还盛情邀请我们共进午餐，其间，他分享了自己人生的关键词——诚信、哲学、命运和福分。这几个词也是他一生旅程的真实写照。

饭后，他带我们参观了建在酒店内部的私人楹联博物馆，馆内器物雅致，陈列着无数珍贵的书画作品，其中包括多副由他撰写并获奖的楹联作品。

"凡心所向，素履可往"。朱总，一位不平凡的爱书之人，正坚定地行走在他选定的人生之路上。他的存在，是平凡世间一点闪亮的暖光。

散落锡山乡间的明珠

冬雨蒙蒙的季节，空气中夹杂着丝丝侵入骨髓的阴冷，但同行的每个人心中都带着一团小火苗般的期许和探究，兴致勃勃地前往探访锡山区的现代生态农庄。一共参访了四家农庄，分别为"柯园""大自然农庄""五芝源养生农庄"和"白茶园"，每一家都独具特色，各有品位，见证并践行着锡山现代农业的快速崛起和健康发展之路，昭示着新的起点、新的希望，是锡山区经济转型发展的鲜活缩影。

第一站探访的是柯园。柯园坐落在锡山区锡北镇的寨门，全称为"柯华生态养生园"，"柯华"乃是园主爱孙的名字，此地为园主退隐之后精心修筑的颐养天年、含饴弄孙之所。柯园占地极广，达三万多平方米，在如此空旷的土地上，修筑庭园，花费颇巨。柯园的建筑风格，有点类似老北京的"四合院"，古朴周正，蕴含浩然正气。走进大门，两边的桂花树寓意"贵客临门"；东边的紫薇寓意"紫气东来"；园内遍植青翠的竹子，意为"竹报平安"。此外，园内亭台楼阁、回廊石刻、粉墙黛瓦、假山水池、修竹花丛，无一不构思精巧，古意盎然，足见无限匠心和心力投入。园主女儿小陈夫妇目前负责柯园的运营，小两口温和谦虚又无比敬业，把园子经营得蒸蒸日上，柯园美名随着游客们的来来往往渐渐传播出去。

第二站是大自然农庄，占地不大，却是一处植物的集中地和宝库。院子秉承"小美"风格，简约不简单，花布沙发，蓝色小桌子，盘旋的楼梯，随风摇

曳的风铃，再加上这四周遍布的形态各异、蓬勃生长的植物，营造出一种舒心清新的美式田园风格。大自然农庄里养得最多的是现在广为流行的"多肉"，很多市场上难觅踪影的珍稀品种都能在这里一睹真容，看着这些粉嫩蜷曲的可爱多肉，真的能让你的心都融化掉呢。有一株紫黑色、状如卷心菜的植物，种在一个破旧的紫砂盆中，看起来毫不起眼，原来却是植物界鼎鼎大名的"黑法师"。之所以种在紫砂盆中，是因为紫砂盆透气性佳，更有利于其成长。知道了这株植物是价值不菲的黑法师，再次凝望它时不禁多了几分敬仰，仔细端详之下，确实觉得黑法师内敛低调，充满庄严、美丽、神秘的气息。农庄内还有好几个大棚，种植了火龙果等经济类植物，每年产生不少经济效益，推动大自然农庄良性、健康发展。

车行蜿蜒，不一会儿来到传闻已久的"五芝源养生农庄"。五芝源位于人杰地灵的斗山之麓，总投资3500万元，占地200多亩，是一家专业从事灵芝、虫草等珍稀植物生态种植和推广的民营科技型农庄。"传播仙草文化，成就幸福人生"是五芝源的经营理念。园内数幢粉墙黛瓦的江南民居，精心设计，有序分布，环境优雅静谧，每一处都经过巧妙构思，有其特殊寓意。展品柜里陈列的各色灵芝珍稀品种，看得人"弹眼落睛"，惊叹、惊讶不已。园主是一位快人快语的青年女性，原先从事旅游行业，后转战农业，苦心孤诣经营多年，取得不菲业绩。她的介绍，充满澎湃创业激情和因多年导游生涯积淀下的娓娓道来、引人入胜的动听。一波三折的创业经历，充满了艰辛汗水、不屈斗志和成功喜悦，我们为她喝彩和骄傲。

最后一站白茶园，我们是第二次来访。没想到短短时间里，白茶园中正在大兴土木，已经扩大了不少，可见其发展之快及经营者锐意进取的决心之甚。白茶园原主人夫妇，看起来正处壮年，相当年轻，却已经是"爷爷奶奶"辈，他们生性洒脱随和，已将经营托付转交给从英国留学回来的儿子。喝了"洋墨水"的儿子，居然也甘愿扎根农村，做起新一代"农民"！年轻人，毕竟有思想，有朝气，他大刀阔斧对原有产业进行了重新布局和调整，在主营白茶的基础上，又开发了茶酒、桑葚酒等新品，还利用互联网思维进行推广营销。一代更比一代强，现在的白茶园，在新一代"农民"的经营下，已发生脱胎换骨的变化，成为远近闻名的"无锡第一白茶园"。

短短半天，让我们大开眼界，领略了锡山欣欣向荣的特色农庄，呼吸到最纯净的空气，品尝到最绿色的食物，接触到最可爱的人。这些现代农庄是散落在锡山乡间的明珠，熠熠生辉，让人心生欢喜，充满希冀。

专注守得翠竹茂

—— 记锡山区翠竹苑大酒店董事长周永钧

　　翠竹苑大酒店是锡东地区久负盛名的餐饮名店，在竞争激烈的餐饮市场，屹立不倒二十多年，并且生意长盛不衰，越来越兴旺发达。最近，笔者有幸多次和翠竹苑大酒店董事长周永钧近距离接触，探求到了其成功背后的秘密。

专注笃行 终成锡城餐饮大鳄

　　周永钧是浙江龙游人。1985 年，年仅 15 岁的他独自一人来到无锡锡山，在东亭一家酒店拜师学艺。因为谦虚诚恳、勤劳好学，很快学到了一手好厨艺，又因为情商高、性格好，结交到很多同行好友，这为他今后创业奠定了良好基础。

　　1998 年，周永钧在东亭友谊路上盘下了一家只能容纳七八桌台面的火锅店，取了"翠竹苑"这样一个让人感觉神清气爽的名字，开始了自主创业之路。凭借良好的菜品和公道的价格，翠竹苑逐渐获得良好口碑，生意日益兴隆。

　　之后，翠竹苑规模逐渐扩大，经历了三次拆迁重建，如今开了云林店、安镇店、查桥店和东亭店四家名副其实的大酒店，每家能同时容纳 500 ~ 700 人用餐，每逢节假日都生意火爆，成为锡东地区宴请家人朋友和办喜酒的首选餐厅。周永钧本人也成为锡城餐饮界响当当的人物，现为江苏省餐饮商会副会长、无锡市餐饮商会副会长、锡山区东亭商会会长、无锡市锡山区人大代表。

推陈出新二十年盛名远播

翠竹苑之所以能在锡城餐饮市场长盛不衰，其重要法宝在于不断推陈出新的优质菜品。发展近二十年来，它在秉承无锡餐饮特色的基础上，不断开发创新，集江浙各地之精华，逐渐形成了具有独家特色的菜肴品牌和餐饮文化。翠竹苑独创的千岛湖淳牌有机鱼头、尚鼎系列小龙虾、清远水晶鸡、秘制大闸蟹、生态红焖黑猪肉，及云林鹅、梅汁排骨、老烧蛋等本帮菜，都是锡城百姓津津乐道的特色美食。同时，翠竹苑不断推陈出新，融入徽菜、粤菜等元素，推出了手剥高山鲜竹笋、明炉涮靖江羊肉、鲜蟹粉烩白果、有机褐蘑菇等应季特色菜，吸引了一拨又一拨食客。

2015 年是翠竹苑品牌跨界飞跃的一年。除了赖以立足的美食行业，周永钧又在翠竹苑大酒店东亭店开辟了客房服务，实现了从美食到旅游行业的跨界发展。翠竹苑的客房按照四星级标准建造装修，用材、装饰都很精心，属性价比超高的诚意之作。

2016 年，周永钧又大胆尝试，在翠竹苑东亭店一楼宴会厅引入了名为"梦幻视界"的 4D 全息投影装置，省去往日传统宴会厅布置所需的繁复工序和繁杂物料，简单的白墙即可立体化瞬间呈现中式喜堂、欧式教堂、海底世界、梦幻星空、浪漫花海、原始森林等几十种唯美场景，让人身临其境，仿佛穿越了一般，满足客户定制化、差异化的需求，更加提升了翠竹苑的档次和知名度。

上善若水 爱心撒播满人间

周永钧用二十年时间将翠竹苑打造成了餐饮界的常青树，他身上有很多值得大家学习的地方。"大方慷慨""低调和气"是很多人对他的评价。他对员工非常呵护体贴，公司有很多员工是当初一起和他创业至今的，足见他的人格魅力。"自己有一桶水，至少要给人一碗水！"周永钧用一句朴实的话语表达了利益共享的理念。而对待消费者，周永钧强调："用良心做产品，用爱心做服务。"从爱出发，关注每一个细节，让翠竹苑上上下下洋溢着创业的热情，来店的消费者能清晰感受到翠竹苑用心服务的温度。

也许是小小年纪就投身社会，受过挫折磨砺、人情冷暖的缘故，周永钧比一般的人更具同理心和同情心，总是能轻易察觉到他人的感受，对劳苦大众和弱势群体也是多了一份关怀和爱心。对公益慈善事业，他分外慷慨，扶贫济困、抗震救灾、慰问部队、看望孤寡老人……他从不吝啬金钱，总是无私地奉献自己的一份爱心。

"专注守得翠竹茂，善心若水期永芳"，在商海跌宕打拼二十年的周永钧并未懈怠，在年底，他又将有集住宿、旅游于一体的新酒店开业，并正蓄势待发，进军更广阔的新市场。这一株翠竹在有心人的培育呵护下将成长得更加茂盛！

於建东
YUJIANDONG

"70 后"，爱好诗词歌赋、小说散文，长期从事经济类工作研究和新闻报道。作品见于《科技日报》《无锡日报》《无锡科技》以及学习强国等主流媒体，在公众号"光慈文学"上发表中篇小说《顺风车》。现供职于锡山区科技局。

★ ★ ★

锡山景物古体诗（词）三首

卜算子·范家塘

水云一鸟间，縠纹入镜寒。

青瓦白楼随风远，荻花正言欢。

天高心事宽，踏芷读山南。

书院秋深半河影，闺船玉笛怜。

壬寅冬日复过白米荡小院新题

莫道天边蓝不尽，轻云兀自往来行。

金丝笼底思无限，三让桥横礼如宾。

旗柳新黄苇满岸，池阶旧印墨留听。

晴风吹倦阁屋暖，坠入尘烟三五斤。

七律 · 过王莘故居

斗室清华争道路，明光四溢在山峰。

卖鸡桥下戏逐影，苍古屋旁思辨声。

律谱飞扬为励志，红歌嘹亮乃长城。

百轮过隙恰年少，一曲惠传万代人。

虞正明
YUZHENGMING

毕业于江南大学经济管理系（现江南大学商学院），主要从事农村经济和财政金融管理工作。20 世纪 70 年代初曾任无锡县文化馆业余创作员，在《工农兵评论》（《群众》杂志前身）、《无锡日报》《无锡导刊》《江苏财政》《无锡县报》等发表作品 30 多篇。曾任《乡镇企业调整之路》一书副主编。

* * *

红豆之歌
——为庆祝红豆集团成立六十五周年而作

这是一枚象征纯真爱情的相思印记，

曾有萧郎慧娘演绎千古传奇，而今犹如璀璨的明珠，

为扬帆远航的跨国"巨轮"，赋予了时代崭新的寓意。

抚今追昔，历史的天空跨越世纪的交替，

六十五个春秋筚路蓝缕，六十五载征程奋发踔厉，

创业的巨擘绘就那一幅幅美丽的画卷，

镌刻着三代人坚韧不拔接续奋斗的宏伟奇迹。

合作化的一声春雷，唤醒了沉睡的华夏大地，

三个弹花匠背负弯弓抱团一起，寄居在一座破旧的祠堂里，

锤声铿锵，弦乐悠扬，奏响了手工作坊开张的序曲。

暑往寒来，曾经绚烂的"山花"开始黯然失色，

斗转星移，昔日的作坊奄奄一息，濒临倒闭，

经历了多少凄风苦雨，走过了多少道路崎岖，

终于迎来薪火相传的开拓之骥。

改革开放的春风吹进祠宇，萧瑟的作坊从此焕发勃勃生机。

面对大量成衣积压在库里，带领员工头顶月明星稀，

肩挑货担，步履匆匆奔向集市设摊售衣。

在一次次送走晓风残月中，迎来一个又一个东方晨曦。

在创业的征途上纵有千难万险，从不气馁和畏惧。

从"一包三改"到"四制联动"，

"末位淘汰制"的利剑，斩向慵懒顽疾和平均主义，

蔚成全员创先争优的浓厚风气。

几度春秋，几多风雨，"山花"不再烂漫，

初露英姿的红豆从此开始一展绚丽。

改革的大潮波澜壮阔，时代的脉搏催人奋起，

有一位热血青年，身受改革开放前沿的熏陶和激励，

耳濡目染父辈创业的困苦和维艰，

胸怀不负时代重任、逐梦韶华的雄心大志，

毅然辞去大学教师铁的交椅，告别铁饭碗，勇做弄潮儿，

誓与父辈共创大业，从一线员工干起，

展现敢为人先、乐于奉献的胆略和勇气。

率先提出以百万巨资制作电视广告的创意，

"红豆内衣，奉献一片爱意"，

那动人心弦的话语，在中央电视台黄金时段频频响起，

新闻主播一袭红豆时装闪亮荧屏，

新颖时尚的款式引领潮流在神州风靡。

当年的热血青年勇立潮头，经历市场经济大潮的洗礼，

锤炼成引领宏大事业的中坚力量，

劈风斩浪的巨轮孕育出新的一代掌舵人。

不断探索民营企业长远发展的重大命题，

将中国特色融进现代企业制度的生命机体，

首创"三位一体"公司治理体系，

履践致远筑就全国民企党建的示范案例。

两个"一千万元"的特殊党费，

在第一时间捐助汶川救灾和武汉抗疫前线，

成为履行社会责任和使命的高尚义举，

从援疆扶贫、助学济困，到产业报国、共同富裕，

一件件、一幕幕感人事迹，彰显了民营企业家的高风亮节。

二十二届"红豆七夕节"年复一年，

银河架鹊桥，红豆寄相思，好戏连台独具创意浩气震寰宇，

古老的民俗文化，重新焕发出华夏文明的无穷魅力。

庚子岁初新冠病毒肆虐荆楚大地，

面对疫情，决策者当机立断，将流水线秒改医用防护服车间，

工厂成战场，千军万马鏖战急，争分夺秒马不停蹄，

度过了一个又一个不眠之夜，

每当朝阳从东方升起，那满载防疫物资的"铁骊"，

十万火急驰援疫区，荣膺"抗疫军工厂"的旌旗。

拓荒者在西哈努克港的一片荒芜之地，披荆斩棘，

工人们冒着烈日挥汗如雨，塔机高悬井架林立，

园区建设如火如荼，特区面貌日新月异。

如今一座座高楼拔地而起，一排排崭新的厂房鳞次栉比，

当朝霞染红海港湛蓝的天际，

勤劳的高棉儿女似潮水般涌入宁静的园区，

用奋斗去筑梦小康和富裕。

"中柬务实合作的样板"，成为总书记给予高度评价的赞语，

在"一带一路"上迈出坚实的步履，

将两国传统友谊的丰碑高高矗立。

建党百年历经多少艰苦卓绝，

一路走来承载几代人的前赴后继。

党史学习教育激起心中层层涟漪，

听党话，跟党走，报党恩，一片丹心齐向党矢志不渝。

在那"讴歌新时代"的献礼季，

蝉联四次党代会代表的喜讯传来，

那是一份崇高的荣誉和期许，那是一份沉甸甸的责任与隆寄，

倍感使命光荣、重任在肩，理想信念坚定不移，历久弥坚。

在实现中华民族伟大复兴的征程上，

继续砥砺奋进，再接再厉，风雨兼程，不待扬鞭自奋蹄，

誓将满腔热血献给宏伟壮丽的事业，

一起孕育未来的红豆更加瑰丽！

怀仁抒怀

—— 献给江苏省怀仁中学八十华诞

江南的春雨如丝般地随风飘荡，

老街的青石板珠烁晶莹，熠熠闪光，

我迷失在清幽的雨巷，

循着旧时的记忆独自彷徨。

古老的篱墙已修葺成"百工画廊"，

镌刻着古镇昔日的繁华和辉煌，

穿越跨世纪的风雨洗礼，

更彰显迤逦和雄壮。

竦峙的瓦陇墙笔直地伸向远方，

垣墙的尽头是那样的静悄悄；

斑驳陆离的磨矾石立柱，

年复一年地伫立两旁；

闷青色的大门尘封了此地历史文化的厚重，

似乎向人们诉说着岁月的沧桑。

从前这里有座学堂，

它，曾经铸就辉煌；

它，依旧桃李芬芳；

它，令人终生难忘。

啊，怀仁中学，我的母校！

记不清有多少回，

与您在梦中相遇。

在那人生的青葱岁月里，

我们满怀激情和理想，

相拥在您的怀抱，

徜徉在知识的海洋，

吮吸着您的乳汁，

在党的阳光下茁壮成长。

您似茫茫大海中的灯塔，

为我们人生起航指明了方向。

我们在课堂上认真听讲，

勤奋好学发言响亮。

寂静的教室里，

夜自修的煤油灯微光摇曳，

是物理实验室的小发电机给我们送来了光明，

照亮了一张张稚嫩秀气的脸庞。

我们在阅览室静心阅读，

是多么地如饥似渴。

我们在煤渣跑道上竞相奔跑，

练就了强健体魄。

我们自告奋勇组成文艺宣传队，

两条麻花辫，

一身绿军装，

鲜红的团徽在胸前闪光，

优美的旋律回响在礼堂，

颂歌一曲献给党。

晨曦里，

我们肩背书包，

结伴行走在泥泞的阡陌，

精神抖擞地向学校进发，

迎来满天朝霞。

黄昏下，

我们手提竹篮，

穿行于河边和桑园，

割回碧草喂饲兔羊，

乐得父母连连夸奖。

夜幕中，

皎洁的月光穿过窗棂倾泻在书案上，

我们在窗前温习功课，

把一道道作业题做得漂亮，

愉快地进入梦乡。

以雷锋叔叔为榜样，

这是我们崇尚的偶像，

《钢铁是怎样炼成的》，

给我们幼小的心灵以精神滋养。

诲人不倦的清新教风，

化作广为称颂的桃李春风，

陶冶着学子们的高尚情操，

提升了价值观取向，

追梦路上赋予我们信念和力量。

我们一个个朝气蓬勃，纯真阳光，

胸怀报效祖国的远大志向。

"希望寄托在你们身上……"

亲切的教导语重心长。

我们放飞着青春和梦想，

我们承载着祖国的希望。

时代的重任我们来担当，

世界的未来我们去开创。

亲爱的母校，

您从抗战的烽火中一路走来，

校园旁新四军勇歼日寇的捷报，

激发了师生爱国救亡的民族气概。

黑暗中进步学生奋起投身革命，

为此您蒙受封杀办学的无端刁难。

您经受重重磨难，

度过漫漫长夜，

终于挣脱了深重苦难，

迎来新中国的缕缕曙光。

您从此踏上教育的振兴之路，

昂首阔步走向新的时代。

您是学子求知立德的港湾，

您是造就人才的摇篮，

您栉风沐雨八十载，

结出累累硕果绚丽多彩：

从这里，走出了"两弹一星"功勋科学家；

从这里，孵化出灿若繁星的民营企业家；

从这里，培养出卓尔不群的科技精英和国家栋梁；

从这里，哺育出一批又一批各界翘楚和社会英才。

啊，我的母校！

您饱经风霜，历尽沧桑，

也曾有过踟蹰和彷徨，

但您不忘初心，

依然步履铿锵奔向前方。

改革的春风轻拂着教学殿堂，

萧索的母校沐浴着雨露阳光，

犹如枯木逢春，

迎来勃勃生机。

您出自幽谷，迁于乔木，

古老的学堂从此插上腾飞的翅膀。

现代化的校园宽敞明亮，

开放式的教学提升质量。

博爱之校训源远流长，

将治学美德传承发扬。

求实、守信、创新，

淳朴的校风蔚成风尚。

全新的教育服务理念，

一流的师资人才支撑，

铸就国家级普高的示范和榜样，

谱写着母校历史新的篇章。

教书育人、立德树人，

总书记的殷殷嘱托在校园回荡，

肩负的使命庄严而神圣，

育人的绚烂之花在怀仁傲然绽放。

在创建"百年名校"的征途上，

您不断书写新的辉煌，

似风雨中的彩虹，

描绘出一弧又一弧七彩霞光。

母校啊，

不管您走得多远，飞得多高，

总让莘莘学子魂牵梦绕，铭记心房。

在波澜壮阔的前进路上，

让我们携手同行，

沿着新时代的伟大征程扬帆远航！

张秋声
ZHANGQIUSHENG

笔名秋生，生于教师之家，长于巴山蜀水之间，20世纪90年代中期在无锡落地生根、开枝散花。近年来，有20余篇作品发表于《散文选刊》《太湖》《江南晚报》《江南文化》等报纸、杂志上。

- ★ ★ ★ -

甘露老街

江南的老街都是有独特韵味的，甘露老街，更是如此。

在寺弄口，随随便便就矗立着一间砖木结构的宅子。这宅子并不高大，似乎轻轻一跃便可跳上房顶，房顶上还有杂草树枝纵横交织着。宅子最特别之处，就是它的左房檐多出了一个歇山顶，不知道当初建它是不是为了给访客避雨用的，如今正好放下一个杂货架子，年前应该还在营业。

这宅子是有名堂的，叫增善堂。门口石碑上的碑文记载着，增善堂始建于元代，至今已有六七百年历史。不过，据甘露的朋友说，它不叫增善堂，而应

该叫观音殿。观音殿看似破旧，但并没有衰败。对着街弄的木门外，装着铁栅栏门，门上还上了锁。说明它不仅名宅有主，这主人多半还住在里面。人是宅子的灵魂，宅子只要有人住，自然就是极好的。

从寺弄口往西几十米，就是湖畔书院所在地的另一处老宅子。推开门，明显感觉这处宅子比增善堂来得气派，只是一样稍显破旧。墙皮斑驳，木窗朽旧，古气森然。地上铺着方砖，方砖上长满青苔。

正厅就是书院，这是它最有生气的地方，也是最吸引人的所在。正厅四壁挂满了书画作品，蛮像是甘露文友的"聚义厅"。最吸引我的，是正面墙壁上的那条大青鱼，鱼身上鳞板片片清晰，鱼嘴似乎还在一张一合，正"击水试翼九万里，欲入云霄化鲲鹏"呢！据说，这叫鱼拓，是用一条七八十斤的甘露大青鱼直接拓印而成的。

书院古色古香，沧桑感十足，诸多文化元素，非细细品味不能道也。不过，到底是古宅成就了书院，还是书院激发了古宅的活力，说不清楚了。或许是老宅因书院焕发生机，书院因老宅更具文化底蕴，才更确切吧。

到了甘露，自然要探寻甘露寺。古甘露寺已经被废弃，遗址就在书院不远处的巷子里。这一带叫寺弄，因古寺而得名。遗址上新建了一处三四层高的楼房，挂着环卫所的牌子。遗址边一堆堆的香烛灰，以及缭绕不断的烟香烛火，昭示着这里曾是古寺所在地。能证明古寺是存在的，还有村民口口相传的故事，这是一块牌子所不能抹去的。当然，还有那棵古银杏树，依旧矗立在楼后。虽然枝干大多被担心影响楼房安全的人砍了，但古树不多的枝丫上，还是顽强地长出了密密匝匝的嫩叶，它还活着呢！

新寺大概离旧址五百米，是重新修建的。新修的甘露寺自然高大气派，寺里大雄宝殿、钟楼、鼓楼一应俱全，寺名还是佛教协会老会长赵朴初老先生题写的。只是并没有太多特色，也少了些古韵，且不必说它了。

从古寺遗址出来，七弯八拐一番，就到了一座古桥。古桥横卧在清清的月溪之上，由长条麻石铺成，条石与条石之间，小草已然青青，远远看去，颇有赵州桥风韵。走到桥洞里，刻着"翰林桥"三个字的桥名石赫然呈现眼前。原来它有这么显赫的身世，却这么低调地嵌在这里，实在有点匪夷所思。

古宅、古寺、古树、古桥并没有因为它们的古老而遗世独立，而是和村民住宅融合在一起，充满了烟火气。这在江南诸地是少有的。江南多的是周庄、西塘、同里、乌镇那样成片的古街，更多的是成片的高楼大厦，像这样远古与现代建筑相依相伴的，并不多见。这就是甘露的特色，是甘露古镇独有的古朴风韵。

周建庄
ZHOUJIANZHUANG

男，汉族，江苏无锡人。无锡市作家协会会员，喜爱诗词和现代诗歌创作，出版有《感悟山水》诗影集，作品常在省市区有关杂志和网络上发表，曾获省市级诗歌征文优秀奖。

★ ★ ★

黄土塘歌（外二首）

（一）

千年古村黄土塘，江南锡北名远扬。

东清运河锡沙线，吴韵悠悠岁月长。

唐建乡，明建镇，明清时期忒兴旺。

粉墙黛瓦长流水，石径老井有模样。

网船桥，听书场，太公庙，泰和堂。

乡贤名流数不尽，三月十五闹节场。

蒋周姚吴四大姓，筚路蓝缕开滥觞。

修桥铺路建码头，兴商诚信人熙攘。

西街商铺片连片，昔日三百六十行。

水龙间，斜桥里，青石老街练武场。

得天独厚鳝血土，黄土塘瓜甜又香。

难忘烽火硝烟起，江抗歼日第一仗。

夜袭转盘楼据点，军民百姓喜洋洋。

英雄土地育后人，建碑纪念永不忘。

两弹一星姚桐斌，科技报国日月光。

尊师重教兴儒学，村小怀仁响当当。

村办卫生院，康乐大礼堂。

河边依依柳，亭榭钓鱼塘。

主题公园显特色，村委带头致富忙。

招商引资搞经济，因地制宜建工厂。

（二）

远望锡东发电厂，环保天然新气象。

烟囱矗立白云飘，条条输线通远方。

废物利用化作宝，造福人民放歌唱。

严家庄，树榜样，水清路净红楼房。

四季花开似公园，生态村落换新装。

文化建设跨大步，村民富裕体健康。

长远规划细安排，干群竭力向前闯。

极目千亩生态园，曲径通幽吐芬芳。

今日古村胜昔日，乐活福地比天堂。

明朝游子寻故地，不识家乡黄土塘。

喜春来·谢埭荡（二首）

（一）

桃红粉杏依依柳，

黛瓦亭榭白鹭鸥。

春来吴地景幽幽。

得意秋，进入小瀛洲。

（二）

香樟蔽日风光秀，

潋潋池光垂钓钩。

披星赏月乐悠悠。

闲步游，佳地好长寿。

山联歌行（三首）

山联歌行

锡东山联村，鸡鸣三县闻。

江南诗画地，顾山四季春。

昭明植红豆，米酒巷子深。

山中状元路，笑迎八方人。

昔日穷乡采石场，今朝生态休闲庄。

清明菜花依依柳，盛夏林荫鹭翱翔。

十月遍地黄金甲，冬雪皑皑披银装。

香山寺，百草芳，岚光阁，山前塘。

亭阁水榭随意走，红楼黛瓦篱笆墙。

知青小屋依旧在，稀见公社大食堂。

春秋早茶客舍闹，佳节假日争白相。

动物园，垂钓场；火龙果，金丝皇。

处处水产养殖池，艳艳芙蓉油车巷。

农家客栈日月新，天鑫三妹五大房。

典雅风情水云居，龙虾土菜高老庄。

土特产，食难忘；红豆杉，蔬果尝。

少儿拓展荡秋千，年老有乐放歌唱。

点赞村委巧规划，示范领路向前闯。

农户勤劳能致富，山前嘉园美名扬。

他日花开携友至，船头举杯话故乡。

红豆吟

南国自古生红豆，树高百尺岁悠悠。

昭明太子怜此物，顾山手植相思树。

叶茂枝繁绿无涯，三至五年方结豆。

花白果赤若云霞，粒大颗满红剔透。

千年古树果实少，稀罕宝物难寻求。

大唐摩诘赋诗意，相思采撷藏心头。

情义无价真心换，纯洁情爱传千秋。

而今红豆^①值万金，云帆过海名五洲。

精心打造民族版，华夏高棉^②手牵手。

仁义文化代代传，诚信丹丹赢长久。

七月初七鹊桥会，牵牛织女桥上走。

年年此时谁家子？情意切切泪潸流。

古风 · 荡口吟

吴地银荡口，千载水悠悠。

户户枕河旁，小桥亭榭楼。

黛瓦马头墙，吴语听童叟。

灯笼高高挂，丝竹声声幽。

龙船齐心划，佳节民俗秀。

---

① 红豆，这里指无锡市锡山区的红豆集团，中国企业500强之一。已连续16年举办过"红豆·七夕情人节"大型文艺活动，彰显了情思悠远的中华文化。
②华夏高棉，指红豆集团在柬埔寨西哈努克港投资控股建立的"经济特区"。

四时景如画，伯渎河东流。

冬日鹭翱翔，春风依依柳。

夏至蝉高鸣，秋季稻果收。

钟灵毓秀地，才俊古今有。

唐人白乐天，诗兴来此游。

华氏创业艰，义庄百姓谋。

儿孙崇孝学，仁里礼教久。

行善广积德，造桥筑码头。

商贾八方来，财源北仓留。

鸿模新学堂，功德传千秋。

大师名遐迩，故居身影留。

春草孝子祠，孝德代代授。

学校似花园，师生放歌喉。

五星红旗飘，国学继钱穆。

玫瑰园芬芳，蜂蝶勤舞嗅。

彩印青鱼团，佳品达五洲。

高铁电掣过，水田飞白鸥。

百姓皆殷实，老年多长寿。

古镇展新貌，三天讲不够。

清清鹅真荡，千杯难醉酒。

江南休闲处，水乡荡轻舟。

家乡的桥（外一首）

家乡有座桥

名字叫厚桥

她是天上的彩虹

心中的歌谣

她是江南水乡的象征

历史的真实写照

家乡的桥，光荣的桥

她是先人捐资建

连接水和路

方便百姓走路

桥下行舟船

桥上亲人把手招

太平桥，大成桥

黎民美满生活的祈祷

朱巷桥，盛家桥

崔家桥，严家桥

那是家族的骄傲

家乡的桥，艰辛的桥

石孔状，明清筑

十八座，路迢迢

码头行船远

求学商贾雨潇潇

通江达海万里路

衣锦还乡逞英豪

桥上走过下田干活的父老乡亲

还有鸡鸭猪狗猫

桥上走过英雄子弟兵

打得敌人鬼哭狼嚎

桥上插过五星红旗

鲜红夺目迎风飘

家乡的桥，勤劳的桥

农村建设起高潮

披星星，戴月亮

罱河泥，双季稻

丰收的稻谷肩上挑

柏油马路村村通

条条道路过新桥

电灯电话楼房住

乡企振兴农家乐淘淘

桥上走过迎亲的车队

走过搬新家的大轿

家乡的桥，幸福的桥

高架桥，立交桥

宛山湖，斜拉桥

钢结构，新时潮

来往车辆八车道

夜晚魔幻霓虹真妖娆

谢埭荡，新村新面貌

幼儿乐，老人笑

绿水青山处处景

诗情画意任逍遥

湿地公园生态美

美丽的家乡更富饶

斗山的春天

斗山的春天

白云天蓝

桃红杏白

菜花金灿灿

清晨观日出

霞光烧云间

清明时节矮脚雾

朦胧恰似蓬莱山

人在云间走

穿越江南吴越

呼吸鸟语花香

生机勃勃然

斗山的春天

麦苗青青

茶场瓜果园

采茶女，小背篓

吴歌起，听杜鹃

人勤春来早

彩虹道上闻声喧

斗山禅寺晨钟响

梵音袅袅入云天

会当斗山顶

亭阁楼院片片

斗山的春天

春暖花开

竹林，池塘

铁塔，公园

白鹭舞翩翩

水墩庵，崇村荡

放生池，禁约碑

关爱山林三百年

流水无涯潺潺

十里碧色花艳

烈士墓，藏书院

太湖翠竹名遐迩

青山绿水生态园

故乡的河

我思念故乡的河，她是少年时的牧歌。

那是 20 世纪 60 年代后期夏季的暑假，我从安徽凤阳回到无锡老家，住在爷爷奶奶家。因为故乡的河多水多，桥自然就多，老家名叫厚桥。炎热的夏天，烈日当空，知了鸣唱，西前头、丁家桥、钱家桥村庄掩映在一片葱绿之中。村外水田里绿油油的水稻，成几何图形，长方形、正方形都有，一眼望不到边，煞是好看。稻田的田埂旁，溪水长流，有小鱼、小虾、小螃蟹，还有水蛇、黄鳝、泥鳅。如兴致来了，几乎会忘记了时间与空间。有一天，我跟着叔叔去摇船，从西前头村河岸边，经九里河一直摇到宛山荡。只见河水清清，白云蓝天，两岸绿树成荫，翠鸟时而啼叫，时而贴水低飞；那美妙景致至今仍铭刻在我的记忆里。傍晚时分，人们纷纷来到村头小河的小码头，站在水里青石条上。白天妇女在这里洗衣洗菜、淘米担水；天热时男女老少都来此洗澡、玩耍。天黑了，远处繁星点点在移动，那是萤火虫夜间集体活动，在自由惬意地飞舞。夜里蛙声四起，预示又一个丰收年景。那是原生态的江南水乡渔歌子，是一首动听难忘的歌。

我忧虑故乡的河，她是家乡人心中的愁。

20 世纪 90 年代初期，我从安徽凤阳县调到无锡县工作。当时称为"华夏第一县"的无锡县，后改为锡山市，到处烟囱林立，小化工厂到处都是。尤其是老家厚桥有一座规模较大的电化厂，每次乘车回老家经过那里，一股刺鼻扎眼的味道，令人窒息。除了黑色化的道路，乡镇村庄周围的小河、小溪、小塘，都是黑乎乎的，发出熏人的难闻气味。河里的水变质了，不能再洗澡、洗菜；小鱼和小虾不见了，听到的只是河水的呻吟。那时上上下下都在招商引资，大干快上办企业，建经济开发区；"干部讲数字，数字出干部"成为世情。结果是经济上去了，环境下来了；干部上去了，身体下来了。一些化工厂周围的村庄，金属门窗腐蚀严重，患各种疑难重病的人多了起来。那些年因污染引发的群众集体上访也多了起来。残酷的现实在告诫人们，科学发展、低碳生活、保护环境乃是百年大计，是功在当代、造福子孙的伟大工程。试想一下母亲河生病了，她的儿女还会健康吗？那时故乡的河，是我心中的愁、心中的痛。

我赞美故乡的河，她是唐诗宋词里的梦江南。

到了21世纪初，锡山市撤市建区成立了锡山区。在科学发展、和谐发展、以人为本、可持续发展理念的指导下，各级领导干部和群众越来越重视环境整治，政府采取了关停并转等各种措施，取缔了一大批小化工、小砖瓦厂。环保的力度越来越大，农村开展了河塘清淤工程，大河小河实行河长制，走马塘、九里河焕然一新。还大力开展了文明村、文明镇的创建活动和社会主义新农村建设活动，创新一村一园建设，因此生态农业走在全省前列。锡山区的山联村和谢埭荡村被评为江苏省"最美的乡村"，生态村庄处处可见。绿羊、斗山、水墩上、云坡上如诗如画，九里河、宛山荡湿地公园风景怡人。春天来临，桃红柳绿、菜花金黄、青山绿水、小桥人家的江南又回到了身旁。荡口历史古镇如闪亮的明珠镶嵌在太湖之滨，鹅真荡边，招来无数游客和垂钓者；高铁和谐号、复兴号动车像一条巨龙飞驰在翠山绿水之间，令人遐想。宛山湖大桥彩虹飞跨，夺人眼目，让人神往。此刻此景，我情不自禁写下了一首《梦江南》："梦江南，最梦是锡山。鹅湖青鱼斗山茶，绿羊温泉红豆杉。能不赞锡山？"

周信
ZHOUXIN

无锡市作家协会会员、锡山区作家协会理事、锡山区人民陪审员。著有《古镇今日》《我的家乡是水乡》。

★★★

梅雨随想

窗外雷声隆隆，似乎马上有暴雨要下，入夏以来，终于可以看到一场酣畅淋漓的梅雨了。

也不知怎么回事，今年的黄梅季节从立夏至今持续高温，没有好好下过雨，家里的一棵昙花往年六月就有花开，今年却眼睁睁地看着三个花蕾渐渐凋零。不知是不是天气太热缺少雨水的缘故，天井里那口水井由于水质不好，只用来浇花，却也打得很深很深，一根绳子已经不够长，吊不到井水了。那天晚饭后去圆通村虎更上，只见田间的水稻都没有一丁点水，有点变成旱稻的样子，后来一打听才知道，现在种水稻又有新方法，先是拖拉机翻地，然后放水耙地整平，再放干水，撒种子，还真是"旱稻"的样子，出芽也蛮齐整的，据农人说可以让水稻的根扎得扎实一些。但黄梅季节很少下雨也是不多见的，据央视报道，今年大量雨水都下到两广去了，看样子江南一带的黄梅季节要"黄"了。

还好，前天傍晚就已经下梅雨了，而且雨量也蛮大的，不过是下在无锡城里，有摄影爱好者还拍到了美丽的彩虹。

昨天晚饭过后，梅雨又悄悄下了起来。

梅雨的降临让人有点雀跃，因为下得不多就物以稀为贵了。

记得小时候我常在雨中玩耍，这雨也是连绵不断地下，正好是冬小麦收割期间，也就是战"双抢"的时候。农人一边收割小麦，一边翻田准备插秧，田间到处水汪汪的，一片蛙鸣悠扬，飞蛾时不时地扑打到脸上，向日葵等高秆作物被小伙伴们晃动而洒到一身雨水，不小心会溅进嘴里，味道甜甜的。生产队的灌溉站准备灌水插秧，时不时地有农人在田间挑着泥篮发担，就是把养猪和养羊的猪窝灰、羊窝灰挑到田里，一墩一墩地堆得整整齐齐，农人们赤着脚，迈着矫健的步子下田，然后用手把猪羊肥撒开，过了两天再把地翻了插秧。

大片的农田已经莳好秧，梅雨一下，田间的水就多了，于是农人通过水渠，把多余的水放回河里。这时，有河里的鲫鱼顺着水流向上游来，这种鱼称"趋水鱼"，我们一帮小伙伴冒着大雨、赤着双脚，在渠道里捕鱼，情景如此之美，恐怕时今的孩子已经体会不到了。

到晚间，也是这样的雨夜，我们跟着大孩子，顺着田埂，用手电筒照黄鳝，那可是小暑里的黄鳝，大补的。我们顺着手电筒微弱的光，一垄一垄地寻找，个别小伙伴的手电筒光实在暗，就被后面小伙伴嘟囔道："你的手电这么差，照个屁啊？黄鳝都给你吓跑了，后面去。"走在前面的伙伴有的用一种毛竹做的钳子夹，有的直接用手抓，都能有所收获。

　　时过境迁，如今又是另一种景象了，雨夜仍然是这样的雨夜，情景已不再是那样的情景了。农田已经不多了，取而代之的是霓虹灯下的水乡古镇，和拆迁集中居住的住宅小区，此时的雨夜万般恬静，显得特别有情调。而夜间的雨如一瀑幕帘，朦胧地、稠密地遮住了远处的乡间小道和近处的青砖黛瓦；遮住了小桥流水、渔家灯船。借着路灯的光环隐约看到古镇外一幢幢高楼，灯光透着雨水从窗户跃出，但雨声也会把你带进朦胧、淡定的境地，敲打在薄薄的瓦檐下，又沙沙地滴落在地面上，滴落在路旁石矶上，滴落在青青草坪上，滴落在各色花瓣上，滴落在树林灌木丛里，滴落在潺潺的流水间……我默默地想，是否有一滴能滴在我的心坎上，打开我绵远幽深的情思，让我可以回到小时候的时光，或许还能看到那个被人推到田埂后面含愁的小伙伴？

　　此刻，晚风微拂，我多么想随着飞雨走到你身边，提着小鱼背篓陪在你身旁，或打着一把雨伞，或提着一盏灯笼，陪你漫步在细雨绵绵的乡间小道上，走进这个缠绵雨夜里，走进你甜美的梦中。

天井里的鸟窝

清明隔夜，民间俗称"浪荡日"，可以做一些诸如伐木倒树之类的事情。

那天我一早起来在天井里"修峰茅"，就是修剪整理一下杂七杂八的树杈，一来美观，二来也能腾出更多地方，让阳光进来多一点。

天竺丛中的鸟窝，就这样出现在我的视线里。

这棵天竺是二十多年前父亲从宜兴山里挖来的。父亲把它种在天井围墙东南不起眼的角落里，随着时间流逝，小树苗慢慢地长得比人都高了，茂茂密密地伸向围墙里面，成了一个现成的遮阳避雨的"廊檐"，没承想如今又成了小鸟安家栖身的地方。

父亲去世已经六年。大概为了让我们有个念想，父亲安排了这只小鸟前来筑巢，并让我在今天这个清明隔夜里发现了它。

记得去年这个时候，一只白头翁幼鸟在它爸爸妈妈的带领下学习飞翔，误入了我家天井却飞不出去，便叽叽喳喳叫个不停。白头翁爸爸妈妈守在围墙上，也冲小鸟不停叫着，大概是对它说不要害怕，爸爸妈妈在你身边……然后又不时衔食物来喂它。我尽力不去惊扰它们，随小鸟在天竺丛中躲藏。小鸟大概是觉得我比较和善，开始大胆地飞来飞去。我猜想，鸟窝就是这段时间搭建的。

天井里还种有一棵柿子树，是从鸿山插队的朋友那里移植来的，种下没过两年就结果了，最多的时候结了 160 多颗柿子。看着它开花、结果，果子从小到大、从青涩到鲜红，挂满树杈，层层叠叠，好看极了。因柿子性寒，不宜多吃，送人也送不掉多少，大多便留在树上，成了鸟儿过冬的食物。看那白头翁，很喜欢食用柿子呢。

由于长期和鸟儿和平共处，偶尔飞到我家天井里来的鸟，都不怕人。除了花草，天井里还有各种"美食"，蜗牛、蚯蚓和各种飞虫，都是它们爱吃的食物。有时我还会喂一些吃剩的米粒，鸟儿来得越来越多。

清晨，当我从梦中醒来，入耳的就是鸟儿的鸣叫，是起早的鸟儿已经来到小小的天井里觅食，也似乎在催我起床呢。天井里，清新的空气在晨曦里等我，又或者，日出的美好景象在鹅湖边等我……这一切，都是鸟儿的鸣叫唤醒的。

我没有想到的是，因"修峰茅"而惊动了筑巢的鸟儿，聪明的鸟儿就此搬离了这棵天竺，离开了我家的小天井。

好在它们还是会天天飞来，这个小天井，仍然是它们觅食的乐园。与我和谐共处的鸟儿啊，是我生活中一份天然的乐趣，一抹美好的色彩。

朱春良
ZHUCHUNLIANG

"80 后"文艺男青年。无锡市作家协会会员、语文教师、教育硕士、区学科带头人、高级讲师，现供职于无锡市锡山区教育局。热爱工作，努力优秀，享受读书、写作、品茗与健身的诗意生活，在人生道路上不偏不倚地走着。

— ★★★

倾听成长"拔节"的声音

十五年，在历史洪流中，不过是一朵渺小的浪花，瞬间起落，须臾而逝；但在每个人的生命长河里，它都是一段波澜壮阔的旅程。而在我有限的职业生涯里，十五年的浮沉，几乎占据了我人生一半的重量，是我最美好的年华。

十五年来，我且行且思，一路守望语文教育的风景。从职业学校一名普通的语文教师，逐渐成长为学科领域的教育硕士、中职高级讲师和区语文学科带头人。回望我的教育教学之路，每一朵浪花都在努力地闪烁晶莹。

初出茅庐，春风得意马蹄疾

十五年前的秋天，我作为新教师代表在开学典礼上庄严承诺：敬业乐业，热爱学生，虚心学习，不断进步，以自己精深的专业知识和人格魅力真诚服务每一位师生，做一名深受师生欢迎的语文教师。这，是我不违的教育初心。

初为人师时，学校选派我任教单招班。职业学校的单招班即对口升学班，学生三年后将参加省里统一组织的高考，包括理论科目和技能考核两大块，而语文又是理论科中的一门学科，分值为150分。作为新教师的我，化压力为动力，暗下决心不辜负校领导对我的信任与期望，备课、上课、作业、辅导、考核以及总结，每一环节我都一丝不苟，全力以赴。

我对语文教学的热爱与执着成就了我的努力，第一届学生高考语文平均分位居我市前茅。初为人师在连续五年内，我完成了两轮单招班的语文大循环教学工作，我以"年轻锐气"和"书生意气"征服了学生，赢得了同事的认可。凭借自己扎实的业务能力，我很快在同龄人中脱颖而出，也获得了更多展示自我的机会。2006年在区语文教学评比中获一等奖；2007年获评无锡市首批行知式青年教师及区青年岗位能手。

工作第五年，领导破格提拔我任学校中层，成为校史上最年轻的中层干部。在管理岗位上，我努力做到教学和行政工作两头兼顾，始终不忘作为一名语文教师的首要身份，积极培养学生的语文学习兴趣，同时努力为学生的专业服务，找寻语文课与专业课的契合点。

壮怀激烈，不待扬鞭自奋蹄

"教然后知困"，我也经历过专业发展的瓶颈，对中职语文教育的定位和

方向产生困惑，我也曾遭遇市级教学比赛的"滑铁卢"，输得信心全无。于是，我潜心向书本学习，向他人学习，向网络学习，积极参加各级各类业务进修。2012年，我攻读了宁波大学教育硕士，师从冯铁山教授，传承他的"诗意语文"教学理念，尊奉"语言是存在的家"的哲学思想，尝试塑造自己的"诗意形象"，建构自己的"诗意课堂"，训练学生的"典雅语言"。

学习，是为了更好地成长与修行。读研三年，我以读写重建心灵。我读了《孙绍振如是解读作品》《教师怎样做课题研究》《钱梦龙经典课例品读》《中国著名教师的课堂细节》《影响教师一生的100个好习惯》《第52号教室的奇迹》《不跪着教书》等多部教育专著。几经打磨，反复修改，结合教学实践与反思，完成高质量的硕士毕业论文《中职语文综合实践活动现状及对策的研究》。在毕业典礼上，我作为优秀毕业生代表深情表态："我们应该运用学到的教育理论、学科知识、科研方法，更科学地指导我们的教育教学；我们应该上下求索，让导师们的精神时刻鞭策我们成为教师群体中的研究者、引领者，成长为同行中的专家，实现我们的教育梦！"

近几年，我时常反思职业学校的语文教学，在想如何做到让学生的专业能力和语文素养圆融互摄。中等职业教育与普通高中教育从生源构成到培养目标上都有很大差别，因此继续借用普通高中语文的教学内容、教学方法以及教学评价方式是不合时宜的。我从语文学科的特点出发，对学生提出常规性要求，夯实学生的语文基础，全面培养学生的听说读写能力，提高学生的人文素养。在课堂教学中，我不断反思自己教学的利弊，把握学生动态，不断更新教学方法，同时充分辅助信息化教学手段，丰富和生动文本内容，注重对学生的态度、情感和价值观进行培养，努力实现"能力本位"和"语文本体"的有机结合。

"读"领风骚，但肯寻诗便有诗

语文教师不仅要感性，更要"性感"，要兼具"文人味"和"书生气"，要让语文课堂变得有情趣、有意趣。作为一名语文教师，我积极践行并推广阅读。读《教学现场与教学细节》中的课堂实录和理论剖析，让我领会到优秀教师的风采，深感教学的艺术性，从而更加坚定自己教学之路的方向，尝试着为学生营造艺术和学术相结合的课堂教学。读《给教师的建议》为我解开了许多教学中的困惑，教会了我如何和学生相处，在课堂上如何调控，如何为学生创造自由健康成长的空间。读《爱心与教育》，我懂得了用教师的心灵赢得学生的心灵、用教师的人格塑造学生的人格才是真正的教育。在我的语文课堂上，我常常推荐一些好的文学作品给学生，并和他们一起交流阅读心得，引导学生养成良好的阅读习惯，培养他们的文学素养。我也常常和学生一起深情朗诵诗词和美文，帮助学生发掘潜在的"诗心"。

阅读是为己之学，写作是向上之路。教学之余，我笔耕不辍。2008年，我在"和讯"和"新浪"网站开设博客；2014年，我加入无锡作家协会；2018年，我开设微信个人公众号；书写人生感悟，进行文学创作，征文多次获奖和发表。

身为学校的一名中层干部，我不断汲取他人成功管理之道，也时刻反思管理工作中的经验与不足，对管理工作中遇到的问题，我充分调研与提炼，形成课题。其中，《现代农民工培训与中等职业教育发展研究》被立项为无锡市教育科学"十二五"规划课题。通过四年的实践研究，我开发并开拓了本地培训市场，基本了解了市场培训需求，获得了较为完备的培训资料，积累了大量的培训案例与经验，逐渐摸索出了开展农民工培训的有效途径和方法。同时，通

过面向社会开展社会培训，弥补了中等职业教育与社会经济发展"脱节"的缺陷，提升了中职教育的知名度和满意度，达成预期的研究目标，取得了较好的研究效果。作为课题主持人，我不断加强研究团队的建设，一起学习，一起交流，一起分析，一起突破，激活集体智慧，激发个人潜能。

百花成蜜，而今迈步从头越

行走在成长路上，一路收获风景。近年来，本人坚持每学期面向全校执教1次公开课，每年至少撰写3篇语文学科的专业论文。目前已在省级以上刊物发表和获奖论文20余篇。其中，论文《中职语文综合实践活动的有效实施策略》《探讨中职语文诗歌教学中的审美教学》分别在《语文天地》和《教育界》发表；论文《中职学校语文教学人文性实现策略》获省一等奖。主持和参与5项课题均已结题。其中，参与研究省级课题《提升学生语文素养的综合性学习活动研究》获2013年省教学成果奖二等奖；领衔的研究成果《依托中职平台 整合多元要素 构建现代农民工素养培训新体系》获2015—2017年无锡市社会教育（教学）成果奖特等奖。

除此之外，2014年4月获评无锡市教学新秀；2015年度获评"校教科研先进个人"；2016年获评区优秀共产党员；2017年9月获区"最美阅读者"称号；2018年10月入选无锡市职业教育信息化及教学高层次人才能力提升专题培训班；2019年1月获评区学科带头人。

成绩和荣誉只能代表过去，而今迈步从头越，我坚信自己的专业化道路会越走越宽。但无论何时，我都会积极向上、向真、向善，朝着更新、更大的目标不断前进。我将胸怀"国之大者"，以奋进之笔继续书写自己的教育诗篇，以更加卓越的教育成果献礼新时代。

如果生命可以假设，我希望自己是永远向上生长的竹子，永远虚怀若谷，笔直坚韧，每一个阶段都有精彩与收获，不断倾听自己成长"拔节"的声音，倾听下一个十五年。

朱丽娟
ZHULIJUAN

笔名丽文、东篱禅客等，锡山区作家协会副主席，出生于无锡市锡山区。退休前在广电、报社以及机关长期从事新闻、宣传工作，有多篇报告文学、长篇报道、通讯播出、刊载于江苏电台、出版社并获奖。业余爱好文学，写风月和烟火人间。

★★★

梨乡秋色

中东村地处锡山区边缘，多年前还是名不见经传的小村落。近年来，中东村遍植梨树，千树万树的梨花绽放出小村迷人的风姿。到了春天，那素雅纯洁的梨花缀满枝头，密密匝匝，错落有致，开成花海，惊艳着人们的视线。中东村，就这样披着洁白的羽翼，秀雅地走进人们的视野。

年年花开，我却从没有在梨花盛开的季节走进这里。只是不经意的一瞥，在桃红柳绿的春天，在车窗外，在杂花生树的路旁、山坡、河岸，间或会有几枝梨花闪过眼眸，有时也能幸会一小片梨花林，未及细细赏看，却已匆匆掠过。

今年阳山桃花节期间，我和老公专程赴桃花源赏花。在满眼的娇红丹彩中，我却在翡翠谷的一树梨花下徘徊良久，那洁白的花朵丛丛簇簇，在阳春三月的阳光下透出莹莹的白，圣洁明丽，足以漂洗我在红尘万丈中行走时沾染的斑点污渍。"繁枝压雪凌风尘，素罗衣裳照青春。"元代书法家赵孟頫的词句绝色勾勒出了梨花的芳骨。或许，每个人心里都有一个美丽的花园，而我的心灵花园里那洁白的梨花其实早已植下。

喜欢梨花，却未能目睹那恍如银装素裹、雪花飘白的梨花盛开的盛景，不能不说是一件憾事。中东村有绵延 500 多亩的梨树，虽不浩瀚如海，却也蔚为壮观。因而，烟花三月赴中东看梨花，已成为锡城及周边地区春季踏青赏花的最佳选择。

9 月中旬，当我们走进中东村这片神奇的树林时，刚刚错过皇冠梨累累果实压枝头的丰收景象。没有了春日赏花者的身影，没有了夏日摘果子的人们，梨花园里显得静谧、灵动。那一排排整齐生长连带成片的梨树，在秋日的阳光下，盈绿的叶子随风摇曳，如音符一样地跳跃，零碎的光影洒落于地，别有一番韵致和风情，让人领略到一种空灵的、纯净的美。

陪同我们的果农吴雪春是合作社的社员大股东，他黝黑的脸上总是挂着质朴的微笑，还刻着深浅不一的皱纹。他指着旁边主干粗壮、枝繁叶茂的梨树林，喜滋滋地对我们说："这些树已经有 8 年树龄，正在进入果实的盛产期，是梨园成立后第一期栽下的，总共有 230 亩，今年出产 14 万斤，每斤市场售价 8 ~ 10 元。"说着这话时，老吴一脸灿然，心里满溢着丰收的喜悦，8 年来的风吹日晒早已烟消云散。偌大的果园里，镶嵌着他们忙碌的足印，浸透了他和果农们辛勤的汗水，培土、修枝、授粉，从栽种到结果需要 4 年到 5 年时间，一茬一茬，现在终于熬到春华秋实，再加上近 300 亩 4 年前栽下的梨树也长

成气候，老吴怎能不扬眉吐气？收完了果子，在这个季节，老吴每天还要在果园里转悠好长时间，用眼睛抚摸着这些心爱的树木，心里才会踏实和充满希望。

梨树园是中东村村民们共同营造的甜蜜园地，这里寄托了他们的致富梦和幸福梦。早在 2009 年，中东村在农业产业结构调整中，根据区里"一村一园"的发展思路，大力发展现代高效农业，大面积种植以皇冠梨为主体的精品果园。村里为此注册了宴家湾品牌商标，成立了中东桃李专业合作社，其中供销社入股 220 万元，村民入股 108 户，带动农户 110 户。在农业部门的牵线搭桥下，合作社常年与省农科院、浙江农业大学建立合作关系，为优质果品和新品研发提供技术支撑。在这条共同富裕和生态发展的康庄大道上，中东村民走得坦荡、阳光、自信。春花、夏实、秋叶，一年四季，梨树丰盈着他们的生活。

皇冠梨一上市就以细腻甜润、皮薄核小受青睐。梨树不仅为他们带来滚滚财源，还装点着他们的家园。花香自有蝶飞来，梨花盛开时节，这个锡山区僻远的小村落顿时热闹起来，人们三五成群相约而来一睹梨乡的美丽风采。而到了果实成熟的季节，人们闻香而来，结伴到梨园体验采摘果实的快乐。

梨树纯净、秀雅，给人以清纯、质朴之感。其花清新淡雅、皎白圣洁，置身梨花林，如同融入粉雕玉琢的冰雪世界，心也变得莹澈透亮起来。其果冰晶水润、肉质细腻，尤其在燥热的夏天，咬上一口，精神也为之清爽。据说，梨花是孝花，花儿结果后，花颖还紧贴在果实上，甘愿做幼果的胞胎，直到水分被吸干了，她才随着风飘到地下，化作泥土，回报大地。而广为流传、让人称道的孔融让梨的故事，也倡导人们要尊敬老人和长辈，懂得谦让。福荫梨树的中东村人对树和自然充满了感恩之心，他们推梨及礼，推崇传统礼仪美德。漫步中东村，礼仪文化清风扑面，不管是中东人脸上荡漾开来的淳朴笑颜，还是竖立在梨园主干道上那散发着雅韵的"梨花赋"诗词鉴赏栏，再到如花瓣一样散落于绿茵小道旁的宣传语，还有村前小公园里孔融让梨的雕塑，都给小村平添了几分温馨适意之感，让人感觉走进了乡风淳朴的美丽田园。

虽然不是梨花花季，但是走进梨园，依然秋色斑斓。偌大的精品果园里，皇冠梨树是主角，530亩果林中梨树占了500余亩，另外零星地种植了葡萄、桃子、樱桃、蔬菜等作物。错时开花和结果，使得园林内四季开花、硕果飘香，这也是中东村人悉心经营的用心所在。我们进入园林参观时，那一串串包裹在白色袋子中的晚熟巨峰葡萄挂满枝头；紫色的扁豆丛丛簇簇如满天星一样绽放；那一人多高的甜粟抽出了漂亮的穗子，在秋风中摇曳。作为中东村的核心区，晏家湾自然村坐落于园林之中，这里有幽静的绿色廊道，村民小公园里长着各色花木，错落有致，生机盎然。这里就像鲁迅笔下的百草园，一路走过，红枫、柿子树、紫薇、江南槐等几十种树木布满道路两侧，和梨树相衬相映，连成美丽的梨园风景长轴。

中午时分，我们在一家临河的农家乐饭店里吃了午饭。刚落座，主人就端来了切成片状的皇冠梨，还有刚刚从田里采摘下来的巨峰葡萄。皇冠梨是从园区的冷藏库里拿来的，有点微凉，却正好对胃，甜津津、凉丝丝，一会儿就光盘了，实在是太好吃了。陪同我们的同志说，皇冠梨在5摄氏度的环境下可以保存半年以上，为了保证品质，园区专门建立了冷库供盛产时节保存。

离开梨园时，突然下起大雨，雨幕中的梨园烟雨朦胧，像一幅生动的水墨画。

记得不知谁写下了"梨树开花照粉墙"的词句，感觉绝美，希望下一个梨花盛开的时节，我会再来。

绿色家乡，悠悠我心

胶山、翠屏山、凤凰山、吼山，绵绵延延，逶逶迤迤，如同锡东版图的脊梁，矗立于沃野之中。

我家乡的小村落就在这支山系西部南面的两公里处，尽管山不高，但平畴阡陌，越发衬托出山的峻拔。走出村头西边，抬头便能远远地望见山的轮廓。从中学时代起，我每天往返于镇上的中学和小村庄，走在寂寥的乡道上，近看花木芳菲炊烟袅袅，远望碧水青山绿意浓浓，无数次回眸、凝望。山，渐渐住进我的心里，浓成一缕散不开的乡情。

家乡的山道是我走过最多的路，从最初的石子路一直走到现在平坦的景观大道，我也是在这条路上不断走向生命中一个个新的起始点。在这过程中，家乡面貌也发生了翻天覆地的变化。随着锡东新城的崛起，家乡的小村庄拆迁了，父母住进了吼山脚下的小区里，过上了便捷、现代的生活。前几年父亲还健在时，每次我去看望父母时，父亲总是兴奋地领着我看周边的环境，每次都会指着眼前景物进行新旧对比，让我记住这里每一块地原来是什么，而每一次都会有新发现、新惊喜。有一次，父亲领着我来到他常去的小公园，这里紧挨着小区，依托山川绿色禀赋，改造成凤凰山生态园的延伸景观带兼公共文体空间，公园绿意葱茏，依山傍水，亭角翼然，成为父老乡亲们休憩的好去处。

山还是那座山，路还是那条路，但是再回首，已然添了几分神韵，不仅浓稠了我的一缕乡愁，也让无数因生活而奔忙的脚步慢下来。尤其是近几年，家乡的面貌像万花筒一样，随处转一下，都是斑斓生姿，涌现出一些颜值和气质俱佳的公园，甚至道路也变成了人气指数极高的网红打卡地。每到春暖花开或是秋高气爽的日子，延伸在山脚下的胶阳路沿线绿地成为许多人享受自然生态的乐园，人们三三两两，或是在茵茵芳草地上支起帐篷，静享下午慵懒时光；或是漫步花木间，赏一川明媚秀色。小朋友们则提着彩色塑料桶在清澈的浅池里捉小鱼、小蝌蚪，像山间的小鸟欢呼雀跃，好一幅人与自然和谐共融的画卷。

依据山势和河湖风貌构建了廊道、山湾、湿地、绿地，借山造势，借水造景，显山露水，既有山的灵秀，又有水的灵动，让江南风情在一草一木一水一路中呈现，这样的变化一直在延续，诗词里的江南故事也在不断描摹中跃然于眼前。

有时捧着书读一阕描写江南的古诗词，字里行间，书里书外，交相辉映，江南情韵雅致油然而生。

"水上春霞明，花开几千树；薄暮渔郎来，迷欲花深路。"这样绮丽的景色曾是胶山西林三十二景里的一景，《西林三十二景》曾被辑入小学课本，这也是很多人梦里江南的诗情画意。十多年前我在《新锡山》报纸工作，去安镇采风时听到一位老先生亲口给我描摹了明代三十二景的诗画长卷，可惜时过境迁，胶山脚下西林三十二景历经岁月的风霜雪雨，早已消失在历史的天空里。当时在老先生的指引下，我循着原址走了一圈，可是早已没了踪迹，但是对三十二景的生动记述留下很深的印象。

记得小时候，隔壁的大伯对我说："走遍千山万水，还是觉得我们这里好。"当时的我浑然不觉，看惯了家乡的小村庄静默寂寥，乡人们为繁重的农活所累，无心欣赏原始的乡野情趣，都向往着城市和现代生活。可如今回想过往，那样单调如平平仄仄的生活已远成梦里的一幅画，可我们脚下的江南福地本来就是从诗词里优雅地走来的一幅画，河湖密布自带灵动之气。那一句"江南好，风

景旧曾谙。日出江花红胜火，春来江水绿如蓝。能不忆江南？"勾起多少人悠长的怀想。

这样如潮涌动的绿色正是我们这块土地刻入肌理的底色，也是生生不息、向荣而盛的基因密码。从矗立于斗山山麓的中华绿色生态第一碑，到散落于山脚下、幽静处，建于历代的数不胜数的花园名胜，锡东人那种对恬淡雅致的"竹径通幽处，禅房花木深"的田园意趣的追求了然眼前。

细数锡东地区的园林名胜，元代画家倪瓒挖地堆山，池名"广沼"，清閟阁、云林堂、清阳堂、蒲阳馆、水竹居、听秋轩等十四景建筑绕池展开，间以葱茏苍翠的松竹花树、瘦漏透皱的太湖石，望去一片云林，倪瓒以此为号。明代官至翰林学士的华察在荡口鹅湖建有嘉遯园、乐榆园，在东亭建有东园、西园。其中规模最大的嘉遯园广四十亩，遍植松柏梅竹、奇花异草，中有湖石假山。清代有华天衢在荡口建的西上花庄、华允藻建的天然逸趣园、秦大来在查桥白丹山建的众志园等。安国所建的西林构筑亭台楼阁，广植竹木花草，遍布怪石奇峰，形成了有中洲、疏峰馆、汗汗泉、兰岩、遁谷、花津、风弦潭、雪舫等三十二处景点，著名文学家王世贞为之写下了隽永的《西林记》，而安绍芳写的三十二景诗至今读来仍是脍炙人口，尤其是那"采兰复采荷，日暮不盈掬"的意趣至今令人神往。虽然这些园林在岁月更迭中大多湮没在历史的尘埃中，但是，后人对园林雅趣的追求步伐始终不曾停止。

处在推进高质量建设的节点上，锡东人以更大的手笔点燃现代绿色田园都市梦想，极目四望，这里已然成了没有围墙的露天公园，翠屏山度假园、斗山生态园、吼山森林公园、九里河湿地公园等，融观赏、生态、休闲于一体的现代园林跃然眼帘。一路过去，仿佛一幅诗画长卷徐徐展开，诗意盎然，烟霞朦胧。

静水流深，悠悠我心，弹奏着千古不变的歌谣，那飞扬在季节里的繁花似锦，脉动着梦里水乡的柔情，那铺展在原野里的缤纷盛景，曼妙着烟雨江南的律动。融进血液里的绿色发展的意念，让我们的家园成为让人心动的诗和远方。凝望家乡，语言失去了色彩，只有那轻盈悠扬的绿色小夜曲久久萦怀。

秋雨潋滟品诗画

秋色绵绵，烟雨霭霭，水乡江南恰如一幅淡淡的水墨画舒展在眼眉。

雨下个不停，几位文友相约走进了雨幕下的东北塘街道。一代诗画大家倪瓒埋葬于此。我们到的第一站便是地处芙蓉三路的倪瓒纪念馆，此时雨大如注，阻挡了几许瞻仰大师的脚步，馆内只有负责管理的老袁陪同我们参观，四围静默，却正好让我们几个可以细细观瞻。

这里对我来说并不陌生，从修缮倪瓒墓到建成开放倪瓒纪念馆都曾留下过我的足迹，我是其中的一个见证者。由于工作的原因，数年前我也曾经接触过无锡市倪云林研究会的老同志。研究会设在原无锡市政府后面的一个巷子里，那是一个有庭有院的老宅，古朴典雅，掩映在花木之中，常有书画展览在这里举办，画风追随云林遗韵，执着专注，可见倪云林书画在无锡的地位和影响，也是在那时我初识倪云林其人其画。

纪念馆前的广场十分空旷，青砖黛瓦，竹木萧瑟，雕栏画栋，牌匾中央"云林遗韵"四个烫金大字在苍茫雨霭中愈显苍劲。站在历史的天空下，我仿佛看见一个鹤发长衫的身影闲庭信步，沉吟拨弦，弄诗作画，陶醉在他描摹的诗画里。虽然，生性高洁的画坛巨擘倪云林也曾写下"池泉春涨深，径苔夕阴满。讽咏《紫露篇》，驰情华阳馆。晴岚拂书幌，飞花浮茗碗"的诗句，春光浮动，晴岚拂书，令他诗性勃发。但我感觉，在倪瓒的内心世界里，究竟是住了一个朗月清风、竹木潇潇、落英飞花的秋季。在倪瓒纪念馆的展厅里，展出了倪瓒存世的七十多件临摹画作，有《渔庄秋霁图轴》《疏林小景图轴》《竹树野石图轴》，状物皆为空亭寒林、枯木竹石，意境静远，笔墨简净，格致幽淡。观倪瓒画作，总会令我想起江南秋天的旷野，褪尽了夏天的繁华，静谧，淡雅，素净，却又在不经意间透出飘逸之气。

白云终不染缁尘，倪瓒品性高洁，周南老（1301—1383）所撰《故元处士云林先生墓志铭》称倪瓒"神情朗朗，如秋月之莹；意气霭霭，如春阳之和"。心境不为尘世羁绊，只追寻内在的世界，与其说他是在作画，不如说他是用笔墨写意传神，勾勒自己的心迹。"爱此风林意，更起丘壑情。写图以闲咏，不在象与声。"从他赠陈维寅诗中可见倪瓒的绘画思想，用心作画，独辟蹊径，倪瓒也因此开创逸品山水之新高度，与黄公望、吴镇、王蒙合称"元四家"。倪瓒的画作备受后人推崇，流传下来的真迹流散各处，有的漂洋过海，不过大都为博物馆或著名藏家所珍藏，有一些藏于上海博物院、美国大都会博物馆、台北故宫博物院、日本大阪市立美术馆。藏于无锡博物院的仅有一幅《苔痕树影图》，画作也是历经周折才回到原乡，成为无锡博物院的镇馆之宝。

拨开岁月的风霜云烟，在东北塘这个弹丸之地，还有一颗星辰辉映在历史的天光中，他就是明末清初的书画家、诗词家、史学家严绳孙。严绳孙深得康熙帝垂爱，康熙帝下令招严绳孙进京修史，并下旨内阁大臣："史局个可无此人。"严绳孙著有《秋水集》《清史稿》《明史列传》等著作，并与人合纂《无锡县志》等，如今他的名字已位列无锡历代先贤名录。严绳孙生性恬静，淡泊名利，修史完毕，即辞官返乡。他喜游名山大川，以书、画、词会友，挥毫泼墨，吟诗作词。诗词多吟山水田园，追求言有尽而意无穷的境界，其意趣和倪瓒堪称异曲同工。

离开倪瓒纪念馆，我们走进了梓旺、锦旺两个新型农民安置小区。两个小

区名字都带旺字，多少透出一点乡野民俗之气，却寄托着这里的人们对富庶幸福生活的朴实追求。两个社区中心处处充溢着恬静、娴雅之气，璀璨明丽，撩拨着我们的视线。梓旺新村社区是锡山区较早建设的农民安置小区之一，我们到达这里时，新建的社区中心大楼刚刚启用，中心集社区行政服务、居民休闲文娱于一体，设有服务大厅、康复室、图书室、老年活动室、警务室、综治室、社区学校、绿色网站、爱心超市、居民议事室等多个功能室。漫步于此，一间间新颖、雅致、敞亮的功能室交相辉映，让人惊喜流连。

最让我们心动的是设计优雅，现代的阅读吧，像磁铁一样吸引着我们的眼光。阅读吧分里外两个功能区，进门的一间中央置放了一张长条桌，可供十多人围坐一起读书、看报、交流；椅子是软绵的靠背椅，可以舒服地尽享读书时光；四围洁白的墙上装饰着雅致的艺术品，给书吧增添了几许梦幻色彩。这里安静、明净，屋顶全部由透明的玻璃架起，如果是有太阳的冬天，和煦的阳光从顶棚倾泻而下，该是多么惬意；又或者如果你累了，可以从一旁的楼梯上拾级而上，在露台上纵览外面的景致。

里面的一间背靠梓旺公园，足有一百多平方米，挨着公园的一面是透明的落地玻璃幕墙，靠玻璃墙置放着一排宽大的沙发茶几，在这样一个雨打芭蕉的薄凉秋季，泡上一壶热腾腾的茶，或是一杯香喷喷的咖啡，把身子埋在松软的沙发上，和大自然的一草一木仅隔着一层透明的玻璃，可以深读一篇文章，呼吸文字的芬芳，只需一抬头，就可饱览一窗秀色，自然是妙不可言。当然，如果你有足够的闲情，这里还有一应俱全、装饰典雅的书画室、舞蹈室、多功能室，以及乒乓球室、羽毛球馆等，宜动宜静，总可以找到满意的去处，让你乐而忘返。

梓旺新村社区和锦旺新村社区是这个秋季斑斓画图上的一抹亮色。近年来，这里的人们饱蘸豪情，浓墨重彩勾勒富强、美丽、和谐、幸福新图景。经济建设和社会事业乘风破浪，扬起浪花朵朵，依托得天独厚的地理优势，现代服务业风生水起，写下华彩篇章。社会事业流光溢彩，棒垒球和国际象棋教育两个体育项目如今已成为无锡的亮丽名片。

　　靡靡风还落，菲菲夜未央。在这样一个烟雨蒙蒙的秋季，沿着倪瓒画迹，徜徉在秋水天长的岁月廊道，一路风景，抵达一幅舒展出娴雅之气的实景画卷，也未尝不是一种特别的游历。虽然这里没有地理上山水的波澜壮阔，但是有人文的厚重深邃和现实的酣畅雄浑，其给我的感觉就像喝一杯陈年的普洱茶，需要细品慢饮，才能得其真味。

邹勤
ZOUQIN

原名邹瑾，错改成现名，不得不收起玉成初心，一路勤勉。现为无锡市作家协会理事，锡山区作家协会副主席、秘书长。喜光，喜草木，喜自然空灵，作品散见于各类报刊。

★ ★ ★

梨园中的村庄

每个人的心中都有一座村庄，或向往过，或生活过。

瓦墙，炊烟，柴垛，河滩，小船，田埂……这些村庄的符号，离现在的我们，却已渐淡渐远。

秋日的午前，前往厚桥中东村，慕名去看一个梨园，却无意中在梨园里，发现了一个契合心境的村庄。散落在这个村庄里的符号，依稀都是回忆中的模样。秋天的微风有些凉，村庄的林间有梨香，而在慵懒的行走里，我听到自己渐渐心动的声响。在面朝金城路的道口，立着的石块上刻着这个村庄的名字：

晏家湾。

晏家湾，一个好听的自然村名，因晏姓滨水聚居于此而得名。但我还想望文生义，让自己到来的心情变得更加贴切。晏，有安乐之意，晏家湾之名隐着安乐的水村之意吧。

深秋的晏家湾，安静得只有微风与落叶的声音。人工斧凿的痕迹，难掩其天生丽质的姿容。就像一个美少女，在一场盛大的宴会面前，为了掩饰内心的羞涩，略施薄粉。这儿随处可见洁净的村道，简单的路灯，错落的民房，清澈的池塘，摇曳的野花，葱郁的绿植。篱笆上，"满架秋风扁豆花"，像紫红的蝶翅，飞舞着江南村庄的婉约韵味。农家的狗儿看见生人也不惧，摇着尾巴步步踱近，一副"见过大世面"的样子。相反面对它的无限接近，我们总是"寒酸"躲避。

深秋，梨是晏家湾的主题。晏家湾村后的那片梨林，就在慢慢地行走中，步入我的视野。劳累了一春一夏的梨园，此刻正安然自得地摇着沉沉的梨枝，休憩在秋的深处。深绿的叶面，浅绿的叶背，在风中摇曳着炫目的绿光。梨树叶下，泛金的果梨微笑轻摇，梨熟的清香弥漫四溢，与悠闲的心情一起，随风飘散。在村民的手指处，我知道那就是闻名已久的皇冠梨。

皇冠梨，色泽金黄，皮薄汁多，清香脆甜。其超爽的口感，的确可以被戴上梨中皇冠。这些梨在秋雨中渐长，在秋阳中渐甜，如今已在秋风的缝隙里，摇着沉甸甸的喜悦，泛着金灿灿的希望，让人心生欣喜。

农家乐在唱响，皇冠梨在飘香。徜徉在五百多亩的梨园中，我们偶然得知，梨园的最初形成缘于一段从徐州到无锡的"梨缘"。故事的主人公是徐州姑娘王书灵与无锡小伙吴雪春。当年这对小夫妻为了爱情，为了生计，硬是把徐州的种梨技术，成功"移花接木"到无锡的沃土上。随后，他们夫妻俩又在村委

的大力支持下，依靠桃梨专业合作社的平台，打造了以皇冠梨种植为主的晏家湾优质果品园，并使之成为远近闻名的果品园区，书写了他们事业上的春天。如今，一棵棵皇冠梨树变成了晏家湾人的摇钱树。而这段牵"梨缘"、建梨园的故事，则记载了他们人生与爱情路上的酸甜历程。

"晏家湾里梨花飘，皇冠梨中藏礼仪"，晏家湾人喜欢用这一句话来形容这个村庄，表达他们挖掘梨文化的愿望。多年来，晏家湾人不断在"梨"字上做文章，推"梨"及"礼"，打造"礼"文化长廊和古汉礼文化教育基地。村前的小绿地里，矗立着"孔融让梨"的雕塑，意在以这个家喻户晓的故事来更宽泛地诠释梨文化。实际上，关于梨的故事很多，在我的记忆里就存了两则。一则是关于郭沫若的逸事。新中国成立前郭沫若在重庆发表演说，特务捣乱，扔梨于台上。次日郭先生发文调侃，写了两句妙讽："权宜梨儿作炸弹，妄将沫若当潘安。"另一则是在金元时，大学者许衡"暑中过河阳，渴甚"，见路边有梨树，众人以"世乱，此无主"为由，纷纷摘梨解渴，许衡"独危坐树下自若"，并告诫别人"非其有而取之，不可也"，"梨无主，吾心独无主乎？"我想，这两则故事可否与孔融让梨的故事一并为晏家湾单薄的梨文化增加点营养呢？

晏家湾人在梨文化的拓展上动足了脑筋，取其谐音，借梨文化来推"礼"文化，未尝不可。"中东的梨"，本就可以成为"中秋的礼"。但何不顺其思路，再进一步，以梨文化来推"俚"（民俗）文化呢？或者以梨文化来推"犁"（耕作）文化呢？

皇冠梨的香气漫过我们浮躁的心境，晏家湾的小栖让日子变得安静而缓慢，"小桥流水人家"的田园景致和"乡村路带你回家"的闲情逸致，总让人神往，让人心净。在行色匆匆的脚步里，想找一个被时光遗忘的村庄是一件多么奢侈的事，心中的桃花源无从到达，但内心从未停止对桃花源的向往。晏家湾虽不是心中的桃花源，但至少可以成为现实中的梨花源。在这儿，我们不用去考虑太多的事情，徜徉在晏家湾的林间小道上，享受皇冠梨的清香与甘甜、斜阳里的温暖与祥和、田野间的放松与自由。城市的时光，就此浅浅遗忘。

金色的果梨，金色的未来。待到明年梨花开，晏家湾，我还会再来看雪春。

梦里水村谢埭荡

秋色还浅，秋雨却浓。城里的秋雨是惆怅的，水村的秋雨是明快的。中秋，雨随着我的足迹风铃般飘过梦里的水村——谢埭荡。那沁入心脾的潮，湿了我身，诗了我心。

也许，矜持的秋雨，恰可极力呈现谢埭荡最纯情的时光。

这个年轻的渔村，依水而生，临水而居，藏于苏锡交界的深闺处，鸡鸣三地，少有人识。但对我这个一直在农村成长、生活的人来说，这儿的一切都显得格外的清新、亲切与自然，她与所有的江南水村一样，与泥最近，与水最亲；离过去很近，离现实很远。她几十年的历史，清风碧水，简单清澈。不用刻意回忆，她的过往都漂浮在河面上，与微波一起粼粼发光。

水是谢埭荡的魂。谢埭荡村河荡密布、三面环水，北依宛山荡，南临西沿荡。这儿一半是水，一半是岸；一半是农，一半是渔。而水在谢埭荡人心里的重要性，远比面积上的占比要高。20世纪60年代末，谢埭荡人做了一个热血沸腾的梦，围荡建村，谁也没料到这一破坏生态的"战斗"，居然围出了一个谢埭荡村。多年之后，谢埭荡人开始认识到生态的重要性，更加尊重水的规律，不断地做规划、大投入，退耕还田，退田还荡，把满村的水聚成一个个聚宝盆，硬是把一个已经接近变异的渔村拉回到依靠村情发展的轨道上来，实现了"老典型"的新转身。而转身的过程中，谢埭荡人把应势、坚持、柔韧的水的习性揉进了灵魂深处，成为谢埭荡人一以贯之的精神特质。

谢埭荡的"荡"字，既有荡漾之境，还有荡涤之意。当走在林荫覆盖的滨水村道上，亲水而望宛山荡，风吹进心里，树绿遍感觉。堤岸两侧的水"清澈见鱼"，安静脱俗，沉淀了外面的杂质，清洗着混浊的呼吸，宁静了芜杂的心境。极目眺望处，水的尽头，还是水。也许，这儿的每一片水，都会成为生命或者灵魂的栖息地。

有水的地方就有鱼和渔。谢埭荡的河塘里穿梭的不仅有常见的"四大家鱼"，还有螃蟹、长江鱼等。这些灵动的生物，在谢埭荡人的眼里就是一种产品，可以带来收入的产品。在谢埭荡处处可见垂钓池塘，位于村西南的就是国际垂钓中心。每周末，堤岸上排满了垂钓的人。我一直认为钓鱼是人类生活中最亲水的活动，钓鱼者静坐清波边，默盯钓竿头，如水安静，顺水思考，随水而动。"春钓滩，夏钓渊，秋钓阴，冬钓暖""路人借问遥招手，怕得鱼惊不应人"。一张窄窄的凳，一根弯弯的竿，一条细细的线，候着浮沉竿弯的时光，紧张而又笃定。有时可见钓鱼者放风筝般拉线，那一定有大鱼上钩了。当我徜徉在河道边，看微波荡漾、炊烟缭绕、飞鸟归林、竿起鱼跃，这是多么安详的一幅画面啊。

谢埭荡村水多，桥自然也多。据村里人介绍，说得上名称的桥就有十三座之多，信德桥、庆丰桥、五七桥，等等。但遍寻所有的桥名，没有找到钓渚渡桥这座与谢埭荡村历史文化密切相关的桥——原来这座桥不在谢埭荡村境内。所以谢埭荡村虽桥多，但缺乏历史之桥、文化之桥。

关于钓渚渡桥有一个美丽的传说。传说中的主人公钓珠姑娘与家人离散又重逢，似乎是冥冥之中的安排，却也体现了谢埭荡人崇尚美好、崇尚团圆的美好心愿。这应该是谢埭荡村文化里唯一可以描红的地方。传说中钓珠姑娘出资建造的钓渚渡桥，却在常熟张桥境内的横塘河上。纳闷的是，这桥不知怎么又会成为无锡市二〇〇三年的文保单位。前几年据说因"不适应现代水上交通的

要求"，桥被迁建到常熟沙家浜，随后桥墩也从横塘河上彻底拆除。于是，谢埭荡人就再也无法在遗址上找到桥的痕迹了，钓渚渡桥的传说似乎离谢埭荡更加遥远了。

"暖暖远人村，依依墟里烟。狗吠深巷中，鸡鸣桑树颠。"这样的诗句感觉就是用来描写谢埭荡村的农家景色的。走在熟悉的农家旁，鸡鸣中祥和，炊烟里亲切。对这个渔村来说，以种养为生的农家户数不多，大多位于村西面的东山头。这些原生态的农家，总让我想起儿时午后安详的家。屋前支着晒衣的架子，黑白的狗慵懒地趴着，鸡扑棱扑棱翅膀后安逸地理着羽毛。主人说家的后面，还有成片的葡萄园与梨园，而我却在她的手势里，看见了一垄又一垄的蔬菜。农家的周围有河绕过，河中漂着树影，漂着浮萍，一簇又一簇的草从河里长到岸上，在绿的缝隙里，可见远处黛瓦白墙的农家小楼。秋，偶尔一落叶，飘洒在河面，便是这安静的绿色里最曼妙的飞舞。有时我会幻想，草是河的长发，树是河的手臂，河的流动、草的风扬、树的飘摇，恰是这水村的最自然处。

我对朋友说，以后要到这儿的河边来对酒当歌。我的脑海里，憧憬着这样一个不奢华但惬意的农家小资场景：夕阳斜，晚风微，屋门外，临河处，搬数张桌椅，炒一碟花生，装几盘鱼干，再做两三个红烧或清蒸的鱼，邀友而饮，看晚霞入水，赏片片粼光，浮生半日闲，醉在晚风里。

村里人说，谢埭荡缺座山。我微笑。其实每个地方，资源不可占尽。谢埭荡，有水足矣。她要做的，就是启开窗，让更多的人读到她的清纯。谢埭荡村道上的公交站台，安静地等着城里人进村，村与城市、村与外面世界的距离，在数得清的车站名里显得更近了。过去，勤劳的谢埭荡人把一个死旮旯变成了一个活水塘，如今，又在谋划如何把"活"水塘变成"火"热的旅游休闲业。当他们开门迎游客的愿望越来越强烈，把"乡村游""微旅游""渔家体验游"

等概念说得头头是道的时候，相信谢埭荡人要完成乡村休闲度假体验区的目标已是指日可待。

城市化进程的浪潮汹涌而来，江南水村的记忆章节与现实存在正在慢慢远去。我们这代人的记忆，大多依然与乡村有关。甚至，我们回忆中最美好的片段依然是村前村后、河里河岸的嬉戏。所以，当我们再次走进这样的乡村，走在渔村的河道上，就如同走在记忆的河道上，涌上心头的是渐渐回来的熟悉与亲切。

选择在中秋日去谢埭荡，原本是想去一睹"宛河秋月"的美景的。但阴雨的天气决定了我此行的美好愿望不能实现了。回家的路上，雨停了。"归去，也无风雨也无晴。"（苏东坡语）对许多人来说，生活中充满了喧嚣、混浊、拥挤、烦琐等无奈，不如扔掉所有难散的郁积，不如远离高举深思的纠结，到谢埭荡这样的乡村走走，无论是采摘、垂钓、游走，还是啜饮、寂坐、发呆，都未尝不是一趟修身养性之旅。

"做一条鱼，在波涛下微笑。"毕淑敏如是说。

诗意锡山

旅行，是一种身体与心灵释放的方式，让我们从钢筋水泥的丛林中逃出，在且歌且行地游走中心远。也许，最真实的自己，我们可以在旅行的路上遇见。

对国内外那些经典的景点，我们很难一一涉足。一个很正当的理由，就是"没时间"；还有个很卑微的理由，就是"没钱"。即使有空、有钱而得以成行了，大多的旅行都是掐时赶车，走马观花，宛如快餐，食而无味。当我们转身，只记得地名，却忘了音容。回到家中，幻想的美景又回归为寡味的现实。为了记下到过的景点，我们往往忙于各种拍照，各种上传发圈，却失去了凝望中情绪的积淀，失去了静立中人文的感悟，"到此一游"诠释了一种心态：人去过，心未带。

那么，不妨就在近处，用线把锡山旅游休闲景点的"珍珠"一一穿起，然后逃出栖居的"洞穴"，尽情地游走。即便我们无法做到放下一切，随时出发，但这近在咫尺的美景，随时可以出发，随时可以回家，完全可以省却你许多的计划盘算和舟车劳顿。当你选择在某个周末或晨昏去走走看看，遇到切合自己梦想中的美景时，想象中被隐藏的憧憬，会像一粒种子，生根发芽，默然盛开。

一浪高过一浪的城市开发，让许多江南古镇变得焦虑与浮躁。你可以驾车或乘坐公交，直扑名人林立的荡口古镇。这个中国历史文化名镇，时尚与古旧相互交融，名人与文化彼此照耀。石板桥下，摇橹船日复一日地穿梭在似水年华里。当日落后，夜幕起，古镇明明暗暗，低眉嫣然。仓河两畔，河光一色，幻成摄人魂魄的妆容，停留脑中，无法走远。面对这个在杏风春雨中濡湿千年的江南古镇，你会想出怎样的深情告白？这里，有一首旋律，叫作"歌唱祖国"。

总有一种浪漫，能够让你奔赴。在与苏州北桥的接壤处，有一个花园叫鹅湖玫瑰园，里面藏着万千玫瑰、蔷薇与月季，与一棵棵树缠绵依偎，红的胜火，粉的似霞，白的洁雅，在孟夏、仲夏季等你相约，这里或许有与你一模一样的花，也可能邂逅你独一无二的爱情。当夕阳西下，鹅湖上铺满波光粼粼的迷人金色，此刻，你可以在玫瑰园的滨水河道上，写下童话般的牵手故事，也可以到茶亭飞檐下倾听老板娘讲述有点深沉、忍住泪目的孝行往事。这里，有一种芳华，叫作"相守相遇"。

每个人的心中都有一座村庄，或向往过，或生活过。谢埭荡，这个年轻又纯情的渔村，依水而生，临水而居，藏于苏锡交界的深闺处，依靠老典型的新转身，最美乡村之名已经鹊起。她与所有的江南水村一样，与泥最近，与水最亲；靠过去很近，离喧嚣很远。谢埭荡村随处可见垂钓的场景：垂钓人寂坐池边，默盯竿头，如水安静，顺水思考，随水而动。一窄凳，一长竿，一细线，候着浮沉竿弯的时光，紧张而又笃定。当你徜徉在谢埭荡的湖边、河边、池塘边，看波光潋滟、炊烟缭绕、飞鸟归林、竿起鱼跃，这是多么安详的画面啊。这里，有一种景色，叫作"村在水中"。

如今很少有那种纯味的人间烟火气了。小时候作文里描写的"蓝天白云"，早被时光的尘埃所遮掩。不用走远，你可以轻车简行，去全国美丽休闲乡村山联村重温旧忆。这个"鸡鸣三地"的乡村，位于常熟、江阴、锡山交界处，依山临水，靠颜值换来了产值。村内炊烟、池塘、民居，怡然、清新、洁净，还有洒满星星的夜空，正巧切合了城市外生活的向往。早上醒来，还可去北侧的顾山林间品茗吃面。这里，有一种烟火气，叫作"山联早面"。

逛了这么多，其实也累了。那你到东港的朱青山庄去过一个既能饕餮又能读书的周末吧。朱青庄园与归房位于锡山与常熟交界的东港镇港南村。掩在树影草绿之中的庄园，远离尘嚣市扰。虽无"曲岸弯环"，但也有"水漾涟漪"，虽无"堂之影、亭之影、山之影"，但也有"树之影、舍之影，沉浮波中"。归房内，干净明亮，纯木原色的屋顶家具，手工制作的枯枝吊灯，黑白发黄的巨匠相片，四壁庋藏的各式图书，从天窗泻下来的阳光，还有一些小靠枕、小沙发、小圆桌、小挂件、小盆景，俏皮错落，相互衬托，非常精致，让人满怀温软，心生欢喜。这里，有一种农家乐，叫作"书卷气"。

人生路上，许多的美丽终会枯萎失色。单调的生活之余，你可以去缤纷馨香的无锡农博园走走。那儿总是"花事"不断，"花头"很多：现代版的蔬菜园、体验式的游乐村、高科技的花卉馆、一站式的花市场，让人回味无穷。不要再说忙，不要再说单调。这里，有一种调节，叫作"花颜草语"。

也许许多景点空间太大，没法一览无余，尽享生活的清幽。在胶山脚下，有一个小巧玲珑的花园，名叫"多多花园"。这个号称无锡最美的私家花园，一入门，便能感受到一种净澈和含蓄，水池、鱼戏、睡莲，还有轻舞的喷泉，石槽、瓷瓶、旧椅，还有摇晃的秋千，错落有致，摆放有味。怀旧，长成一棵棵杂草，爬满了庭院角落，透亮而富有生机。你可以找个僻静地，在花的簇拥下，凝视遐思，谛听独酌，自我陶醉，自我释然，无须搭理身份层面的珠光宝气。这里，有一种放松，叫作"兀自风雅"。

提着背包，穿梭在锡山的各个景点间，呼吸到清新怡神的空气并非奢望。锡山北侧，有处天然氧吧——斗山生态园。"逶迤斗山十里弯，山美水美茶果香。"在茶香古韵里，斗山的"品茶文化"飘出了清新与宁静。那姹紫嫣红中的片片嫩绿，那清水翻滚后的亭亭玉立，惊艳了时光，缱绻了口感。这里，有一种快意，叫作"太湖翠竹"。

对许多到我这个年龄的人来说，青春已远，时尚已远。不要紧，你可以逛逛时尚的荟聚中心。这个无锡市首家国家级绿色商场，取名荟聚，落户人文荟萃的云林，有一种天作之合的味道。这儿"荟聚"了三百多家知名零售品牌，你尽可以在里面尝尝冷饮，吃吃热狗，逛逛商店，一家人消磨半天也不觉无趣。作为锡城首选的亲子综合体，荟聚拥有丰富的儿童业态，建有被称为"POD"的"智荟体验空间"，为孩子打造智慧体验；还设有独有的家庭房配套儿童卫生间、私密哺乳室、儿童床等，上个卫生间，也成享受。这里，有一种年轻，叫作"轻奢快时尚"。

这些美景休闲场所安静地坐落在锡山的各个角落。我只是简单几笔，粗糙素描了下，并不能涵尽锡山之美。而极简的勾勒，大片的留白，才有更多的想象憧憬。作为无锡人来说，若能在自己的家乡旅行，就可以不断成全说走就走的旅行。这样的旅行，携有家的温暖。对那些渐渐模糊了家乡概念的人们来说，唤醒与增强他们的家乡归属感，更具现实意义。

想起某部电影里的对白："城市是空的，故事是人写的。"也许每个人都可以用较少的时间与费用，书写自己在锡山的旅行故事。

兴达吟

淼淼太湖，依依水乡，悠悠梁溪，灿灿锡商。范蠡商圣，情牵西子，韫椟而藏，成就计然①。荣氏之创，壮阔波澜，面纱大王，抒写华章。春雷造船，乡企首创，顺势解缆，鸣笛起航。

兴达泡塑，发家龙亭②，肇基于辛未年腊月，迁址于百强镇东港。其传承精神，秉承使命，适值时盛运旺。其企，水来陆往，四通八达任尔行；其业，内治外拓，通商惠工凭鱼跃；其量，突飞猛进，从万吨跬步，至百万年产之浩荡；其势，嬗递豹变，从稼穑陋巷，至六大基地之簇拥。

今时，已成 EPS 之翘楚，跻身于中国制造企业五百强、中国民营企业五百强、中国化工企业百强、中国建材企业二十强之列，于万千气象中，勇挑世界 EPS 制造之大梁，初成其扬民族志气之宏愿。

谈笑间，已经三十年。忆过往，创业热情燃兮满胸腔，宵衣旰食作兮迎曙光。立业初，谋天时、地利、人和，殚精竭虑，敢为人先，一路躬行，历经沧桑。首贷工行，蔚起草创。晨钟暮鼓，四千四万。南征北战，历练成钢。

首拓龙城③，初征告捷，龙亭龙城，天作之缘。继续挥师，南下鹅城④，西出奎屯⑤，北上油城⑥，其业无不蒸蒸日上。至此，锡达商标，四海名扬。

①计然，指的是《计然篇》，为范蠡在做生意过程中，总结写就的代表作。
②龙亭又称隆亭，为东亭别称，为兴达发家之地。
③龙城为常州别称。
④鹅城为惠州别称。
⑤奎屯位于新疆。
⑥油城为大庆别称。

当年作坊，巨擘八方。

鸿飞霜降，脚履铿锵。溯兴达之道，实乃经营有方，帷幄在人。天下英才，远求骐骥；院校专家，搜岩采干。造因得果，经年后，兴达顿成称贤荐能之所，济雏鸟丰羽翼而翱翔，育幼鱼坚鳞鳍而畅游。再后，完善典章，悉用才力。历危机亦从容，经坎坷无畏退。上下同力，风雨同舟。终占鳌头，大放光芒。

人之谋事，成之在策。以守信为做人之道，以创新为发展之措。搏现代化之浪潮，挽高科技之马缰。定信念，坚立场。生产、研发，倾资备，努筋拔力；控本、营销，调人力，利析秋毫。帮客户之难，解顾主之忧。一路三十年，功成共敬仰。

建企兴厂，非独求于师甸，其竿头日上，能广为口碑载道，必重于文化之续建，凝于善心之伸张。为家乡排忧解难，为民众造福一方。既怀瑾握瑜，传精神清香；又安民兴厂，塑民企形象。修路捐款，救灾恤患。积德行善，深得众望。慈善楷模①，懿德流芳。

星燧贸迁，今日兴达，承前虑远，虎跃龙翔，得天时而享地利，顺大势而展宏图，实业兴邦，镜鉴膏壤；肝胆若中，日月华光。啸傲展望，威声已现。云程发轫，万里可待，乘风破浪，百年辉煌。

---

①兴达泡塑新材料股份有限公司董事长华若中获 2009 年 "中华慈善突出贡献奖"、2013 年江苏 "最具爱心慈善捐赠楷模" 奖，并在 2021 年一次性捐赠 5000 万元。

邹炜
ZOUWEI

女，无锡市作协会员、锡山区作协副秘书长、民革党员。《精彩江苏·历史文化名城名镇名村系列》之《荡口镇》撰稿人（江苏人民出版社出版）；与友人合著散文集《拾尺集》；其他文字见于《新锡山》《江南晚报》《中国散文家》等报刊；个人原创公众号为"草庵里"。

_ ★ ★ ★ _

鹅湖之畔龙之舞
——无锡市非遗项目"龙舞（荡口龙舞）"纪实

龙是中华民族的图腾，传说中能行云布雨，消灾降福，龙舞则是体现中国古代农耕文化的一种民间传统舞蹈。早在商代的甲骨文中，就已出现集体祭龙求雨的文字；汉代董仲舒的《春秋繁露》中，明确有了舞龙求雨的记载，可视为早期形式较为完整的龙舞。此后历朝历代的诗文中记录舞龙的文字屡见不鲜。可以说，"龙舞"就是华夏民族精神的象征，体现了中华民族团结合力、奋发开拓的精神面貌，也包含了天人和谐、造福人类的文化内涵，是中华民族极其珍贵的文化遗产。

"荡口龙舞",俗称"调龙灯",最初也是作为祈求风调雨顺、五谷丰登的一种祭祀仪式。由于"调龙灯"气氛热烈,令人振奋,通过"调龙灯"活动能表达、释放内心欢快的情绪,因此便逐渐演变为一项节庆娱乐活动。至唐宋时,已是逢年过节常见的喜庆节目。在荡口及周边乡镇,"龙舞"自明清以来就一直在民间流传不衰。直至21世纪早期,"龙舞"仍是荡口地区民间喜庆节令场合普遍存在的舞蹈形式、吉庆祝福时节喜闻乐见的娱乐方式。

荡口龙舞技艺特色

一、道具服饰

1. 龙灯。龙舞因舞蹈者持龙形道具而得名。荡口龙舞之"龙",以竹篾扎成龙头、龙身和龙尾,俗称"灯笼壳子",外面包裹饰以手工彩绘龙鳞的绸布。这在《百戏竹枝词·龙灯斗》里有相关描述:其龙灯"以竹篾为之,外覆以纱,蜿蜒之势亦复可观"。原先每节龙身中都装有烛灯,精巧细致,是为"龙灯"。起舞时,一人手持彩灯(象征夜明珠)在前领舞,其他多人分别持龙头、龙身和龙尾下所撑木柄随舞,故称"调龙灯"。最早的龙头重达百斤,双目炯炯有神,相貌庄严。从龙头的工艺和外貌,可以想见,百年前它在舞龙者的手中被摆动得栩栩如生的样子。

2. 锣鼓。龙舞在表演过程中离不开节奏的引导,节奏则以锣鼓的打击为主,而鼓点又要根据"夜明珠"的"情绪"引导而调整,节奏快慢变化无固定模式,"夜明珠"——鼓点——龙舞,环环相扣,使表演出神入化,振奋人心。

3. 服饰。舞蹈者根据龙的颜色而搭配以不同色彩的服装,有红、黄、绿、

蓝、白色，随着历史发展与进步，又有了金色和银色。款式则是中式对襟、圆领绲边，考究的前襟等处还绣有花纹，舞蹈者一律扎红色或黄色头巾。

二、表演形式

荡口龙舞最基本的表现形式为单龙舞和双龙舞，以表演时的构图变化和动作套路展现其独特魅力。

单龙舞以腾升、下潜、游走等形式，表现喜庆吉祥、蒸蒸日上的情绪；双龙舞则以双龙抢珠、盘旋双进等技法，表现你追我赶、奋发向上的姿态。另有现已不多见的多龙舞，以排江倒海、游龙互嬉等场景，表现特别浓厚的欢乐气氛。荡口龙舞的主要技术精华在"夜明珠"、龙首和龙尾，主要套路和龙舞效果，基本就是由这三人决定，当然，锣鼓的节奏配合也有穿针引线、引领气氛的重要作用。龙舞的构图和动作，一般有"圆曲""翻滚""绞缠""穿插""蹿跃"等特征。以单龙为例，开始时总是先绕场一两周——圆场，勾画出一个圆形无极图，然后开始耍龙。舞龙队员将龙头、龙身、龙尾依次从上至下画"8"字，形成紧随"夜明珠"翻滚的"S"形游动，其运动非常明显地呈现为一种循环变化、蜿蜒曲折的形态。

三、表演场合

民国以来，荡口龙舞队起先只是在春节和庙会期间，在热闹的集市间舞动长龙，慢慢地发展到在一些重要节日、喜庆活动都会进行表演。20 世纪末至21 世纪初，乡镇企业、民营企业迅猛发展，荡口龙舞更是受到了这些企业家的青睐，成为开张仪式上必备的表演项目。那时，荡口拥有龙灯五六条，男龙以鹅湖村为代表，女龙以青荡村为优。逢年过节，这些浩浩荡荡的长龙队伍，在涌动的人潮间自由穿梭，街道两旁百姓的掌声与欢呼声，将荡口节日的喜悦气氛烘托得愈加浓烈。其中以华道生为首的舞龙队，经过三代传承，技艺日臻纯熟，在春节及重大庆典活动时都会应邀表演，每年都会演出数十场。

四、精髓与传承

龙舞这项技艺的精髓，体现了团队合作精神。从龙头至龙颈、龙身再到龙尾，稍有不协调，便会露出破绽，成为"断龙"，而给整条龙起到指挥官作用的，便是龙首前端的"夜明珠"。至于锣鼓，也是要听从"夜明珠"的指挥后以鼓点起节奏。有一种"快调龙灯"，没有锣鼓家什，讲究速度，整条龙跟随"夜明珠"的起伏回旋，快速摆动，直"调"得龙肚生风，脚下起尘。现在这种形式已不多见。

原来的龙舞队，都是纯男龙或纯女龙，但掌握龙头的，除了技术好，还必须得有一把好力气，女性力量小，所以传承到现在，女龙也可以用男龙头了。再说龙的制作，原来是以竹篾做成龙头、龙身、龙尾架，外饰绘有龙鳞的绸布，这种架子特别笨重，并且整条龙骨架嶙峋不圆润，外面的绸布面料极易褪色和损毁，没使用几次就会显得陈旧破败。通过革新，现在则以塑料取代竹篾，不仅轻便，开模注塑的"灯笼壳子"造型也更趋自然，色彩鲜艳又牢固的牛津布取代了绸布，大大地改良了龙灯。

"遗"脉相承：荡口龙舞守望者

一、心记忆：民间的生活艺术

2004 年盛事——无锡市五大历史文化街区（名镇）之一的荡口，和十大古村落之一的甘露，合并为鹅湖镇。双珠合璧后，在庙会文化里大放异彩的"荡口龙舞"，得到了更广泛的传承与光大。

笔者所在的荡口古镇，屡屡会在春节、端午这些重要节庆日，为营造欢乐喜庆的气氛，弘扬中华民族优秀传统文化，邀请甘露的两支舞龙队来景区和荡口古镇曾经自有的舞狮队一起联袂表演，"龙腾狮跃"共庆佳节。

在阵阵锣鼓声中，长长的舞龙队伍从景区西入口出发，一路"巡游"至景区东面的延祥桥，每经过一处宽敞的街道，长龙便会在锣鼓声中腾跃起舞。开龙门、回龙招，舞龙队员们狂舞长龙，时而上下盘旋、时而摇头摆尾，龙腾跃起的舞姿，与夜明珠、锣鼓声配合默契，不时赢得现场游客的阵阵喝彩，也总能引来摄影爱好者的紧紧追随。更绝的是，来荡口古镇表演的两条龙，清一色的女性舞者，真正展现了"巾帼不让须眉"的飒爽风姿。

锡山区甘露传统民俗文化保护协会会长金文钧向笔者介绍，他还在学校读书时，就爱上了传统民俗文化。荡口、甘露两地因繁盛的庙会文化，舞龙等民间舞蹈形式在当地及周边地区闻名遐迩。从最早祈祷新的一年风调雨顺、平安祥和，到后来走上表演舞台，荡口龙舞，始终是当地百姓的心头爱。笔者对接荡口古镇多次龙舞表演，深深地感觉到，喜爱这项非遗表演的，并不止于当地百姓，那些围观的游客和携"长枪短炮"的摄影者，他们对这个表演的欢喜，并不亚于当地百姓。这是"荡口龙舞"生命力的基础。

谈到荡口龙舞的传承发展，金会长吐露了一点他内心的担忧：目前舞龙队表演者年龄普遍偏大，年轻些的，也已四五十岁，且人数不多，年长的已经七十多岁了。最近两三年，因疫情原因表演停滞，等到长龙再舞时，年长的那些，不知道还能不能撑得起那杆龙肚下的木柄。如果没有年轻人接力，舞龙舞狮作为中华民族的优良传统，将面临失传风险。

"期待着日后有更多平台让荡口龙舞得到传承和发展，要让年轻人参与进来，这需要政府的扶持。也但愿你写成的文章能多少起到一点作用。"采访结束时，金文钧说。

二、新传承：龙舞进校园

荡口龙舞，饱含了老百姓祈求"风调雨顺、国泰民安"的愿望，怎样将这种寄寓了对美好生活向往的表演，在这个有着"江苏省民俗文化之乡"美称的鹅湖代代传承下去，是金文钧一直苦苦思索的问题。所幸，无锡市甘露中心幼儿园，为我们蹚出了一条新路。

从 2002 年起，无锡市甘露中心幼儿园本着"传承民俗文化，弘扬民间艺术"的理念，开始致力于"荡口龙舞"和"甘露狮舞"（两项同为无锡市级非遗项目）的传承与创新实践。首先，为营造良好的舞龙舞狮文化氛围，幼儿园依托课题研究添置了相关的道具材料、编排了配套的音乐、制作了适合幼儿的草龙等游戏材料，引导幼儿萌发对舞龙舞狮传统文化的喜爱之情。其次，充分利用社区和家长资源，组织民间龙舞队进园演示，传授龙舞技巧，开展社区民俗文化节亲子观演，使孩子潜移默化得到非遗文化的熏陶，兴趣得到充分激发。另外，幼儿园还专门聘请文化宫的老师来园进行辅导，使孩子们的欣赏与表演水平得到切实提升。

随着第一支龙舞狮舞队的成立，甘露中心幼儿园被切实打造成了"非遗项目——龙舞狮舞"的传承学校。面对项目的传承与创新实践新课题，甘幼人不断研究舞龙舞狮园本课程的构建与实施。他们组织编写了园本课程教材《民间文艺——舞龙舞狮》，开设了舞龙舞狮特色游戏小组活动，开展了专门的教学研讨活动。他们通过道具、形式等变化，设计出了一系列的游戏活动，并将舞龙舞狮融入了音乐教学活动、儿童舞蹈、民间游戏中。通过十余年的坚持，甘幼小朋友"人人会舞龙舞狮、个个爱舞龙舞狮"蔚然成风尚。幼儿园每年举办的"甘露童韵"幼儿才艺节，舞龙舞狮均作为保留节目开场表演。

园长钱琴向笔者介绍，二十年的传承，舞龙舞狮已然成为甘幼的特色与品牌，在各级各类比赛和展演中夺人眼球。孩子们表演的舞龙舞狮，于2016年端午登上了中央电视台4套国际频道和13套新闻频道的直播栏目，向全世界展示了甘露中心幼儿园民间艺术、非遗传承的教育成果，和荡口龙舞的独特魅力；甘幼的舞龙舞狮表演，在锡山区校园文化艺术节上获得了一等奖；参加2017年"吴风锡韵·多彩锡山"非遗展演；在喜迎十九大"太湖情·鹅湖韵"原创作品音乐会进行表演；2018年全国"儿童好习惯养成德育生态系统"教育研讨会上，甘幼宝贝的舞龙舞狮吸引观摩者驻足，并获得了高度肯定与赞扬……甘幼小朋友的舞龙舞狮，还在锡山区帆船赛、锡山区四运会、锡山区非遗传承大会、锡山区书香家风等启动仪式上进行表演和展示。甘露中心幼儿园在弘扬非物质文化遗产、传承"荡口龙舞"技艺的路上，走得坚实，走得有力。

保护传统文化 赓续龙舞精神

"龙文化"是中华民族、中国文化、华夏精神的象征，而"荡口龙舞"作为"龙文化"的承载形式，以神领意会之舞、崇高神奇之美，表达了人们对龙图腾、对生命、对宇宙最朴素又最盛情的崇拜和敬畏，反映了百姓对现实、对未来、对子孙最美好又最内敛的希冀和向往。随着时代的变迁，越来越多的娱乐形式不断丰富人们的生活，越来越稀释人们对"龙舞"这一形式的兴趣。进入 21 世纪后，老一辈舞者年事渐高，如上文提到的华道生，笔者写此文时已84 岁高龄；而在荡口龙舞发展鼎盛时期任文化站站长的杨祖兴，也已 81 岁，不得不迸发出"尚能饭否"的感叹。而年轻人鲜有承继，"荡口龙舞"这项曾在 20 世纪 90 年代盛行的非遗项目，有日渐式微之忧。幸有甘露传统民俗文化保护协会的坚守和甘露中心幼儿园的继承创新，"龙舞"这门艺术，才有幸留在鹅湖人的视野里。

荡口龙舞文化是历史留给鹅湖的宝贵财富，更是鹅湖民俗文化的重要见证。在社会经济不断发展、百姓需求日益多样的大背景下，如何保护传统文化瑰宝，赓续、光大龙舞精神，是摆在鹅湖人面前一项迫切需要创新的课题。

政府推力是保护和发展"荡口龙舞"的策动力。在"龙舞"的传承保护过程中，政府所起的作用要继续放大。在传承发扬方面，要进一步健全机制、完善措施，加强对上争取，组织龙舞表演与比赛，发挥"主心骨"作用。在保护创新方面，要紧紧抓住"荡口龙舞"被列为无锡市级非遗项目的契机，加强

对这一传统文化的归并整理与深度挖掘，通过建立档案、拍摄专题片的方式，形成系统、清晰的传承脉络，形成更为翔实的文字记载。

协同共建是保护和发展"荡口龙舞"的支撑力。"龙舞"发源流传于民间、植根成长于民间，保护和发展也理应充分利用民间力量，充分融入大众生活，充分调动大众参与，以扩大其民间影响力。可以由政府牵头组织，出台相应的扶持政策，组织文化底蕴深厚、经济基础扎实的企业或社会团体，成立专业的龙舞表演和比赛队伍，进而推动龙舞表演的市场化、职业化。

学校参与是保护和发展"荡口龙舞"的接力棒。"甘露中心幼儿园"的成功实践为我们蹚出了一条新路。教育作为民族文化传承的重要途径，在培养民族文化认同感中具有关键性的作用。孩子是民族优秀文化的继承者、传播者和创造者。"龙舞"的传承，不应该仅仅"聚光"在甘露中心幼儿园，更应该扩大传承视野，使之进入当地各级学校。通过组建校园表演队的方式，以学校为主体，以龙舞为形式，以古镇为特色，参与校内外各种文化节日活动，成为鹅湖镇重要的品牌演艺节目，不断扩大龙舞文化影响力。

推陈出新是保护和发展"荡口龙舞"的生命线。"龙舞"作为民间特色的非物质文化遗产，要不断形成其自身文化特色，与不同地域性格、不同文化类型、不同民间活动，开展多层次的文化交流与合作，吸收借鉴不同文化的精髓。同时通过文化的交融与渲染，扩大"龙舞"的社会影响和文化吸引力。还要适当考虑利用现代化的舞台艺术包装手段，让这项民间艺术充分走上现代舞台，真正走进百姓的生活。

荡口龙舞，不应也不会被时代淡忘。我们应该努力让传统文化、江南文化和历史文化创新融合。只要"龙舞"继续，我们的精神文化就能不断被传承下去。这是我们的责任，也是我们与荡口龙舞的奇妙缘分。

第100趟玫瑰园赏花后，我决定写一写这个有爱的孩子

自2020年的春天来后，我隔三岔五往离单位不远的鹅湖玫瑰园舒缓心情。在园内，常见总是笑呵呵的"90后"大男孩张骥。

张骥是鹅湖玫瑰园的总经理。认识他和他的玫瑰园，缘于2015年《锡山旅游》的约稿，那是一次只为完成任务的匆匆会面。却没有想到"90后"百般贴心，将玫瑰园的故事慢慢说给我听，也将园内各种玫瑰细细介绍于我。

说实话，这个让我一扫心中阴霾的玫瑰园，园内究竟有多少种玫瑰，纵是张骥向我介绍三五遍，我也还是记不住。但我记住了这个有着贴心微笑的男孩。

我很好奇，这个留英归国的男孩，做一个"农民"最初的思想种子来自哪里？最初的萌芽究竟是怎样由羞怯到执着？

张骥说，在国外学习期间，他喜欢上了那里的乡村生活，很想把这种理念和生活状态带回国内。但我知道这只是原因之一，就算有这种想法，他也还可以有别的选择。

后来结识他的母亲，得以了解到，让这个男孩不管不顾一头扎进去的，只是一个特别朴素的原因。张骥的母亲和外公，都是园林方面的行家，父女俩设计营造了无数园艺杰作。却不料突如其来的脑卒中击倒了外公，夺走了外公的聪明才智。母亲在陪伴外公时发现，已变得木讷迟滞的老人，对花木依然葆有非凡的敏感，由此产生了为老人营造一个芬芳世界的想法。这就是张骥和母亲开创这个玫瑰园的初衷。

原来,这个海归男孩立志当个农民,只是为了帮助母亲,只是为了孝敬外公。

创业的艰难是不言而喻的。为了引进优质的玫瑰品种,张骥走访了很多地区,在这个过程中,他了解到玫瑰、月季、蔷薇最早都起源于中国,这又让他萌生了收集、保护玫瑰种植资源的想法,在多方请教、反复实验之后,张骥从一个农业门外汉一步步成长起来,历经 2 年,终于让这些植物适应了江南的气候。如今 350 亩的玫瑰园内,引进了国内外优质玫瑰、月季、蔷薇等 500 余种。园区分"野生蔷薇种植保存区""历代珍稀月季品鉴区""芳香植物体验区""玫瑰文化博览区""生产管理与项目辐射区"5 个区域。

立足种植,深入消费市场,公司团队又以玫瑰为主题开发了一系列衍生产品,在"互联网+"的大背景下,运用"苏宁易购""智慧无锡"等多个网络平台进行销售。

除此之外,园区结合中国古老玫瑰、近代玫瑰、世界优选玫瑰等不同品种进行景观布局,以花卉观赏、乡村休闲为契机,积极发展观光休闲农业,让游客从多角度了解玫瑰文化。相关体验活动如花艺课堂、玫瑰精油提炼展示等,让游园者更好地了解种植、采摘、生产等一系列过程。

今天的鹅湖玫瑰文化园,在总经理张骥的带领下,走上了一条花开四季的道路。

这些年,玫瑰园与国内外青年艺术家及社会团体开展了"英国天使之翼合唱团文化交流""琳声响起,玫瑰之约维也纳金色大厅钢琴演出""丝路花语玫瑰国际文化艺术节""德国巴登符腾堡青年手风琴乐团演出"等文化交流活动。而与无锡市玫瑰书屋青少年公益发展中心共同成立的"玫瑰书屋青少年公益基金",从 2012 年开始每年进行图书募捐,向四川、云南贫困山区捐赠,帮助当地学校建立"玫瑰书屋公益阅读点",迄今为止已与当地 25 所学校进行结对帮扶，累计捐赠图书金额超 100 万元。其实，张骥还有一句诠释他为何选择当农民的话：低下头来，才可以看见这个世界。

小满时节，无锡市欧美同学会锡山分会成立，张骥当选为副会长。在朋友圈看到这一消息，我收起手机直奔玫瑰园。

见到张骥，他还是一副不紧不慢的样子，笑呵呵地对我说："姐姐是要采访我吗？"

这个男孩子总是这样，他母亲要求他喊我阿姨，他总是悄悄地喊我姐姐。

小满时节，将满未满，这也是人在生命中最有期待、最快乐的时光。湖畔的香气乘着风，在我们的鼻子、眉眼间游弋。湖上漂浮着时间过滤后的简净，久了，会生出对这个地方单纯的依恋。

"90 后"的男孩张骥，生命就在这样的状态里——相处舒服、待人平和，像他的玫瑰园一样，轻轻地给人抚慰。

2015 年初识，一晃多年，能感觉得到男孩的成长。岁月沉淀了许多东西，而我相信，栽种玫瑰，已沉淀为他的信仰，他喜欢俯下身去的感觉。

对欧美同学会锡山分会的成立，原本锡山区委统战部嘱我"上交"一篇关于张骥的访谈，不想被"懒"与"忙"拖累至今，而嘱托如鸟啄梦，常常让我看到那一株时光的玫瑰。玫瑰园，是张骥的远方，他在对花草的倾听中，在与春天里那蓬勃的鲜花的对话中，看见了另一个自己，也眺望到了，一个更为开阔的未来。

他对人生的憧憬，有如我们对他的期待。

读书，是最好的生活味

——访"归房书屋"记

女主人说："这个叫朱青庄的村子，她好像就一直在等我。"

男主人说："这个村子姓朱，我也姓朱，这里当然就是我的家。"

废墟里劈柴伐木、搬运搭建……房子有了；

旧货市场里东奔西突、讨价还价……家具有了；

泥土地里播种栽秧，房前屋后喂鸡放羊……

一日三餐，都自给自足了。

如此的不可思议，梦想真的会发芽。

主人在他们自力更生、全家总动员打造的梦想庄园里，接待聚会、举办活动，吃吃农家菜、做做陶艺。

看客人拉坯、塑形或者在瓷板上勾画，认真，甚至忘记时间，主人心生欢喜。

但这一切，并不是心的归处。

心的归处在哪里？

书房。

通过书籍，我们能看见更广阔的天地。

对主人来说，在这个庄园里打造一个书屋，可以算是一个五年计划。

五年时光，不短。庄园里的树木已慢慢长大。

主人一家在这里，日出而作、日落而息。五年的变化，主人看得到。

而我们看到的，是这个叫"归房"的书屋，如此惊艳地出现在众人眼前。

迎着门的木梁架上，悬挂着这个书屋的名字——归房。

阳光和煦，书页寂寂。女主人费心搜罗来的旧家具，不知道它们都是从哪里来，如今都在这里岁月静好。

读书品茗。所以书屋里有吧台，有茶几，与此刻的冬日如此般配。

书屋向阳的地方，是一溜儿童阅读区，席地式的座位，一定深得孩子喜爱。

女主人说，周末经常会有父母带孩子来这里看书。看累了，就到室外撒个野。

这里也提供餐饮。蔬菜都是庄园里自己种的，鱼也来自餐厅背后那片鱼塘。当然，还有住宿。

别人说，他们用细节把生活过成了诗。却不知道，他们在细节里吃了多少苦。

这些苦，在女主人的娓娓道来中，真的就成了诗，和窗外投射进来的阳光一样美好。

他们的起点，也许是和所有人一样，就是生存，然后是活得更好。

而当"所有人"的生活都是忙且实用，甚至是可怜。他们却把生活过成了别人向往的模样。

喜欢，难以表达。

那么，来归房书屋吧，以读书的名义。

又记：归房书屋，位于锡山区东港镇港南村，是东港镇的蒲公英阅读点，可办理借阅卡免费借阅。祝愿在未来时日里，书屋不只提供书籍阅读和举办活动这么简单，而是能够提供更加丰富全面的公共服务，成为锡山区的一个文化新地标。再次祝福她，祝福她的主人。

秋雨东北塘

秋雨蒙蒙。

我从荡口，由东往西几乎贯穿整个锡山区，来到东北塘。

之前对东北塘的认识，仅限那个叫"梓旺"的康复医院。母亲在那里接受康复训练的那些日子，先生隔三岔五在家炖好汤到单位接了我奔这里来。在东亭路上一路向北，经过兴塘大桥、芙蓉六路、芙蓉五路，过了芙蓉四路，就是康复医院了。那时候我的东北塘之路，就止于芙蓉四路和芙蓉三路之间。

去东北塘，瞻仰倪云林

倪云林，名瓒，元末明初书画家。他的画被称为"逸品第一"，有《渔庄秋霁图》《六君子图》《容膝斋图》等存世，擅诗文，著有《清閟阁集》。其与赵孟頫、高克恭、黄公望、吴镇、王蒙合称"元六家"，与黄公望、吴镇、王蒙合称"元四家"。

而我知道倪瓒，不是因为这元六家、元四家，而是缘于鹅湖华氏始迁祖贞固之父幼武。幼武能文工诗，隐而不仕，与倪瓒交游甚深，曾为之所作《山水竹石图》等题诗。据《清閟阁志》记载："华彦清幼武与倪瓒为莫逆交，彦清殁，其子惊铧端方纯谨有父风，瓒一见器之，叹曰，彦清有子矣。"

倪瓒所"器之"的惊铧，即鹅湖华氏始迁祖贞固。此为题外话。

这一次，越过了那条芙蓉三路。

倪瓒墓及其纪念馆，在芙蓉三路与梓旺一路路口，墓后应有芙蓉山。

倪瓒本是与东北塘一河之隔的东亭人，芙蓉山麓是其祖坟所在。

下车即见一寺庙，一广场。寺庙名双刹贤寺（芙蓉禅寺），与倪瓒墓仅一墙之隔。广场上立倪瓒像。我打了伞仰望塑像，仰望倪瓒。

塑像后面，是一牌坊，描金的"云林遗韵"四字行书，由董其昌所题。两旁是篆书"心洁身洁名亦洁，处浊世偏能洁己；学高才高品更高，问当时孰并高风"。背面是草书"高士古风"四字。不及细看对联，便到了纪念馆前。

4800 平方米的纪念馆内，展出了倪瓒的 40 多件仿制作品，还有许多名人日记和史料中记载的倪瓒生活趣事。加上纪念馆守护者、东北塘文化馆的袁定良先生的解说，一代丹青宗师诗书巨擘的一生，便在我们面前徐徐展开。

据载，倪瓒一生清高孤傲，淡泊功名，早年拜名师习书学文，晚年济百姓卖地开仓。

明洪武七年（1374），倪瓒在江阴长泾借寓姻戚邹氏家，中秋之夜身染脾疾，便到名医契友夏颧家就医，并在夏为他所筑停云轩居住直至病逝，享年 74 岁。他的遗体先是埋在江阴习里，后迁至芙蓉山麓。

除了多处记载的洁癖外，关于倪瓒的趣事还有很多。元末战乱期间，张士诚之弟张士信，差人送上钱财，请他在绢上作画，倪瓒怒而撕绢退钱。一日泛舟，不期与张遇于太湖，被张痛打却不出一声。事后有人问他缘何噤口，答曰："一出声便俗。"又一日有客来访，倪瓒"见其言貌粗率，大怒，掌其颊"。

倪瓒好饮茶，特制"清泉白石茶"。赵行恕慕名而来，倪瓒以此茶招待，不料赵行恕却觉得不怎么样。倪生气道："吾以子为王孙，故出此品，乃略不

知风味，真俗物也。"竟因此与赵绝交。

院落萧索，墓园简朴。墓园一侧墙上嵌有两块倪瓒墓文保碑。落款上的"无锡县""锡山市"俱成过往。

墓园正门上方，写着"元高士倪瓒墓"，门内立一小牌坊，所书还是"元高士倪瓒之墓"。墓道两侧有碑亭，内容应该是倪瓒生平及重修墓园的介绍。墓园尽头的倪瓒墓冢，据说别名"绣球墩"，是芙蓉十八景之一。我却没有留意墓区后面，那"水宽山远烟岚洞，柳岸萦回在碧流""小湖香艳战芙蓉，碧叶田田拥钩蓬"的芙蓉山，是否还在。

只知"古淡天真，米痴后一人而已"（董其昌），我们能在这残存的"遗迹"边发"思古之幽情"，实乃幸事。

去东北塘，结识老船长

东北塘有个"老船长"爱心基金会。

"老船长"叫戴三南，是无锡海联舰船有限公司董事长。

我们一行到"海联舰船"的时候，一个面色黝黑、农民模样的老人站在风中等候。无须介绍，我一下子就确定这"农民"就是传说中的"老船长"。

老船长身后的办公楼大厅里，是一幅蔚蓝的海域图。这海，昭示"海联"的生命和大海息息相关。这海，也是老船长一生搏击之海。这深沉的蓝色，演绎了老船长艰苦创业、倾心公益的许多真情故事。

今年 73 岁的戴三南，原来真的只是东北塘的一个普通农民。1985 年，怀着"让家人尽快过上好日子"的朴素愿望，老戴办起了一家铝合金装潢厂。1996 年正式注册成立无锡市海联舰船附件有限公司。如今公司年产值几个亿，年上缴利税达 6000 多万，公司产品广泛应用于江南船厂、沪东中华船厂、上海外高桥船厂、广船国际、大连船厂等国内大中型船厂建造的船舶及海洋工程上，同时出口到美国、俄罗斯、德国、西班牙、新加坡、日本、马来西亚等国。

企业发展了，自己富裕了，老戴开始思考如何回报社会，于是投身公益成了老戴又一个人生目标。2012 年起，老戴每年出资 8 万元率先创立"老船长基金"，用于资助当地困难家庭和学生。近年来，老戴及其家人已将爱心播撒到贵州毕节、四川汶川等地区。

老戴说，要在有生之年带着爱心航行，力所能及帮助更多群众渡过难关。

大门口"空谈误国、实干兴邦"八个鎏金大字熠熠生辉，照着我们离开的身影。

"中国好人"戴三南，他当然不会空谈情怀，他有的，只是一颗坚韧并且仁慈的心。

去东北塘，见识新社区

接下来两个高标准规划、建设的新社区，让我们一行人惊叹不已。

锦旺新村社区是一个拆迁安置小区，共有三期。目前入住 2450 户，安置对象涉及全街道 8 个村（社区）的拆迁户。

建筑面积 4673 平方米的社区综合办公大楼位于锦旺路与锦旺二期小区交界处。大致布局为：一楼社区办公，二楼成教中心，三楼则是工会办公。

一楼大厅就是社区办事大厅，设劳动保障、民政残联、计生妇联、共青团、民兵城管五个窗口。这一楼层还有老年活动室供赋闲在家的老年人打牌、下棋、唠嗑；夕阳红书场供喜欢书画的老人交流，评书人也会不定期来表演。还有康

复训练室、残疾人工场、助餐中心、居民议事室等。二楼设有多功能室、书画教室、电脑培训室、职工之家、羽毛球馆等。因为先生喜爱打乒乓,笔者特别留意到这里居然有两个乒乓室!作为国球的乒乓,对场地、设施的要求相对比较简单,理应更被普及。

在办公大楼里走马观花,最让我赞叹的是三楼的公共图书馆和少儿阅读室。据负责人介绍,这个图书馆是东北塘街道最大的公共图书馆,图书馆里还有电子阅览室,而少儿阅读室的设立,是希望孩子们能在这里爱上阅读。

和锦旺一样,梓旺新村社区也是一个拆迁安置小区,目前安置入住 3591 户,居民来自东北塘街道 8 个村及云林街道蓉阳村。小区内建有 2000 平方米的休闲公园,2000 平方米的健康活动场地,还有 1000 平方米的篮球场。社区办公大楼占地 800 平方米,设有服务大厅、康复室、图书室、老年活动室、社区学校、绿色网站、爱心超市、居民议事室、教友之家、乒乓室等。社区功能、设施之全通过所获荣誉可以得见——江苏省民主法治示范社区、无锡市农村基本现代化建设十佳新型居住集中区、无锡市社会主义现代化新农村建设十佳农村新型社区、无锡市残疾人工作五星级社区、无锡市科普文明社区、无锡市园林居住区、无锡市和谐示范社区、无锡市青少年和谐社区、无锡市"平安家庭"创建示范社区、无锡市"平安家庭"创建活动先进集体、示范村(社区),等等。

荣誉还没数明白,参观却已告结束,意犹未尽。在这里,可以相信,"美丽社区、幸福居民"绝不是一句空话,真的是社区人奉行的服务宗旨。

去东北塘,唠嗑大食堂

到恒田印染有限公司的时候,天色渐暗,在厂门口与微笑落班的工人擦肩而过，漫步通往食堂的厂区林荫道，感觉到一种静默的喜悦。

未及踏进食堂，家常的香味已扑鼻而来。而好菜则是那一桌的闲话东北塘。听美丽的街道干部说东北塘，是能深刻体会"如数家珍"这个词的含义的。

东北塘在国内、国际都有一定的知名度。不锈钢与物流园，是东北塘的支柱经济与主力产业。

东北塘的特色教育成绩斐然：国际象棋是东北塘实验小学的一大办学特色，学校成功承办了第 23 届全国"李成智杯"国象比赛和第五届女子名人赛。输出棋手韦奕，在国象世界杯进入八强，创该校历史新纪录。东北塘中学则致力于国际合作办学，是国家垒球后备人才培养基地、中国棒球协会青少年培训基地、国家曲棍球奥林匹克后备人才基地。棒球队在全国青少年棒球锦标赛中获全国 AAA 组冠军，垒球队获全国体校组、初中组双冠军，毕业球员许桂源签约美国巴尔的摩"金莺队"，成为加盟 MLB 的中国大陆第一人。

……

无锡北大门，秋雨东北塘。站在"十三五"规划的新起点，东北塘的未来，一定会更强、更富、更美！

在我两点一线、坐井观天的生活状态里，这趟东北塘之行，不论是幸福新社区，还是质朴老船长，或是静谧倪瓒墓，以及街道干部给我们聊到的来不及参观的点点滴滴，都给了我意想不到的体验。有些震撼，细雨润万物般落在了心间。

后 记

★★★

　　当我合上《春意华章》一书时，窗外正春暖花开，欣欣向荣，一如当时阅读的心境。想起一首诗："等闲识得东风面，万紫千红总是春。"这本书真的是展现了"万紫千红"的锡山之景啊，那么，能在书尾写点碎字，便是在这万紫千红中又加了片绿叶，确实应景而欣喜——

　　由锡山区委宣传部、锡山区文联共同发起了以"讴歌新时代"为主题的征文活动，要求以深入学习贯彻党的二十大精神为主线，记录家乡风貌，书写成长故事，歌颂人物事迹，充分展示我区各行各业的奋斗历程，集中展现锡山区各项工作所取得的巨大成就；同时，策划挑选优秀征文作品结集出版。区文联把这项光荣又艰巨的任务交给锡山区作协，要求保质保量努力完成。

　　刚一接到这样的通知，心里也在犹豫：要不要做这件事呢？能不能如期完成呢？而在确认可以把写"乡愁"作为征文的主题后，又在征求区作协主要领导的同意后，我便不再纠结，认真应允下来。因为我相信，锡山作协有这样的责任，也有这样的情怀、这样的基础，去完成这样一本书。

就文学爱好者而言，家乡是个体生命的出发点，也是情感的落脚点，在描写家乡的过程中，可以用最柔软的文字抚慰心灵。而从我的私心来讲，家乡则承载着我童年、少年、青年与中年的美好回忆，还将伴我一路走过老年岁月。我深爱的一直都是这里的淳朴乡民、这里的绿水村庄。对我这样念旧的文学爱好者来说，最喜欢捧起"家乡"这个沉甸甸的词，把许多美好的词语折叠在怀念里，丰富自己的写作时光。同时，我更想倾听其他文友娓娓道来的乡情小曲，一起感慨、共鸣。

书名开始拟定为《讴歌新时代》，但不想用如此直白的方式去铺展情感，斟酌再三，一议再议，最后定名为《春意华章》。

而在征集作品的过程中，我们得到了锡山区内外广大文友的大力支持，陆续收到了许多当下佳作。也曾零星专约特稿，甚至专门去寻找一些文友老师的早期作品。其中最早的成文虽沉淀于多年以前，但至今读来仍觉亲切、真实。

经过区作协理事们反复认真筛选和推敲，《春意华章》一书现收录了44位作者的86篇作品，字数达到28万字。作者中，有的是我的老师，有的是我领导，也有的是我的亲人，更多的是无缘谋面的网友与文友。他们以参与者、受益者、见证者、记录者的身份，书写家乡的掌故历史、当下风情，笔触之处，熠熠生辉。他们的年龄从"40后"跨越到"90后"，凸显了锡山文学创作的薪火不断，代代相传！有的老作家虽已年过80岁，但仍然热情不减，笔耕不辍，思量斟酌，改稿再三，我深深感动，颇为折服。

遗憾的是，也有许多文友的作品与书的主题内容不符，故只能忍痛割爱，但还是要诚挚感谢大家的支持和厚爱！

收录的这些作品，多为散文、诗歌，从"抒发感恩情怀，走笔青山绿水，留住美丽乡愁，弘扬家乡文化"的角度，写物、写人、写变迁。或亲身经历，或回顾历史，或思考人生，横看成岭侧成峰，皆是"触景生情、寓物说理"的佳作，凝聚着文友们的智慧和心血。而对生于斯、长于斯、工作于斯的我来说，虽然早已回不到童年的村庄，但读罢书中的佳文，读到熟悉的场景，依然倍感亲切温暖。

毋庸置疑，在此书之前，锡山区作协的广大文友们聚焦锡山热土，以文学眼光发掘描述，写出了一批诗文佳作，也取得了一定的创作成果，为全面展示锡山新形象做出了一定的贡献。但与其他地区作协的创作成果相比，锡山作协的作品无论在质量上还是数量上，都存在一定的差距，格局还不大，深度还不够，年轻的文学身影较少。因此，我迫切期待锡山的各位文友从人性挖掘、艺术审美、题材表现等方面着力，思索一些问题：家乡如何保持生命力？古老的乡村如何吸引年轻的心？我们能为家乡做些什么？我们能留下些什么？我们在城市的进程中是孤独的吗？如何更好地描绘锡山的美好未来？在广泛阅读、扎根生活、深入思考之后，进一步提升自己的认知水平与写作能力，才能为宣传家乡的美好形象，也扩大锡山作协的整体影响，谱写出更多、更美的篇章。

诗人余光中说,"乡愁是一枚小小的邮票",方寸之间洋溢浓浓乡情。每个人都有自己的家乡,家乡有多美,只有生长在那里的人看得最真切;每个人都有自己的情感,情感有多深,只有同样经历的人才会感同身受。《春意华章》是锡山区作协集体对美好新时代的赞歌,是定格家乡风情风貌的一帧剪影,更是凝聚锡城文学爱好者对锡山真挚情感的一种朴实写照。

在本书出版之际,特别感谢锡山区委宣传部、锡山区文联对本书出版给予的精心指导与悉心支持,压力中自勉加油干;感谢无锡市作协副主席钱雨晨先生洋洋洒洒地为本书作序,肯定中为书增亮色;感谢惠山区作协的文友为本书积极投稿,握手中再现同根情;最后要感谢各位作品入选本书的文友对编委会的信任和支持,品读中铭记文友情。向大家深深致谢!

囿于编者水平所限,择稿上如有不当,也请多多包涵。

最后,让我们共同祝福锡山,祝福伟大祖国:奋进新时代,明天更美好!

邹勤

2024 年 2 月